VIVENDO COM JONATHAN

SHEILA BARTON
Prefácio de Jon Snow

VIVENDO COM JONATHAN
Lições de amor, vida e autismo

Tradução
Richard Costa

MAGNITU^DDE

MAGNITUᴅDE

Vivendo com Jonathan
Título original: *Living with Jonathan*
All Rights Reserved
Watkins Publishing, Sixth Floor, Castle House, 75-76 Wells Street, London, W1T 3QH
Biographical essay and compilation and selection of text
Copyright © Sheila Barton 2012
Copyright desta tradução © 2013 by Lúmen Editorial Ltda.

Magnitudde é um selo da Lúmen Editorial Ltda.

1ª edição - março de 2013

Direção editorial: *Celso Maiellari*
Direção comercial: *Ricardo Carrijo*
Coordenação editorial: *Fernanda Rizzo Sanchez*
Projeto editorial: *Estúdio Logos*
Preparação de originais: *Ricardo Franzin*
Revisão: *Aiko Nishijima*
Capa e projeto gráfico: *Thiago Sousa | all4type.com.br*
Diagramação: *Gustavo Antonio | all4type.com.br*
Impressão e acabamento: *Gráfica Sumago*

DADOS INTERNACIONAIS DE CATALOGAÇÃO NA PUBLICAÇÃO (CIP)
(CÂMARA BRASILEIRA DO LIVRO, SP, BRASIL)

Barton, Sheila
  Vivendo com Jonathan : lições de amor, vida e autismo / Sheila Barton ; tradução Richard Costa. — São Paulo : Magnitudde, 2013.

  ISBN 978-85-65907-05-7

  1. Autismo - Pacientes - Biografia 2. Autistas 3. Barton, Sheila 4. Jonathan 5. Mães e filhos I. Título.

12-13522   CDD-618.9289820092

Índices para catálogo sistemático:
1. Autistas : Biografia 618.9289820092

Lúmen Editorial Ltda.
Rua Javari, 668 - São Paulo - SP
CEP 03112-100 - Tel/Fax (0xx11) 3207-1353

visite nosso site: www.lumeneditorial.com.br
fale com a Lúmen: atendimento@lumeneditorial.com.br
departamento de vendas: comercial@lumeneditorial.com.br
contato editorial: editorial@lumeneditorial.com.br
siga-nos nas redes sociais:
@lumeneditorial
facebook.com/lumen.editorial1

2013

Proibida a reprodução total ou parcial desta obra sem prévia autorização da editora

Impresso no Brasil - *Printed in Brazil*

Para meu filho, Jonathan,
com admiração e amor.
E para Will, que fez com
que eu terminasse este livro.

AGRADECIMENTOS

Quero expressar minha gratidão por Graham Maw Christie e Mike Fitzpatrick, que acreditaram no meu livro, e Shelagh Boyd, por todas as suas sugestões úteis. Minha gratidão a todas as pessoas neste livro que foram gentis com Jonathan e comigo, e que o trataram com dignidade e respeito.

Meus mais profundos agradecimentos ao meu marido, Will, por sua constante motivação, a Cornelius, por ser um amigo do Jonny, e à nossa neta, por me dar amor quando mais precisei.

Acima de tudo, minha gratidão vai para Jonathan, que viveu tudo isso e sobreviveu.

Todos os nomes foram mudados, exceto o meu, de Will e de Jonathan.

SUMÁRIO

Prefácio de Jon Snow 11

Introdução 13

1. Um dia na vida 15
2. Diagnóstico 25
3. Nascimento 43
4. Escola 53
5. Irmãos e irmãs 129
6. Terapias 179
7. Trens, barcos e aviões 193
8. Obsessões 235
9. Segredos, mentiras e fitas de vídeo 249
10. Um jeito diferente 261
11. Um sentido sublime 271

Epílogo 277

PREFÁCIO

Jon Snow

Este é um relato marcantemente sincero e aberto da vida com uma "criança difícil" e uma leitura cativante, pois, embora Jonny tenha sido diagnosticado como autista e seu mundo seja especialmente distante do nosso, há poucas famílias no mundo em que um pai ou mãe não sofre, de tempos em tempos, a frustração de viver com uma criança que de alguma forma parece "outra". Na verdade, quanto mais conhecemos a família dos outros, e a nossa própria família, mais conscientes disso nos tornamos.

Mas Jonny é autista — e profundamente. O mais notável neste relato lírico de "vivendo com Jonathan" é a profundidade na qual Sheila em particular e sua família em geral chegam a penetrar no mundo estranho e ocasionalmente maravilhoso que Jonny e sua personalidade autista habitam.

A energia absoluta, exaustiva e absorvente que emana do autismo de Jonny perpassa este livro como um fluxo torrencial disperso por correntezas. Ele nunca para. E Sheila também não, inclinando-se sobre seu marido adormecido para ligar a cafeteira e se abastecer de madrugada para lidar com o xixi na cama de Jonny e sua insônia angustiada e exigente. Ela faz uma pausa para ir ao banheiro, chamando um dos irmãos de Jonny para continuar acalentando-o com mais uma canção de ninar.

A recompensa de Sheila é a normalidade total de seus outros dois filhos e sua capacidade de viver a vida em volta da desordem constante de Jonny. São crianças excepcionalmente compreensivas. Longe de se perturbar pelos uivos de Jonny, por suas fixações, exigências e tudo o mais, elas de certo modo se aprimoram e amadurecem.

Este é um livro que todos devemos ler. Ainda que não incremente necessariamente a nossa compreensão de nós mesmos, ele aumentará consideravelmente a nossa compreensão de uma condição humana que se expande exponencialmente diante dos nossos olhos. Talvez logo percebamos que muitas outras pessoas em nossa vida — pessoas com quem trabalhamos, vivemos, cruzamos — encontram-se em algum espectro da mesma grave condição da qual Jonny sofre.

À medida que a história de Jonathan se desenrola e as complexas interações com ele se solidificam, vejo-me maravilhado com o fato de Sheila — a mãe de Jonny e nossa presente informante — não ter ficado completamente louca.

"O gatinho está na toquinha..." — ela entoa. É a enésima canção de ninar cantada rapidamente em poucos minutos. Enquanto as estrofes são cantaroladas, Jonny consegue relaxar de algum modo. Qualquer quebra no fluxo, e os demônios de seu mundo começam a se revoltar. Os berros voltam, as manchas molhadas aparecem em suas calças e todo o ritual de enxaguar, tanto verbal quanto real, começa de novo.

Não tenho dúvida de que escrever este livro foi para Sheila uma experiência catártica. Lê-lo também é. Uma história humana notável, uma obra de literatura notável.

JON SNOW
OUTUBRO 2011

INTRODUÇÃO

Quando meu filho foi diagnosticado com autismo, recusei-me a acreditar. Eu sabia como as crianças autistas eram — frias e inexpressivas, incapazes de se relacionar com outras pessoas. Seus problemas muitas vezes eram causados por mães controladoras, obcecadas com o sucesso de seus filhos. Quando bebês, eram indiferentes a estímulos e difíceis de alimentar; quando criancinhas, não aprendiam a falar nem brincavam de faz-de-conta. Impossível, meu filho não era assim. Era uma criança que mal largava de mim desde o nascimento, que mamava vorazmente, dava risadinhas desde bebê e ficava sentado calmamente o dia todo olhando livros ou empurrando outras crianças no carrossel. Era um menino que sorria o tempo todo, que falou precocemente, e que sabia todas as cores aos dezoito meses e que cantava e recitava canções de ninar.

Bem, ao menos ele *tinha* feito essas coisas. Agora, ele geralmente ficava olhando os seus livros, sempre abertos em páginas com figuras de comida. A fala normal tinha desaparecido também. Agora, era repetitiva e funcional, entremeada por frases estranhas e inapropriadas, copiadas indiscriminadamente de outras pessoas — ecolalia, como aprendi mais tarde, era o nome disso. Depois havia todas as coisas que ele *nunca* tinha feito. Ele nunca tinha feito uma pergunta ou qualquer tipo de pirraça. Demorou para engatinhar e ainda mais para andar — não porque não fosse capaz, mas porque não queria tanto assim. Foi o desejo imenso de agarrar o gato que fez com que seu irmão mais velho começasse a andar. O que Jonathan não tinha desde o início de sua vida era curiosidade ou desejo.

A jornada de Jonny em direção ao autismo foi relativamente inusitada. A maioria das crianças autistas não desenvolve a fala na idade apropriada. Geralmente são bebês difíceis e instáveis, que lutam com a amamentação. O momento do diagnóstico foi bem padrão, apesar disso: aos três anos, logo após uma assistente social de saúde expressar preocupação a respeito. O diagnóstico para a maioria dos pais advém do fracasso da criança para adquirir a fala. Para nós, veio depois de sua perda, junto com o comportamento cada vez mais difícil e obsessivo. Eu estava certa sobre uma coisa, porém. Meu filho não era frio e inexpressivo, e eu não era uma mãe controladora. Nós tínhamos, e sempre tivemos, um relacionamento forte e carinhoso. Hoje em dia, é menos comum as pessoas ouvirem essas besteiras sobre mães frias e crianças que não são capazes de amar quando recebem o diagnóstico devastador de que seu filho é autista. Mas elas ainda ouvem muitas coisas absurdas.

O autismo é difícil. É difícil ser autista e é difícil viver com ele. Mas nossas crianças lindas ainda são exatamente isso: crianças lindas. Às vezes temos de lutar por elas e, muitas vezes, com elas. Mas são indivíduos como qualquer outra pessoa, parte da família, com elos e apegos como qualquer outra pessoa. Elas podem ter um modo diferente de mostrar, mas crianças autistas têm sentimentos e emoções como todos nós — alguns tão fortes que mal conseguem lidar com eles.

Jonny está agora com vinte anos. Esta é a nossa história até agora.

CAPÍTULO UM
UM DIA NA VIDA

Amanhecer. Uma pancada na parede e o urro desolado de um animal ferido. Estou lá quase antes de as ondas sonoras atingirem os tímpanos dos outros, adormecidos. "Uma coisa de cada vez", eu rezo, "e essa primeiro".

Ele está batendo a cabeça contra a parede, seu brinquedo, o trem azul chamado Thomas, está tremulando em seu peito e os cachos louros se preparando para mais um ataque masoquista. O cheiro de urina é esmagador. Talvez você ache que a melhor coisa a fazer é pegá-lo em meus braços, confortá-lo, tirá-lo da cama encharcada. Mas você está errado. Estamos em outro país agora, onde os costumes são diferentes, a língua é estranha. Na realidade, eu simplesmente não falo. Aqui as palavras podem ser perigosas e entornar o coquetel intoxicante de terror e confusão. Aqui uma palavra de bondade pode atear o fogo e mandar tudo para os ares em uma conflagração horrível. Ele só tem nove anos, mas já fez janelas em pedaços. Sinto um desejo forte por café. Será que lembrei de me inclinar sobre meu marido e ligar a cafeteira? Como eles dormem! O medo está à solta com suas facas e só nós dois estamos acordados.

Não toco, falo ou olho. Eu canto. Sentada na cama fedorenta, um pouco além do seu alcance, olhando para a parede, começo a cantar *My Bonnie Lies Over the Ocean*. Canto duas vezes, e ele ainda está batendo a cabeça, embora me observe discretamente. Passo para *Ding Dong Bell*, depois *There was an Old Woman Who Lived in a Shoe* e *Hush Little Baby*. Por um segundo acho que consegui, quando o bebê mais lindo do mundo olha ao redor por um momento antes da próxima pancada retumbante. Mas eu continuo. *Little Boy Blue*, *Oranges and Lemons* e depois de volta para *My Bonnie*. Ele para de bater a cabeça e começa a chorar. Acabou.

Ainda não olho para ele, mas passo-lhe um lencinho. Ele usa para esfregar o catarro do nariz no rosto. Dou-lhe um biscoito e vou preparar o banho. O choro parou, e o frenesi do meu coração volta para a dor de costume. Quando ele enfia aquela fileira alinhada de dentes no seu braço, você acha que não pode haver nada pior, até que ele grite assim e a tristeza encharque as paredes. Corro até o meu quarto e aperto o botão da cafeteira. Ela gorgoleja com vida e só o cheiro já é o bastante para me encher de prazer.

No seu quarto, ele observa a luz da manhã através dos dedos estendidos em frente aos seus olhos. Tiro suas roupas e o lenço impregnado.

— Banho — eu digo. — Banho, meu amor.

— Bainho, bainho. — Um súbito gritinho de alegria e estamos em casa.

Dez minutos depois ele está no banho, despejando água compulsivamente para fora da banheira de plástico. As poças no chão estão se misturando e virando um lago. Não ligo. É de vinil resistente, o piso não tem tapetes, e a cafeína gloriosa inunda meu sistema. O truque é dar o banho e vesti-lo antes do maremoto que marca a saída. Pessoas que falam de multitarefas não vivem com o autismo. É um companheiro ciumento. São oito e meia da manhã e o primeiro deserto foi atravessado com a ajuda do café, cereal e vídeos. Já acabamos com uma caixa cheia de hélices de plástico para ele brincar, e teremos de mudar para algo diferente logo. Um dos adormecidos já saiu, e os outros dois estão acordando. Estamos em férias escolares, e preciso tirar da manga um dia semelhante a uma explosão de fitas coloridas e brilhantes. Estou no meio do segundo livro de canções infantis quando Ben aparece na porta. Olha para dentro, vestido e pronto para sair, mas hesitante. Quer ir, mas preocupa-se em sair. Que desastres poderão ocorrer durante sua ausência? O cabelo louro está escurecendo, a voz oscila entre aguda e grave. Ele paira no espaço entre infância e a fase adulta, à beira do precipício que é a adolescência. No seu caso, há medos a mais. Se ele nos deixar cuidando disso sozinhos, será que daremos conta? É seguro se lançar do precipício? Quem vai cuidar de Jonny quando chegar a vez dele? É seu irmão, e é difícil.

— O Joe vai ao bosque de bicicleta. Posso ir?

— Sim, claro. Você já tomou café? — Ele mostra um saco de batatinhas na mão. — Pode ir, então. Nós vamos sair, eu acho. Leve uma chave.

Ele olha por alguns segundos. Jonny está agitado com a nossa conversa, irritado porque as canções de ninar pararam. Seus "favô, favô" se tornam mais persistentes como plano de fundo da nossa conversa.

— Ele tá dizendo "por favor".

— Ele quer mais canções. Você pode ler algumas enquanto vou ao banheiro?

Ben se ajeita entre nós e pega o livro.

— Vamos, Jonny, vamos ler *Havia uma velha*.

Um leve sorriso passa rapidamente pelo rosto de Jonny enquanto seu irmão senta para ler para ele. Não dá para ter certeza de que foi um sorriso, mas você sabe que foi. Um sentimento de orgulho e desespero me acompanham ao banheiro.

Convenço-o a sair, assegurando-lhe que estamos bem, quando a última adormecida acorda e aparece no patamar da escada. Ela tem cinco anos e parece ainda menor em uma das minhas camisetas velhas. Esfregando os olhos, seu rosto emoldurado em uma cascata de cachos, ela sorri e meu coração canta de alegria só de olhar para ela.

— Oi, Jonny. — Ela fala com ele como se fosse uma de suas bonecas, com uma bondade cautelosa e tons adultos se sobrepondo à brincadeira. Ele a ignora, mas gira sua hélice de plástico ainda mais forte. Está feliz de vê-la.

Hannah está vestida, de certa maneira, e come seu cereal enquanto eu tento pensar a respeito do dia. Pensar é complicado nesse estado reduzido, desprovido de sono. O que posso fazer que os dois gostem? Como fazer com que um passe o dia sem traumas e a outra sem entediar-se? Bem, ele ama a água em qualquer forma ou estado — gotas captando a luz do Sol, a enxurrada brilhante fluindo da banheira para o piso, o filete de líquido saindo da jarra para um copo na mesa de jantar. Ele ama o vento e a sensação do ar em seu rosto. Ama comida. Ama estruturas elevadas, folhas e espaços abertos. Ama sua irmã, seu irmão, seu pai. Ele me ama, mesmo quando sua testa bate contra meu rosto. Ama o jogo de luzes em movimentos oblíquos. Ama aquele lugar que todos amamos, onde é confortável e seguro; o lugar ao qual pertencemos, o espaço feito à nossa própria imagem.

Vou levá-los para uma caminhada no bosque, até o riacho. Vou levar botinhas à prova d'água, cantis, brinquedos e uma cesta de piquenique. Qual é a logística? O caminho usado para chegarmos até lá, passando — como passaremos — por todo tipo de objetos que ele poderia abanar ou girar; a segurança de que voltaremos, andando todo o trajeto até lá e retornando sem nenhum grande incidente ou recusa a andar; o piquenique, a se realizar em um período de tempo já muito curto. Decido arriscar colocá-lo no jardim.

Ele está no trepa-trepa, ensaiando o pulo repetitivo no qual tem trabalhado durante os últimos dois anos. As barras de uma parte do brinquedo se curvam regularmente. Eu as viro até que fiquem surradas, e depois encomendo outras novas. Elas se cansam, mas ele nunca se cansa. Ele parece estar bem. Ela está de pé em uma cadeira, com um avental enorme cobrindo suas roupas descombinadas, pronta para o piquenique e papeando enquanto espalha grandes quantidades de manteiga nas fatias de pão que lhe dou.

— Podemos levar salsichinhas, mamãe? A Sadie e a Tammy gostam das salsichinhas porque são pequenininhas. Elas não gostam de queijo, não gostam mesmo. Nós detestamos queijo, eca!

Embrulhamos as salsichas e eu coloco um pouco de queijo mesmo assim. Está quase tudo normal. Então, lembro-me de checar a última coisa. Não quero outro vizinho na porta me perguntando se por acaso eu não tenho um filho que saiu de casa usando um moletom verde, porque ele está no seu telhado e não tem problema, mas está meio preocupado com o menino. O pior que espero é um equilíbrio perfeito na barra mais alta do trepa-trepa, mas ele não está lá. Saio correndo para procurá-lo, controlando o pânico. Então vejo uma casca de banana no ar, um lance exímio seguido por outro de uma casca de ovo e outro de saquinhos de chá. Cada item do lixo cai em perfeita sequência no telhado da garagem do nosso vizinho. Ele dá gritinhos de prazer. Fui pegar chocolate.

Na trilha, nosso progresso é lento. Não faz sentido tentar andar de mãos dadas. Ela tem uma "amiga" em cada mão, com as quais conversa seriamente.

— Então, Sadie, estamos indo a um piquenique no bosque e você tem que ser boazinha. Não, não tem sorvete, já te disse. Como a gente ia deixar congelado? Ai, não faz cara feia, ou eu vou te levar de volta pra casa. A Tammy tá sendo uma menina adorável. Então você tem que ser tolerante também.

Elas olham para ela com seu olhar inexpressivo, como girafas tristes, com suas maquiagens feitas com ponta de feltro e suas pernas longas e deformadas. Já ele só vai encolher os dedos e gemer se eu pegar sua mão. Não quero perturbá-lo. Toda a terapia comportamental do mundo não vai mudar o fato de que há outras vidas para considerar, outras infâncias ocorrendo aqui. Fico alerta para qualquer sinal de que ele está para correr. Mas ele se concentra na folha que está abanando. Um dedo está no ouvido, porém, por precaução. O som é um inimigo traiçoeiro, que explode em cima de você de súbito e invisível. Ele está criando sua própria barreira silenciosamente.

— Tic, tic, tic — ele diz. Como uma bomba-relógio.

O dia cinzento se desfez e os raios do Sol abrem caminho entre as nuvens. Será um dia de início de verão como aqueles dos livros de contos de fada que lemos, com espaços planos de cores primárias e céus imaculados. Árvores e casas estarão seguras de si neste mundo de certeza e exuberância. Todas as coisas e todas as pessoas saberão o seu lugar e serão felizes. Crianças vão sorrir. Ultimamente, tenho sido ambivalente quanto ao riso. Escuto-o como se decifrasse códigos. Quando ela ri, é como um banho de luz do Sol no ar fresco, uma fonte de fogos de artifício de brilho prateado, e com o Jonny às vezes é assim também; a alegria pura e imaculada de ventos fortes soprando através de seus cabelos ou o êxtase das gotas de chuva em seu rosto. Brinquedos em parques, que me fazem segurar o metal áspero e suas bordas afiadas de tanto medo, levam-no a lugares além da felicidade. Mas as superfícies são finas, as membranas podem ser transformadas com um dedinho em outra coisa. Quando ele usava seu carrinho de bebê e o riso começava em filas de supermercado ou no parquinho de brinquedos, todo mundo sorria e admirava essa linda criança que dava risadinhas com seus pensamentos privados — durante os primeiros minutos. Quando o espetáculo se estendia por uma duração inaceitável e os soluços pareciam doentios, os sorrisos se congelavam e eu seguia em frente. Foi quando aprendi que o riso é como o choro: ele pode simplesmente ser excessivo.

Atravessamos a estrada e andamos mais devagar no interior do bosque. Eles não podem passar correndo na frente dos carros agora, e eu relaxo um pouco. Paramos bastante, mas fazemos progressos. O bosque está maravilhosamente silencioso, o som mais alto é o das folhas sussurrando e dos gravetos estalando sob nossos pés. Há o canto

SHEILA BARTON

dos pássaros e o zumbido dos insetos. A luz do Sol goteja através das árvores acima, caindo em pequenas poças aos nossos pés. Acônitos e prímulas espalham-se ao redor e parece que estamos sozinhos no mundo. Caminhamos com cuidado. Sadie e Tammy ainda estão reclamando da falta de sorvete. São crianças difíceis. A trilha se inclina para baixo através do bosque, com folhas e samambaias que podem ser abanadas até quebrarem e então são facilmente substituídas. Há pedras que podem ser jogadas sem perigo para os vizinhos. Há todo tipo de coisas que podem ser colocadas na boca. É uma enorme piada. Nós sabemos que não devemos fazer isso. Estrago a piada ignorando-a, mas ela protesta.

— Jonny, tira da boca, menino bobo. — Ele é mais divertido que as bonecas, um verdadeiro inocente.

Passamos por uma árvore tombada pelas tempestades de abril, caída no meio do caminho. Sua queda esmagou as samambaias abaixo, e as rachaduras estão repletas de insetos. Não houve tempo para se formar o musgo que cobre tais quedas, por isso, é fácil subir. Ele se arrasta para cima com dificuldade e ela senta para descansar, cutucando tatuzinhos com um graveto. Eu me sento ao lado dela e observo Jonny saltar do tronco várias vezes. Ele se senta.

— Buracadinho.

— Não é não, Jonny, — ela diz, alisando a árvore. — É lisinha.

— Buracadinho. — Ele pega minha mão.

— Ah, ele quer ouvir *Esburacadinho*. — Eu o coloco no meu colo e canto. — *Esburaca, esburacado, esburacadinho, vou andando de carrinho. Esburaca, esburacado, esburacadinho, orgulhoso como um indiozinho.*

Era assim que a gente descia as escadas. Ele ri e ri, e eu noto uma mancha molhada na frente de suas calças.

— Rápido, Jonny, pipi. — Abaixo suas calças e tento fazer com que ele se incline para a frente. Eu trouxe calças extras, mas prefiro deixá-las para depois. Levanto as calças de novo e ele choraminga um pouco, então pego em suas mãos e balanço.

VIVENDO COM JONATHAN

No riacho, tiro a mochila pesada das costas e pego as botinhas à prova d'água. Dou para ele uma pazinha e, para ela, uma caixa de bonequinhos. Por algum tempo, eu fico sentada observando as crianças. Em algum lugar neste bosque, meu outro filho está andando de bicicleta despreocupadamente ou balançando-se em uma corda amarrada. Faço um pedido sincero para que ele esteja seguro e fecho meus olhos por um segundo. Os outros dois estão concentrados em suas brincadeiras, ele lançando borrifos de água para o alto, cada vez mais alto, com sua pazinha, e ela criando uma metrópole em miniatura à beira do riacho. De vez em quando pessoas passam por nós. Param e sorriem, consultando mapas plastificados que estavam guardados em seus bolsos. Seguro a mão dele para evitar que o borrifo de água da pazinha molhe as pessoas. Tento conversar a respeito dessa velha trilha fascinante e as orquídeas raras, enquanto espero que não fiquem por perto muito tempo.

Fazemos nosso piquenique, as girafas com seus próprios pratos. Troco as roupas dele. Converso com minha filha sobre a dificuldade de cuidar dessas crianças-mulheres com seus pés permanentemente arqueados e seus seios ridículos. Ela senta no meu colo e o observamos juntas. Permito-me esquecer o passatempo habitual de imaginar o que será que ela e o outro irmão pensam de tudo isso, seja bom ou ruim. Eu a seguro com força e sei que me sinto feliz por causa dela, feliz por causa dos três e do espacinho que eles ocupam no universo.

Voltar é mais difícil. A trilha é íngreme e estamos cansados. No final recorremos à canção *Ready, Steady, Gody*. O trajeto envolve muitas paradas e recomeços, além de uma boa dose de puxar crianças pesadas para cima de uma trilha inclinada. Mas tudo dá certo e logo estamos de volta à estrada. Estou cansada, cansada, cansada. Queria deitar-me no asfalto e fechar os olhos. Talvez nunca os abrisse de novo. Talvez pudesse deitar-me nos suaves braços do repouso e do sono e dormir para todo o sempre.

— Olha, mãe. — Ela agarra meu braço, apontando para cima, e eu olho.

Lá em cima, arqueada contra o céu, está uma árvore transbordando de flores brancas. Brilhava de alvura, cantava e gritava de brancura. Dançava diante de nossos olhos, zombando de mim com alegria, ostentando sua beleza. Estendo as mãos para tocá-la e ela enche de fragrância minha mão em concha. É a coisa mais bela que se possa imaginar. Ela abre os braços e eu a levanto para tocar a árvore. Ela passa o rosto pelas flores e sorri. Afogamo-nos em sua fragrância e brilho. Então, ela beija minha bochecha e diz:

— Vamos para casa agora?

CAPÍTULO DOIS
DIAGNÓSTICO

Era um dia completamente desprovido de cor. Lembro-me de pensar, quando ela nos levou a outra sala para passar detalhes e adiantar as coisas, que deveria haver galhos batendo na janela, indícios do desastre, sinais e presságios. Mas não havia. Estava tudo muito quieto lá fora — pleno inverno, mas nem ao menos particularmente frio. Ela sentia por nós. Pude senti-la emanando pena, sem saber o que dizer. Coitada, aposto que desejou que nunca tivesse nos chamado até lá. Ela vai ter de se acostumar com isso, entretanto. Vai acontecer várias e várias vezes durante sua carreira.

Jonny ignora as peças de lego que ela lhe deu, preferindo abanar seu barquinho. Fica olhando para o brinquedo com o canto do olho, segurando-o. O peixinho azul de plástico bate de leve ao lado do barquinho. Tap, tap, tap. Não há outro som na sala. Estamos sentadas, no canto de uma grande sala, em cadeiras feitas para crianças. Dra. Lomax, que está escrevendo algo, é alta, então deve ser desconfortável. Eu me sinto confortável em cadeiras de criança, mas minha mente está longe.

— Perdão, pode repetir? — ela continua paciente, repetindo mais uma vez o que dissera, escrevendo algo.

VIVENDO COM JONATHAN

Na sala de avaliação, ela nos observou e ouviu cuidadosamente. É apenas uma substituta temporária, e quer que o velho pediatra lhe responda a pergunta que a intrigava. O que há de errado com o filho dessa mulher? Por que ele está na sala com eles, mas, ao mesmo tempo, estranhamente, não está? Ele anda, ele fala, ele senta quietinho no colo de sua mãe. Mas não está certo. Tem algo nisso tudo que não está certo.

A secretária, recebendo o pedido de um café extra, sorri para mim cordialmente.

— Leite e açúcar?

— Ah, não é para ela — diz o velho pediatra. — É para a Dra. Lomax. Ela vai participar. — Quando o café chega, a avaliação começa.

Jonny choraminga quando eu o coloco na mesinha e demonstra uma completa falta de interesse naqueles bonequinhos e ursinhos, que poderiam querer ir pra lá ou pra cá. Ele não está nem aí se estão embaixo ou em cima da mesa. Ele quer abanar o barquinho. E por que ele tem que alinhar quatro peças para formar um "trem"? Todo mundo sabe que um trem não é assim. Ele ama trens, observa-os todos os dias pela janela. Ele brinca com trens de brinquedo, quer que leiam livros de trens para ele, quer olhar fotos de trens, ter bolos de aniversário com o formato de um trem de passageiros ou do Thomas, o Trem Azul. Ele não gosta dessa mulher que faz essas perguntas sem sentido e não vai dar a ela o privilégio do pouco de vontade de falar que lhe resta, dizendo os nomes das figuras que ela lhe mostra. Ele quer voltar para casa comigo e alinhar carrinhos. Ou sentar com os seus livros, abrir em figuras de comida e espalhá-los na cadeira. Quer que eu o empurre no carrinho de bebê ao lado do canal, parando para jogar pedacinhos de pão que ele não comeu para os patos. Quer esperar na saída da escola pelo seu irmão, cheio de cachos e entusiasmo, e depois sentar com ele na frente da televisão, bebendo suco e esperando pelo chá, pelo banho e pela cama; rituais familiares, que se tornam mais rígidos a cada dia.

SHEILA BARTON

E assim que acaba, sento-me em outra sala com a Dra. Lomax, em cadeiras feitas para crianças, com o tap-tap-tap do barquinho e o menino rotulado e explicado, enquanto o céu cinzento se infiltra em minha alma e tenta me dizer o que vai acontecer depois. Quando ela acaba de falar, vestimos nossos casacos e saímos. Ponho Jonny no carro, fixando-o no assento de bebê, coloco um CD de canções de ninar e ligo o motor. Seus olhos estão arregalados e azuis, seus cachos louros continuam lindos, suas mãozinhas rechonchudas ainda seguram o barquinho. Nada de novo. Mas tudo é novo. Há uma palavra conosco no carro agora que não estava lá de manhã. Ela nunca nos deixará agora. Ela dominará, informará e constrangerá nossa vida daqui em diante.

No hospital, séries de eventos foram desencadeadas. A qualidade e o conteúdo de nossa vida durante os próximos meses estão definidos. Mas, neste exato momento, ninguém mais sabe. Seu irmão e seu pai desconhecem nosso novo status. Podemos carregar nosso secredo conosco por mais algumas horas, como uma bomba que vai explodir tudo e deve ser carregada cuidadosamente. Ao explodir, deixará uma cratera permanente em nossa vida. O maior pesadelo de um pai ou mãe acaba de começar, e toda uma vida de justificativas e explicações está a ponto de começar. Jonny sorri enquanto o CD toca e eu atravesso o trânsito de volta para casa com dificuldade.

— Ding dong sinetinha. O gatinho está na toquinha.
— Estamos indo para casa agora, amor.
— Casa, amor. — Tap, tap, tap. Seguro a aflição das últimas horas antes de dar vazão a ela.

Eis uma pergunta para a qual quero uma resposta. Quando tudo começou? Não é assim que geralmente acontece. Jonny não teve problemas para adquirir a fala, não teve dificuldades com a alimentação, não chorou de aflição. Era o bebê mais radiante do planeta. Falava, ria, abraçava. Porém, não andava nem fazia perguntas; não reclamava quando eu tinha que parar de brincar com ele para preparar aulas. Em vez disso, ficava sentado olhando para livros e colocando seus carrinhos para deslizar da rampa da garagem de brinquedo antes de colocá-los de volta no elevador. Ping, ping, ping. Não parecia ter muito interesse em engatinhar ou andar, e preferia seu carrinho a explorar. Mas olhava para mim feliz quando eu o deitava na esteira de trocar fraldas, entoando as canções que já tinha cantado com ele algumas horas antes. Achávamos que ele se tornaria um acadêmico, um professor rechonchudo, sem interesse por atividades físicas, mas colado nos livros. Ou um músico. Sua entoação e retenção de ritmos e melodias eram notáveis para uma criança da sua idade.

Mas para onde foi toda aquela fala? Por que o canto cessou? Por que os livros que tínhamos lido com tanto prazer estavam abertos sempre em páginas com comida? Era como se estivéssemos andando de trás para frente através de algo estranho e assustador. As pessoas gostavam de tranquilizar-nos. Conheciam bebês que não tinham respirado ao nascer, que demoraram para engatinhar e andar. Ele acabaria alcançando as outras crianças. E ouçam-no falar — todas aquelas cores — ora, ele não poderia ter qualquer problema de desenvolvimento intelectual. Vamos dar um tempo. Olha ele. Veja-o com essas pilhas de livros. Até os médicos disseram o mesmo — seus problemas de respiração no nascimento não tinham se prolongado o bastante para causar problemas sérios. O consultor ortopédico, um homem alegre, que o recebeu no seu aniversário de dois anos, porque ele ainda não dava sinais de que começaria a andar, tinha examinado com cuidado e sorrira para mim.

— Absolutamente nada de errado! Ele só está acima do peso e tem pés chatos. Dê um tempo que ele vai andar. Obviamente ele está ótimo, mentalmente. Garotinho esperto.

As mudanças na fala — que foi de frases a pronomes invertidos e culminou em palavras monossilábicas — e no comportamento — do riso prazeroso com livros e músicas para as fileiras rígidas de carrinhos que não podiam ser alteradas — foram incrementais e difíceis de explicar. A assistente social de saúde, porém, quando viu Jonny subir em cima da mesa enquanto ela tomava café, disse, com a voz suave:

— Tem algo errado, Sheila. Deixe-me marcar uma consulta para você. Esse comportamento não é normal.

À noite começamos a contar. Primeiro, em casa — antes que se espalhasse para a família toda. Minha sogra ofega e segura meu braço.
— Oh, não.
Ela quer que eu a console, mas não tenho nada a oferecer. Sinto-me zonza por causa do choque. Depois temos de contar para os amigos, e então para o mundo. É exaustivo. Alguns dias depois, arranjamos uma babá e saímos para jantar fora. Vestimo-nos bem e a comida está boa, mas não sabemos o que dizer um para o outro. Não sabemos o que realmente tudo isso quer dizer. Não podemos acreditar que será tão ruim. Jonny é um menino tão adorável. Uma tristeza profunda pesa sobre a noite, mas temos esperança. Podemos fazer algumas coisas para evitar a deterioração, pensamos. À medida que os dias, as semanas, os meses e os anos se estendem, descobrimos o quanto pode ser ruim, e o pouco que podemos fazer.

Alguns dias depois, minha tristeza se transforma em um pesadelo que durará pelos próximos anos. Meu marido, Bob, acabando de chegar do trabalho, diz casualmente enquanto desço a escada:

— Hoje a Joan me perguntou que trauma o Jonny sofreu.
— O quê?
— Ela diz que é isso que causa autismo. Trauma ou uma criação muito fria. Ela me falou de uns livros.

Sinto o mundo girar ao meu redor de novo, como aconteceu na sala com os ursinhos. Frieza? Trauma? Sento na escada para me equilibrar, sentindo-me completamente traída. Não tenho apenas um filho autista para cuidar. Não tenho apenas o atraso do desenvolvimento psicológico, a fala se degenerando, as dificuldades de interação social, toda uma vida de intervenções de pessoas que não conheço, mas das quais certamente preciso. Não tenho apenas mais uma criança, e depois uma terceira, cujas necessidades às vezes serão empurradas para os cantos, crianças que terão de tentar amar alguém que berra e dá cabeçadas se for tocada no momento errado. Não tenho apenas isso tudo. Tenho também a culpa. É tudo minha culpa.

Leio os livros — Kanner, Bettelheim, Tinbergen. Alguns dos meus contemporâneos — as mães intelectuais do meu conhecimento, impregnadas, como todos estávamos, pelas teorias de insanidade causada não pela natureza ou pelo desequilíbrio químico, mas sempre pelo ambiente, pela vida, pelos nossos pais — têm uma fé cega em toda essa teoria da loucura. Mergulho em relatos sobre patos e ratos. Aprendi sobre o autismo e o meu lugar em seu sistema. Eu devo ser uma "mãe-geladeira", alguém que coloca uma pressão intolerável sobre suas crianças, ou talvez apenas em uma criança da família, o bode expiatório que redime as demais. Eu não conseguia acreditar no que estava lendo. Adoro crianças. Abraço e falo com meus filhos. Brinco, canto e rio com eles. Vê-los felizes e seguros é a coisa mais importante da minha vida. O mundo continua a girar. Jonny não mudou. Ele ainda é estranho, afetuoso, rechonchudo e adorável. Mas todas as outras coisas mudaram. Pelos primeiros segundos preciosos de cada dia, isso ainda não aconteceu. Então, lembro-me de quem sou e onde estou, e o pesadelo continua.

Autismo — a palavra — aprendi de Kanner, que cunhou o termo. Vem do grego "*autos*", que significa "ego" ou "personalidade". Descreve crianças presas dentro de si mesmas, incapazes de se relacionar com outras pessoas, completamente egocêntricas. Não possuem habilidades sociais, frequentemente têm dificuldades de fala — e sempre de comunicação —, não são capazes ou não querem "ler" as pessoas do jeito normal. Fico com a impressão de que são crianças trocadas em berçários, que aparecem magicamente em famílias normais para infeccionar e subverter as coisas. Não consigo pensar em algo pior do que uma criança incapaz de amar. Passo a olhar com inveja para famílias de crianças portadoras de síndrome de Down ou paralisia infantil. Até que um dia, em uma loja de brinquedos, enquanto Jonny empurra alegremente um trem de madeira no trilho, vejo uma bonita mulher jovem levantar seu lindo filho da cadeira de rodas para brincar, e sei que aquele corpo frágil estará arruinado em poucos anos. Mas como posso ter causado essa perversão ao meu filho? Estou envergonhada, mas mesmo assim um pouco revoltada. Por que só uma criança na família? Por que uma mãe boa como eu? Não faz sentido.

Decido que talvez uma intervenção normal possa ajudar, e marco uma consulta em uma creche local. Quero matricular Jonny, ver se não posso estimulá-lo a se socializar, a fazer as coisas que não faz — pintar, modelar, construir. A dona nos recebe depois que as outras crianças já foram embora. Parece um bom lugar, e me sinto otimista. Ele com certeza vai progredir aqui, recuperar a fala. Há pinturas penduradas por toda a sala, montículos de massinha de modelar, caixas de lego.

— Desculpe-me por deixá-la esperando — ela diz, e seu sorriso é brilhante. Ela olha para Jonny, impassivelmente lindo de jeans azul, sentado no carrinho, balançando o barquinho.

— Hmmm... Acho que ele não se encaixaria muito bem aqui, pra ser sincera. Acho que não temos a estrutura necessária. Desculpe, quero dizer que ele estaria melhor em outro lugar, não acha?

Voltando para casa a pé, paramos para alimentar os patos. Jonny come o pão enquanto eu olho para a água.

O grupo de crianças para brincar é melhor. A assistência social paga para que haja um membro extra da equipe para cuidar dele nas três manhãs em que ele vai. Ele fica sentado quietinho olhando livros ou se aconchega aos assistentes quando oferecem canções ou histórias. Sua fala quase desaparece, e os abanos ficam mais intensos. Leio e falo com ele, passo mais tempo com nosso outro filho. Enquanto isso, fico me torturando. Na verdade eu queria mesmo uma menina. Talvez tenha demonstrado minha decepção no momento do seu nascimento? Tudo de que me lembro, no entanto, é o que a maioria das mães lembra ao emergir do redemoinho do parto — alívio porque acabou, porque o milagre ocorreu e o bebê está seguro e bem e é a criança mais linda que já viu. Naquele momento, todas as esperanças triviais quanto ao sexo da criança foram deixadas de lado e consumidas pelo inferno do parto e o desejo de que eu e meu bebê sobrevivêssemos. E quanto ao desmame prematuro? Poderia ter sido isso? Lembro-me daquele verão quente, quente demais, e eu amamentava meu bebezinho voraz noite e dia. Ele, ficando cada vez mais redondinho, enquanto suávamos juntos, unidos pelo meu mamilo. Minha vida resumia-se a assistir a qualquer coisa na televisão apaticamente, horas e horas a fio, o serviço doméstico por fazer; ou cozinhar com uma só mão, meu outro braço segurando meu menino no peito. Meu filho mais velho decidiu usar táticas de guerrilha. Precisava do banheiro sempre no exato momento em que seu irmão estava usando. Uma barriguinha dolorida no meu bebê gordinho me deu a desculpa de que eu precisava. O leite fazia com que vomitasse e chorasse de dor. Não o alimentei por um dia, cerrei os dentes por causa da dor nos meus seios duros, e nunca mais lhe dei de mamar. Ele pareceu não se importar. Estava pronto para comer papinha e cereal, e se adaptou a ambos com semelhante prazer.

 As pessoas pareciam não querer falar comigo a respeito. Não que me evitassem, porque eu não estava exatamente de luto. Mas sentiam-se desconfortáveis, preocupados que eu pudesse começar uma conversa da qual não queriam participar. Eu me perguntava se todos eles tinham lido Kanner e imaginavam qual parte de mim era congelada de tanta frieza. Mais tarde ocorreu-me que não era por isso. Era porque não havia nenhum motivo para aquilo — nenhum motivo mesmo. Eram pessoas que não fumavam, que comiam corretamente para não contrair câncer, certificavam-se de que a comida de suas crianças não continha nenhum corante artificial, compravam leite desnatado. Elas sabiam como se proteger e proteger sua família das vicissitudes da vida. E lá estava eu — uma dessas pessoas, uma boa mãe, responsável, cuidadosa. Como eles, eu brincava com massinha e fazia brinquedos de papelão, lia histórias e cantava. Embora fôssemos liberais em nosso gueto de classe média, sabíamos que crianças mais problemáticas viviam em outros lugares. Meu garotinho engraçado, ainda relutando em andar para onde fosse, grasnando e abanando coisas no carrinho de bebê, era para eles algo preocupante porque não havia nada de errado comigo. E se podia acontecer comigo, poderia acontecer com qualquer um.

Os acontecimentos desencadeados naquele dia cinzento e silencioso fizeram com que a ajuda chegasse quase imediatamente — terapia da fala três vezes por semana e uma professora particular em nossa casa. Assim começaram os anos de combinações e organizações. Jonny nunca alcançou a Fase Principal I, e seremos lembrados disso anualmente até ele largar a escola, já aos dezenove anos. A professora particular foi forçada a voltar ao trabalho porque seu marido a deixou por outra mulher. Ela não consegue acreditar que isso aconteceu, que de repente ela precisa trabalhar para ganhar dinheiro. Ela tira peças de lego da caixa para Jonny construir e lhe mostra figuras para nomear. Ouço a história do divórcio mais uma vez, enquanto Jonny se afasta para enfileirar seus carrinhos. Eu deveria estar grata pela ajuda. Estou grata. Grata e esperançosa, como uma mãe deve estar, pronta para trabalhar e tentar, tentar e trabalhar. Mas há dias, porém, em que eu queria que todos fossem embora e nos deixassem em paz. Fazia um dia bonito e ensolarado quando começamos a terapia da fala. Estamos de bom humor. Jonny está feliz e eu decidi ser otimista. Ele já foi capaz de falar — embora nunca tenha feito uma única pergunta em sua breve vida —, então por que não seria capaz de falar de novo? A terapia acontece na velha clínica. Levei as crianças até lá para todos os exames e vacinas, aguardei ali os meus anticoncepcionais. Estamos acostumados ao lugar. A terapeuta aparece radiante, de amarelo; entusiasmada, japonesa, adorável.

— Oi, Jonny, que bom te ver. Vem ver todas as coisas lindas que tenho aqui.

Ele não olha para ela e abana o barquinho. Lá vêm os ursinhos e bonequinhos de novo. E novamente eles não sabem se estão em cima ou embaixo da mesa. Jonny não poderia estar menos interessado em seu dilema. Ele se anima um pouco quando querem comida e resmunga algumas respostas. Temos de ser rápidas para entender o que ele diz — as palavras são baixas e confusas. Mas de repente, quando ela mostra uma figura, nós recebemos uma resposta maravilhosamente clara.

— Carro de bombeiro.

Mas a figura é uma bola. Eu fico prostrada, a enorme onda de força de vontade na qual pegamos carona se esvai mais rápido do que a maré noturna.

— Não, ouça — diz a terapeuta. A distância, ouço uma sirene.

Na volta para casa, é como se toda a beleza da cidade transbordasse por cima de nós. Declives iluminados pelo Sol surgem de seu coração dourado. Árvores estão alinhadas no horizonte e, no meio da cidade, vejo ovelhas pastando nos campos da linha do horizonte. Jonny segura um lindo ônibus verde e branco que compramos na França. Eu sempre o coloco em sua mão quando consigo arrancar o barquinho. Gosto de sair em disfarce — mãe e bebê bonito com ônibus. Empurrando o carrinho, tento prestar atenção aos sons das laterais — coisas que normalmente ficariam em segundo plano para que eu pudesse pensar ou falar com a pessoa ao lado. A sensação é sobrepujante, uma mistura de sentidos me inunda com estímulos indistinguíveis. Será que é assim para ele? Ou será que ele ouviu algo que o interessou muito e decidiu nos falar? A terapeuta me passou exercícios para tentar. Estou cansada só de pensar neles. Eu sei que ele é capaz, mas ele não tenta. Ou talvez ele tenha sido capaz um dia, mas agora não é mais. Quem sabe? Viramos na nossa rua, e pretendo esquecer-me de tudo por vinte minutos enquanto nos aconchegamos para ver programas infantis na televisão. Quando o tiro do carrinho, vejo que perdeu o ônibus; soltou-o sem dizer uma palavra. Parece intrigado quando sento no chão e choro.

Jonny está se acostumando agora. Cada mês traz um novo aspecto do autismo à nossa vida. Longe de reverter a maré, vejo-me impotente e atônita diante da força inexorável das ondas. Estamos na fila de um caixa, quando Jonny, sentado quieto no carrinho, começa a rir. As pessoas sorriem para ele.

— Que menino lindo!
— Tá com cócegas, é?

Mas à medida que a fila avança, o riso continua sem parar. Não há nada de engraçado por perto, pelo que sabemos, e Jonny está com o olhar perdido. Começa a soluçar e engasgar. As pessoas que estavam sorrindo há pouco agora se viram, constrangidas. Pagamos pelas compras e saímos correndo. Ele ri até voltar para casa, e acaba ficando enjoado.

Mas isso não é nada comparado à angústia e à raiva que começa a demonstrar. Jonny sempre foi pacífico e alegre, um bebê fácil de lidar. Mas, certa manhã, justo quando estamos com a casa cheia de crianças que passaram a noite conosco, ele não está feliz. Não está nem um pouco feliz. Penso que pode ser dor de barriga ou garganta. Mas como eu poderia saber? Ele não aponta, e de um tempo para cá raramente fala. Não fala, mas grita. Grita e grita. Ele me bate e me morde, se joga no chão. Eu aguento por algumas horas, depois ligo para o médico.

— Desculpe, eu não sei o que fazer.
— Posso ouvi-lo. Vou até aí agora.

Batidas e baques no andar de cima. Estão brincando de He-Man e Esqueleto. Espero pelo Ben que a brincadeira barulhenta abafe as lamúrias de Jonny. O médico é a bondade em pessoa. Já lidou com crianças deficientes antes e sabe muito melhor do que eu o que nos espera. Ele me dá uma caixinha de Valium, o qual devo tentar dar para Jonny. Fica lá no armário por vários meses, me censurando. Faço uma tentativa de dar para ele, mas não consigo e nunca mais tento. Com o tempo, descobrimos que levá-lo para passear de carro é mais eficaz. Uma dessas maratonas dura cerca de cinco horas. Depois, ele fica grande demais para isso, e temos que lidar com a situação como pudermos.

Nossa casa começa a mostrar os sinais do autismo. Caroços no quintal, cereal cimentado às paredes nas quais foi jogado e secou, marcas de umidade no teto onde a água da banheira transbordou. Coisas preciosas foram quebradas — vasos e tigelas que meus outros filhos compraram para mim, colares que foram arrancados do meu pescoço. Temos as marcas também — marcas de dentes em nossos braços, arranhões no rosto. A raiva e a angústia de Jonny parecem não ter limites. Minha tática de sempre para acalmar crianças perturbadas é completamente ineficaz. Nada é pior do que abraçar, acariciar ou falar mansinho. Começo a praticar o exato oposto do bom cuidado às crianças. Não toco em meu filho angustiado, porque isso o deixa louco de raiva. Não falo mais do que o necessário porque isso o deixa mais atormentado. Mantenho o mínimo possível de estímulos físicos. Aprendo a colocá-lo em um lugar seguro, a estar prevenida, mas não ao alcance dele, e espero. É a coisa mais difícil do mundo. Aprendo a observar e ouvir meu filho. Acho que os livros estão errados, mas não tenho a mínima certeza do que é certo. Tenho de aprender a compreender seu mundo a partir de dentro.

Estamos esperando no hospital. Falamos com pediatras de novo. Não há nada mais que possam fazer. Aprendo logo que a profissão médica perde o interesse rapidamente quando uma cura ou tratamento físico não estão entre as opções. Uma sensação de fracasso paira sobre as consultas, um sentimento de que eles queriam que fôssemos embora. Por fim isso acaba. O que preciso é de ajuda para conduzir da melhor maneira uma condição incurável, ajuda para ajudar meu filho. Isso, porém, não está disponível. Sugeriram-nos alguns exames, e estamos esperando por um encefalograma. Somos levados até uma sala, e a assistente técnica, uma mulher de meia-idade em um jaleco branco, sorri para Jonny, que está gemendo de leve. Ela fala suavemente com ele.

— Oi, querido. Calma. Não vamos te machucar.

Ela olha para mim.

— Precisamos colocar isso na cabeça dele e fazer com que se deite.

Eu fico em dúvida.

— Ele odeia coisas na cabeça.

— Ele gosta de confetes de chocolate?

— Adora.

— Vamos tentar, então.

Nada de anormal aparece na tela. Mais tarde me dizem que o autismo nunca aparece.

— Feliz aniversário, Jonny.

É seu aniversário de três anos e ele está deitado na cama com seu pijama de trem, encolhido embaixo do edredom estampado com a locomotiva Thomas. As paredes são adornadas com figuras de trens — muitas delas desenhadas pelo irmão. Ele sorri, seu rostinho rechonchudo ainda com sono, seus cabelos dourados desgrenhados. Ele ainda tem enormes olhos azuis.

— Vamos trocar de roupa e ver o que vai ter no seu aniversário.

Eu tiro a fralda, dou-lhe banho e o visto com calças e uma blusa nova da locomotiva Thomas. Então cantamos *Esburacadinho* descendo a escada, ele rindo no meu colo. Lá embaixo estão seus presentes. Seu irmão abre os presentes e cartões para ele, mostrando-lhe pacientemente cada um, colocando carrinhos em suas mãos e lendo os livros em voz alta. Gastamos uma nota em um carrinho de pedalar de plástico com o qual ele sempre adorava brincar na loja de brinquedos. Ele não parece tão impressionado quanto eu esperava que ficasse, mas entra no carrinho. Ben está com um amigo e juntos eles empurram Jonny pela casa. Estão tão animados, os meninos.

— Não é bacana, Jonny? Que sorte, hein?

Durante as próximas semanas, Jonny passa a sentar-se nesse carro por longos períodos de tempo, entrando nele antes de se vestir, tomando seu suco de café da manhã na mamadeira da Tommee Tippee. Ele não pedala, mas gosta de ficar lá dentro, ao menos.

À tarde fazemos uma festa com biscoitos, gelatina, batatinhas e um bolo da locomotiva Thomas. Deu muito trabalho fazer o bolo. O trem é azul e magnífico, andando em trilhos de alcaçuz salpicado com granulado colorido. Acho que o Jonny gostou. Amigos chegam e fazemos brincadeiras, dançamos e entregamos presentes. Seguro as mãos de Jonny e danço com ele ouvindo suas músicas favoritas, mas sei que ele quer que eu pare. Ele come batatinhas e biscoitos com os outros e todos nós conversamos e rimos. Ele assopra as velas no momento certo, mas retorna rapidamente para a gelatina. Ben e seus amigos revezam-se para brincar com o carrinho. Por fim todo mundo vai embora com pedaços de bolo, e eu dou banho no Jonny antes de colocá-lo na cama. Quando entro na sala de jantar para limpar as coisas, Ben está com as mãos cheias de granulado. Sua boca está melada e ele sorri com todos os dentes.

Decido acabar com o autismo. Decido ensinar meu filho a fazer as coisas. Começamos com um simples quebra-cabeças. Ele aprende a colocar as pecinhas de madeira nas formas cortadas. Depois aprende a organizar os talheres, colocando-os nos compartimentos corretos. Leio e leio para ele. Faço com que termine as frases que eu começo. Começo uma história de faz-de-conta e encorajo-o a continuá-la. Estou exausta, afundando-me na negação, negando-me totalmente a acreditar no que me foi dito. Eu o abraço e noto cada resposta emocional com triunfo. Ensino-o a contar. Deixo-o limpo e seco todos os dias. Mais tarde, percebo que não é o diagnóstico que está errado; é toda a maneira como o autismo foi categorizado e descrito. Não é causado por trauma ou frieza. Não é uma psicose causada por privação emocional. Eles podem não ser capazes de ver a lesão no cérebro dele, mas eu sei que está lá. Meu filho é deficiente. À medida que o tempo passa, leio livros muito melhores. Livros que me falam da teoria da mente — que meu filho não é capaz de entender que as pessoas têm visões diferentes ou conhecimento de sua pessoa em sua mente. De repente, sua frustração e sua falta de interesse em me dizer o que ele quer ou que está com dor de barriga se tornam compreensíveis. Ele acha que eu já sei. Como sou obtusa de não lhe dar o que ele quer! Leio a respeito de sobrecarga sensorial e da incapacidade de ordenar a informação sensória. Então entendo por que o meu toque pode ser demais para ele, por que seus dedos estão enfiados nos ouvidos de novo. Leio sobre a incapacidade de prever situações, de aprender com o passado. Quando ele está berrando, chego perto o bastante para sentir as batidas rápidas de seu coração. E finalmente entendo o quanto ele está assustado.

Estamos ao lado do canal nos fundos de casa, observando um barco passar pelos diques, quando percebo qual é o problema central. Jonny está, como de costume, no seu carrinho de bebê. O canal aqui cai em uma bacia, formando um pequeno lago antes de fluir sob a estrada e para outros diques. Jonny está empolgado com a súbita torrente do dique à medida que o nível da água abaixa. Abana o barquinho ainda mais rápido, seus braços e pernas tremendo. Ele observa, até que o fluxo de água para e então perde o interesse. Mas eu continuo olhando por um tempo. Há uma varanda georgiana atrás do lago, com uma ponte branca de ferro forjado que leva até ela. A tarde cai sobre a ponte dourada, refletida na água. Nunca deixo de admirar-me diante de tanta beleza.

— Ele não tem imaginação — eu penso. E tudo faz sentido, então. Todos os problemas quanto a prever eventos, o medo da mudança, o conforto com a mesmice e a rotina, as dificuldades sociais e de comunicação que surgem disso. Penso em quantas vezes ao dia fico imaginando o que vai acontecer; como eu uso essa habilidade para lidar com o futuro, com os eventos da vida no dia a dia. Começo a entender que o medo será reduzido se toda essa incerteza for reduzida. Começo a tentar preencher as lacunas para meu filho, dizer-lhe o que vai acontecer, fornecer figuras que sua própria mente não é capaz de imaginar para tornar sua vida tolerável.

São sete e meia de uma noite de verão. Os quartos das crianças ficam na frente da casa, e a luz do Sol penetra em seu interior ao fim do dia. Estamos cansados, mas elas estão na cama finalmente e sentamos para comer em paz. A janela dá para o jardim aberto. Há uma leve brisa e uma vista de flores e árvores; atrás delas, o céu ainda está azul. O cheiro de erva nicotiana flutua no ar. No meio da refeição, a campainha toca e fico surpresa de ver a vizinha quando abro a porta. Ela mora do outro lado da rua e tem uma hospedaria. Ela parece um pouco envergonha.

— Hã... desculpe incomodar.

Eu olho para ela com uma expressão de curiosidade.

— É só o seu menino.

— Perdão?

— Digo, você sabia... Bom, que ele está se equilibrando no peitoril da janela? Não quero me intrometer, mas seria terrível se ele caísse.

Eu corro escada acima e abro a porta com todo o cuidado possível. No quarto de Jonny, as cortinas estão esvoaçando. Deixei a janela aberta porque está muito calor. Achei que ele estivesse dormindo. Não está, no entanto — está empoleirado no peitoril, inclinando-se para fora, rindo. Fico completamente parada e penso: "não posso gritar ou correr até ele. Não posso fazer nada precipitado".

— Jonny? — Eu quase sussurro. Ele me ignora completamente.

— Tá tudo bem, amor. — Eu ando bem devagar até ele enquanto falo. Quando estou perto o bastante, seguro-o e puxo para a cama comigo, agarrando-o com força. Ele ainda ri, enquanto as cortinas se esvoaçam ao pôr do Sol.

Deixei a janela aberta. Por dias me pergunto que tipo de mãe eu sou. Quanto a Jonny, ele está muito feliz. Não tão feliz quanto quando estava se equilibrando no peitoril da janela, mas completamente não afetado pelo evento. Seu gosto por alturas não vai diminuir até chegar aos vinte e poucos anos. Ao longo do tempo, esse gosto se manifesta de maneiras diferentes, desenvolvendo-se desde um equilíbrio excitado na barra mais alta do trepa-trepa até a emoção que experimenta à beira de um precipício ou no topo de um monte. Geralmente tento segurá-lo pelo canto da camiseta ou do casaco, mas ele se solta. Se há vento — ou mesmo chuva ou neve — a alegria é ainda maior. Ele nunca chega a tomar consciência do perigo. Por sorte, seu senso de equilíbrio é aguçado. Por isso ele também nunca caiu.

Estamos no meio da tarde e a sala está uma bagunça por causa da reforma — uma extensão da cozinha e uma conversão do sótão em outro quarto para quando o bebê chegar. Está tudo empoeirado e há constantes batidas. Há tábuas de assoalho e canos expostos. Restam somente as cadeiras do jardim para sentar. Então os operários terminam o dia de trabalho e de repente tudo está silencioso. Despeço-me deles e deito em uma das cadeiras, cansada da gravidez. Sei que o meu bebê não tem síndrome de Down nem espinha bífida. Até onde sabemos, tudo está bem. Eles não seriam capazes de ver autismo, claro, mas eu sinto que fiz tudo o que posso. Sei que é uma menina, então isso imediatamente diminui as chances. Jonny, sentado no chão, brincando, olha para mim e larga seu engarrafamento de carrinhos, sobe no meu colo e deita contra meu corpo inchado. Envolvo meus braços em volta dele e canto. Seus

VIVENDO COM JONATHAN

longos cílios piscam, depois fecham, e eu fecho meus olhos e durmo também. Seu corpo é suave e sinto-o quente contra o meu. Por meia hora ficamos completamente em paz.

CAPÍTULO TRÊS
NASCIMENTO

Estou determinada a não dar à luz tão cedo. Sincronizo as contrações e suponho qual seja a dilatação. Ao contrário de algumas das minhas contemporâneas, não tenho nenhuma vontade de dar à luz em casa. Elas podem achar a tecnologia ameaçadora, mas eu a considero extremamente reconfortante. No entanto, não pretendo ir para o hospital um minuto antes do necessário. Quando minhas contrações tornam-se fortes e regulares, vamos de carro até a maternidade e tudo parece meio caótico. É uma noite curta, daquelas em que as horas passam voando, e muitas mulheres entraram em trabalho de parto. A suíte é bem nova, moderna e radiante. Estou em um quartinho, sentada na cama, pronta para deitar e me entregar ao parto, passar pelo longo túnel. Não há nenhum sinal de quando o fim chegará, apenas das muralhas de dor que se fecham ao meu redor até o fim. As mulheres em dilatação agora estão em maior número do que as parteiras, e uma enfermeira vem examinar-me. Sete centímetros.

— Certo, Sra. James, estou vendo que este é o seu terceiro.

— Não — eu uivo. — Não, não, não.

— Desculpe, desculpe. Prancheta errada. Vou pegar a correta. Não se preocupe.

Mas eu me preocupo.

Fui levada para a suíte de parto. Minhas pernas estão abertas e há pessoas ao meu redor. A dor mudou e sei que estou perto do fim.

— Quase lá. Muito bem, Sheila. Arqueje, isso. Pare de empurrar por um minuto. Calma, calma. Vamos lá. Não empurre. Pronto. É um menino, um lindo menino.

Mas ainda naquele momento, naquele lugar incerto de dor, gás e ar, posso ouvi-los murmurando. Faço um esforço para entender, no meu estado nebuloso. Quero saber o que há de errado. O cordão estava em volta do pescoço dele, e eles o cortaram antes de ter nascido totalmente. Agora ele está seguro. Colocam-no em meu peito. É como se faz hoje em dia — com cuidado, intimamente. Está coberto de vérnix caseoso, é branquinho e quietinho.

— Ele está morto? — eu pergunto.

— Não — eles dizem, mas ele é tirado de mim.

Retiram o muco que está bloqueando suas passagens nasais e fazem com que ele respire antes de ser devolvido a mim. Seguro-o e o coloco no meu seio. Ele mama um pouco e eu fico feliz. Mas as narinas se entopem de novo e ele dá uma tossida antes que o levem de novo para cuidar dele. Todos os bebês recém-nascidos têm olhos azuis, eu sei disso. Sei que não é nada de especial. Mas os dele são enormes e emoldurados por cílios longos.

— Igual o irmão dele — penso. — Vai ficar tudo bem.

Não está tudo bem, porém. Eles estão se alvoroçando demais.

— Ele está frio — a parteira diz, e eu fico intrigada. — Está em estado de choque.

Fico esperando que o levem para uma incubadora, mas não o fazem. Tantas mulheres dando à luz na noite mais curta do ano. Fico preocupada, mas eles parecem incrivelmente competentes. Tomo um banho e a enfermeira me diz que não é anormal que as narinas de um bebê estejam bloqueadas ou que o cordão fique preso em volta do pescoço. Eles só precisam ficar de olho nele. São tão reconfortantes. Acho que vai ficar tudo bem. Na maternidade, ele é colocado em um bercinho ao meu lado. Deixaram-no inclinado, de modo que a cabeça dele fique baixa e o muco possa sair. Seu cabelo está escuro e lambido na cabecinha. Suas mãozinhas estão fechadas.

— Tenta dormir um pouco — a enfermeira diz.

— Muito difícil — penso.

Não dá pra dormir em maternidades, mesmo em uma com apenas quatro camas como esta. Durante todo o tempo que resta da noite, o bebê ao lado está chorando.

— Dá de mamar pra ele, dá de mamar — penso.

Mas a jovem mãe troca a fralda, dá-lhe um tapinha nas costas, tenta acalmá-lo, tudo menos tirar o bico do seio dolorido e rachado para dar o que ele quer e suportar a dor de novo. Peço um tubo de plástico para sugar o muco, e fico observando meu bebê. Eles colocaram uma touquinha e botinhas para deixá-lo quentinho. Azul para um menino. Periodicamente a respiração para e eu limpo o muco. Por fim, uma das parteiras chega, senta-se na cama ao meu lado e percebo que estiveram discutindo a situação.

— Você se importa se a gente ficar com ele até de manhã? Assim você pode dormir.

Concordo, e ela o leva no berço com rodinhas. Mas não consigo dormir e saio para procurá-lo. Ele está deitado ao lado da enfermeira na escrivaninha, adormecido em seu berço Perspex, cabeça baixa, respirando normalmente. Está vestido com a camisolinha antiquada que eu trouxe e enrolado em um cobertor de lã e em um edredom azul com a figura do Humpty Dumpty. Há um aquecedor ao lado do bercinho para esquentá-lo. Não sei bem o que dizer, então não digo nada. De onde tiraram o aquecedor? Ele não deveria estar na unidade de tratamento especial? Estou muito confusa e exausta para articular meus pensamentos. Imagino que devem saber o que estão fazendo. Mais tarde, consigo dormir, e de manhã eles o trazem de volta.

VIVENDO COM JONATHAN

— A temperatura dele está perfeita agora. Tudo está bem.

Estiveram ocupados o dia todo com a moça ao lado. Seu bebê tem icterícia e a toda hora alguém chega para lhe dar um conselho diferente. Por fim ela não aguenta e chora.

É hora de visita e estou de ouvidos alertas. Vários segundos antes de ele chegar à maternidade, ouço meu outro filho correndo pelo corredor, conversando, excitado. Ele entra no quarto e para, quieto de repente. Ben, com seus volumosos cachos louros, segura um ursinho. Jonny e eu estamos na janela, limpos e arrumados. Ele está vestindo um roupãozinho e botinhas; estou com uma camisola rosa listrada. Estamos sentados em uma grande poltrona.

— Aqui, amor, eis o seu novo irmãozinho.

Ele chega perto timidamente, a excitação passando, intimidado. Ele levanta o ursinho.

— Oi, bebê. Eu trouxe isso pra você. — Jonny está deitado quieto, tomando Sol. Ben coloca o ursinho debaixo do braço do irmãozinho e eu passo o bebê para o pai dele. Então, pego meu menino de três anos no colo.

— Quando você vai voltar pra casa, mamãe?

— Amanhã, amor.

— O bebê também vem?

— Vem, sim. É nosso bebê, seu irmãozinho. Lembra que nós falamos disso?

— Sim. — Ben se aperta contra mim. Mais tarde, quando vão embora, ele parece triste.

— Até amanhã — eu digo, e ele sorri.

— Tchau-tchau, mamãe. Tchau-tchau, bebê Jonathan.

No segundo dia após minha volta para casa, assistimos Play School e fazemos um carro de papelão grande com a caixa da geladeira. Ben faz os cortes e as colagens. Ele pintou o carro e eu usei os contrapinos para ligar os limpa-vidros de papelão na frente. Ben está feliz. Mamãe está em casa e não está tão diferente. Ainda assistimos Play School todo dia e depois fazemos algo. Embora eu não tenha nenhuma habilidade artística, meu filho mais velho é precoce e tem de sobra, por isso, meus dias como professora primária me servem muito bem para todas as pinturas e desenhos e modelagens que eu o motivo a fazer.

Durante os primeiros dias, Jonny está muito contente, sendo carregado de quarto em quarto conosco em seu moisés e causando pouquíssima distração. No segundo dia, levamos o carro de papelão para fora e Ben brinca com ele sob uma macieira carregada de botões. O jardim está cheio de asfódelos, os dias vão ficando mais longos e sinto a alegria pós-parto. A gravidez sempre me deixa vulnerável e ansiosa. Esses nove meses em particular foram um pesadelo, e estou feliz que acabou.

Lembro-me de ter pensado: "Isso não é bom, isso não pode fazer bem para o bebê." Mas, como as pessoas me disseram, mulheres passam por todo tipo de coisa quando estão grávidas — até mesmo guerras e privações extremas — e conseguem produzir bebês perfeitamente saudáveis. Estou bocejando na frente da televisão de manhã cedo com Ben quando noto um problema. A náusea do início da gravidez passou, mas estou permanentemente cansada, desesperada de sono, e não tenho muito tempo para dormir. Ben monta um navio grande, está quase completo, de lego enquanto assiste aos desenhos. São seis e meia de uma manhã de domingo e Bob está aproveitando para dormir um pouco mais do que de costume. O navio de Ben é impressionante. Toda manhã ele me espanta com a complexidade do que produz, sua concentração e o resultado magnífico. Acima de tudo, porém, fico mais impressionada porque ele desmonta tudo sem maiores preocupações na manhã seguinte para começar algo novo. Eu ando esfregando meu braço e, quando olho para baixo, vejo uma mancha de pele vermelha descascada. À noite, descubro grandes partes do meu corpo cobertas por tais manchas. O médico diz que é uma doença de pele que levará seis semanas para desaparecer. Sinto-me envergonhada e debilitada. Por sorte, as seis semanas terminam antes de as manchas atingirem meu rosto.

Quando meu corpo volta ao normal, começo a espirrar. Minha temperatura aumenta e aumenta, mas me recuso terminantemente a tomar um único analgésico se isso puder prejudicar o meu bebê. Estou com febre, delirando durante a noite, andando sem ter ideia de onde estou ou o que está acontecendo. Ligamos para o nosso médico, mas é um substituto quem vem.

— Você está com gripe. Vai passar. Fique de cama e tome bastante líquido. Algum problema com a gravidez?

— Tenho pressão alta.

— Bom, nada melhor do que uma semana de cama com gripe para baixar a pressão!

A gripe é acompanhada por dores de cabeça lancinantes e sangramentos nasais, seguidos por semanas e semanas de tosse. Certa manhã, Bob, pronto para o trabalho, diz "tchau", deixando nosso filho na cama comigo.

— Você não vai embora, vai? — pergunto debilmente.

— Oh, você vai ficar bem — ele responde. — Chame minha mãe para te ajudar.

Eu tento levantar da cama, zonza de febre, e caio nela de novo. Fico deitada por um momento, enquanto o quarto gira, depois faço um esforço supremo para me ajeitar e continuar o dia.

Meu próprio médico diz que posso estar com coqueluche. Cada dia é uma luta. Acordo cansada e vou para a cama fora de mim de tanta exaustão. Por fim, com oito meses de gravidez, acordo e limpo a garganta, produzindo uma grande quantidade de catarro infeccionado. Mal consigo sair da cama. Levo meu filho até o centro da cidade e, saindo de uma loja de brinquedos, sei que não posso passar mais um dia assim. Vou ao médico, que me examina e depois diz calmamente:

— Eu vou te dar alguns antibióticos.
— Não pode. O bebê. Não posso tomar.
— Você está com pleurisia.
— O que isso significa?
— Que você vai ficar com pneumonia em duas semanas se nós não cuidarmos de você. Será perigoso entrar em trabalho de parto assim.
Eu cedo, tomo as drogas e me recupero rapidamente.

Agora, em casa, com uma criança animada e um bebê, me sentindo bem, estou em meu elemento. Tenho certeza de que consigo lidar com tudo. E Jonny parece ter sobrevivido à minha gravidez adoentada e ao seu nascimento infeliz sem nenhum efeito prejudicial. Vou deixar Ben no grupo de crianças para brincar. Estaciono o carro e o levo para dentro de mãos dadas, com o bebê contra meu ombro. O grupo fica na velha igreja. Está escuro quando entramos, mas os olhos se acostumam. O grande corredor — antigamente a parte principal da igreja — é mantido por causa do trepa-trepa e dos brinquedos grandes. Crianças em carros e trens circulam pelo púlpito. A área "silenciosa", por onde entramos, foi separada por uma divisória. Está abarrotada de cavaletes, mesas com massinha de modelar e pequenas áreas cobertas com tapetes, livros ou caixas de carrinhos e bonecos. As outras mães vêm olhar meu bebê.
— Como ele está? Oh, ele não é lindo mesmo?
— Oh, ótimo, ele é um clone do irmão. Mais um arteiro pra aprontar.
Continuamos com nossa vida e esqueço a noite em que os relógios se adiantaram.

Estou sentada na mesa da sala de jantar, preparando notas para uma palestra. Meu trabalho de professora de meio expediente transformou-se em um de período integral, então pedi demissão. Mas precisamos de dinheiro, e quando surge um trabalho para ensinar música uma vez por semana na universidade do Bob, eu aceito.

VIVENDO COM JONATHAN

Começo ensinando a mesma coisa seis vezes seguidas para seis classes diferentes no meu único dia de trabalho e sei que vou ficar louca se continuar assim toda semana. Não consigo mais lembrar, no meio da terceira palestra, o que eu disse e o que não disse. Estou trabalhando duro, preparando lições, para poder variar o dia. Jonny está sentado quietinho no chão, divertindo-se com uma cesta de livros. Lá fora, chove constantemente, e os ramos secos das árvores curvam-se contra o vento. Jonny não é mais um clone de seu irmão. Não consigo lembrar quando a mudança começou, mas ele é pacífico e tranquilo, perfeitamente contente em se divertir sozinho. Não mostra nenhum sinal de querer engatinhar e, aos oito meses, ainda senta-se apoiado em uma almofada. Eu olho para ele "lendo" seus livros e sinto culpa. Deveria estar brincando com ele, lendo ou cantando para ele, estimulando-o. Mas ele está tão feliz. Em contraste com seus atributos físicos atrasados, sua fala é avançada e complexa. As pessoas me dizem que crianças que não respiraram ao nascer geralmente demoram a engatinhar e andar. Suas demais habilidades dão a todos a certeza de que não haverá outros problemas mais sérios. Ele vai chegar lá, dizem. Ele ainda está dentro de um período de desenvolvimento aceitável. Está feliz. Passamos muito tempo fazendo coisas juntos. Continuo com meu trabalho.

É de manhã cedo. Jonny está deitado em seu tapetinho enquanto troco suas fraldas. Ele sorri para mim e balança os bracinhos de animação. Seu rosto é redondinho e suas coxas, roliças de gordurinhas. Ele realmente deveria estar se mexendo mais agora. Mas ainda é lindo. Os olhos azuis ficaram ainda mais azuis, o cabelo preto caiu e foi substituído, como o do irmão, por volumosos cachos da cor de milho ao Sol. Está animado porque estou cantando — e aprendendo, ao repetir várias vezes as canções que planejo ensinar aos meus alunos. Suas origens remontam a cenários multiculturais, então estou aprendendo algumas canções caribenhas que são novas para mim.

— Se afasta de mim, menino — eu canto. — Se afasta de mim, menino.

Meu bebê gordinho me olha, seus olhos azuis límpidos, cantando: "Se afasta de mim, menino, se afasta de mim."

Ele capta as palavras e a melodia — incrivelmente fiel para uma criança tão novinha. "Bom", penso, "ele pode não saber andar, mas talvez tenhamos aqui um gênio musical."

É Natal, hora de ver o que mais o Papai Noel nos trouxe. As meias já entregaram seus tesouros, então nos vestimos e descemos a escada. Abro as cortinas para uma manhã límpida e nítida contra um céu azul luminoso. O exterior é um mundo diferente hoje. Não nos afetará. A sala de estar está mágica, iluminada somente pelas luzes de Natal e pelo cheiro de pinheiro. Ao redor da árvore há pilhas de presentes e sacos plásticos cheios de surpresas. Coloco Jonny no cantinho do sofá. Ele está com nove meses e ainda precisa de apoio para se sentar. Está feliz — com a linguinha meio para fora como sempre fica quando os dentinhos estão nascendo. Eu o vesti com calças de veludo azul-escuro e uma blusa listrada azul e creme. Ele está adorável e ri constantemente. Uma argola de sinos estava em sua meia e ele a abana com entusiasmo. Vários dos presentes são musicais e um xilofone de madeira logo surge. Ben desfaz os embrulhos o mais rápido possível e mostra para seu irmão cada brinquedo novo.

— Olha, Jonny, olha o que o Papai Noel trouxe pra você!

Coloco uma almofada atrás do Jonny quando o sento no chão. Ele está com as baquetas do xilofone nas mãos, as pernas esticadas, batendo no instrumento e repetindo as palavras que dizemos para ele. Seu irmão pega outro par de baquetas e eles batem juntos, rindo.

Por fim, um mar de papel cobre todo o chão. Cada presente é desembrulhado. Peças de lego, carrinhos, roupas, coisas que tilintam, ressoam e repicam estão espalhadas por todos os cantos. O almoço precisa ser servido. Jonny vai sentar na cadeira de bebê, feliz de comer carne de peru, purê de batatas, caldo de carne e cenouras. Ambas as crianças estão doidas de animação. Jonny está sentado, cercado por todo esse caos de Natal, com um tubo de plástico enfiado na boca. É meu garotinho engraçadinho. Ele ama o irmão. Ama os presentes. E daí que não consegue engatinhar? Ele é perfeito.

CAPÍTULO QUATRO
ESCOLA

O que realmente me preocupa é que ele pode não conseguir atravessar o *playground*. Ele nunca foi tão longe sem o carrinho, e talvez eles não queiram aceitar um menino de quatro anos que não consegue andar nem por uma curta distância. Esta é a única instituição para crianças autistas na cidade. Estou certa — apesar da atual moda da integração — de que o Jonny não se adaptará e não conseguirá o auxílio necessário em uma escola convencional. Esta unidade, para crianças com autismo e dificuldades com a linguagem, está ligada a uma escola primária local. Se eles decidirem aceitá-lo, disseram, ele vai se misturar com as outras crianças aqui mesmo assim. Seguro a mão de Jonny, desejando que ele consiga, e sorrio com entusiasmo para as duas mulheres que dirigem a unidade.

— Ele foi diagnosticado como autista, mas não tenho certeza. Ele costumava ter uma fala muito boa e ainda tem. Digo, às vezes ele realmente nos surpreende e diz algo que achávamos que ele tinha esquecido.

Olho para Bob esperando uma confirmação, e ele concorda.

— Nós nos perguntamos se não está tudo na cabeça dele ainda, em algum canto. Ele não fala por dias, depois solta uma frase bem longa, palavras que achávamos que ele não sabia mais.

— Oh, pode ser, sim. Nós provavelmente poderíamos fazê-lo falar aqui. Quem fez o diagnóstico?

Digo o nome e ela troca um olhar com a outra professora.

— Ela disse que ele não era capaz de aprender, mas eu o ensinei a montar quebra-cabeças, a organizar algumas coisas e a contar até dez.

Elas fazem que sim e sorriem.

É mais um dia apagado, brando e cinzento, no começo da primavera. Jonny consegue andar, embora muito devagar, e assim que entramos na unidade todos nós relaxamos um pouco. Há duas salas de aula, uma para crianças pequenas, outra para as mais velhas, com muitos equipamentos legais. Entre as salas há um pequeno saguão onde sentamos. Elas dão alguns livros para o Jonny olhar.

— Trator — ele diz, linda e claramente, e eu tenho vontade de beijá-lo. — Lindo trator.

— Oh, nós vamos nos dar bem com ele — diz a professora principal. — Com certeza vamos conseguir fazer muitas coisas com ele.

Uma secretária sai do escritório e oferece-nos um café. Todo mundo é muito gentil, muito compreensivo, muito de acordo com a minha afirmação de que o diagnóstico estava errado.

É hora do intervalo, e somos convidados a ficar por ali. As crianças mais velhas, todas uniformizadas, juntam-se às minhas novas, que não estão uniformizadas. Todas sentam em um círculo e nós sentamos com elas. Jonny abana o barquinho e eu noto as duas professoras trocando olhares novamente. Há quatro meninas e três meninos, inclusive gêmeos idênticos. A assistente da sala de aula sorri cordialmente para mim ao dar às crianças suas canecas de café com leite. Todas elas tomam obedientemente. Os gêmeos não falam e ficam olhando para o teto. As crianças começam a sair dos assentos, mas são colocadas de volta rapidamente.

— Não, Richard. Não, Robert. Nós sabemos que temos que ficar sentadinhos até todo mundo acabar, não é?

Eles arrastam os pés, mas ficam sentados. Há uma menina da sala dos mais velhos — provavelmente com uns nove anos, e muito linda — que entrega biscoitos. Ela fala cuidadosamente com as crianças. "Toma o seu biscoito, Carl. Por favor, aceite." Fico pensando por um momento: por que será que ela está aqui? Ela parece nervosa, no entanto, e sua fala é formal. Depois de entregar os biscoitos, ela fica de pé por um momento, seus braços levantados com os cotovelos para cima.

— Sente-se agora, Sally. Obrigado.

Meio segundo se passa antes que ela olhe para quem falou, e então ela se senta.

Depois do intervalo para o café, as crianças voltam às suas atividades. Algumas das mais velhas começam a ler e algumas das mais novas a colorir figuras grandes. A assistente está sentada com os gêmeos. Ela coloca suas mãos sobre as deles, orientando-os calmamente a tocar as figuras enquanto fala. Ambas as crianças olham para o outro lado. Nós nos aprontamos para ir, e a professora responsável nos leva até o carro. Do lado de fora da unidade há um pequeno *playground*, separado por uma cerca do outro *playground* usado pela escola principal. O asfalto é coberto por uma superfície lisa e segura, e há um trepa-trepa de madeira maravilhoso.

— É lindo — eu digo.

— Sim, o clube Rotary da região faz uma festa para nós todo ano. Eles pagaram por tudo isso. Temos muitos amigos.

Outra instituição traz um grande castelo inflável para as crianças toda semana, nos disseram. Isso é agradável e muito bom para elas.

— Não cedemos ao autismo aqui. Alguns dos pais não agem assim em casa. A dos gêmeos, por exemplo, é completamente vazia. Não deixam nada à mostra para que as crianças não quebrem ou subam nos móveis.

— Puxa vida.

Fico muito lisonjeada por ela estar falando comigo assim.

— Notamos que você não é bem assim.

— Bem, não — mas acho que ainda não acertamos muito bem com o Jonny.

Algumas semanas depois, somos convidados a voltar. Tomo o cuidado de deixar o barquinho em casa. Em vez disso, Jonny leva um trator de brinquedo, o qual fica chupando. Mas tenho medo de que ele comece a gritar caso eu não dê a ele algo para segurar. É um dia quente, ensolarado. Vamos de carro, passamos por canteiros cheios de asfódelos e árvores florindo. Na unidade, pessoas, inclusive alguns dos pais, estão do lado de fora, na grama. Somos recebidos alegremente.

— Ele pode sentar aqui — diz a mulher que é professora das classes das crianças mais novas.

Ela leva Jonny pela mão com firmeza, e antes que ele se dê conta, está sentado na grama com as outras crianças. "Por favor, fica aí", eu rezo, e incrivelmente ele fica. Estão entregando troféus de natação e certificados. Não consigo acreditar nas distâncias que essas crianças nadaram. É tão impressionante. Todos batem palmas, e algumas das crianças sorriem. Os gêmeos ainda estão impassíveis, mas são levados até lá, de mãos dadas, para pegar os certificados. "Como é que conseguiram fazê-los nadar?", penso. Mais tarde — Jonny foi levado para a sala de aula — converso com uma das mães.

— Eles são maravilhosos aqui. O Carl fez muitos progressos. É inacreditável, na verdade. Eles nos disseram no hospital para não esperar muita coisa, mas ele está se dando bem. A gente acha que ele vai conseguir passar para a sala das crianças mais velhas no ano que vem. Jamais poderíamos imaginar que conseguiriam colocá-lo na água também. Ele costumava ter tanto medo da água! — ela segura um certificado para 25 metros de natação.

— Nossa, fantástico — digo.

— Quando você recebeu o diagnóstico? — Conversamos um pouco mais e ela explica que as professoras aqui têm amigos na universidade, onde eles usam a piscina.

Mais tarde, as professoras dizem que o irmão de Jonny pode ir com ele sempre que quiser, nos dias de reunião de professores. Na verdade, ele pode ir à unidade sempre que estiver livre. Fico muito feliz.

— Os dois adoram nadar — digo. — Embora o Jonny ainda use braçadeiras.

— Oh, logo ele vai estar nadando sem. Você vai ver.

Toda manhã acordo esperando, esperando que seja hoje. Depois de algumas semanas, recebemos uma ligação. Vão aceitá-lo depois da Páscoa, quando tiver quatro anos.

Um táxi vem buscar Jonny para ir à escola todo dia, e a assistente da sala de aula é sua acompanhante. Ele começa indo algumas manhãs. Eu vou também, mas eles parecem muito interessados em ficar logo com ele em tempo integral sem mim. É uma introdução bem mais curta à escola do que o meu outro filho esperava, mas obviamente eles sabem o que estão fazendo. Eles falam muito do seu sucesso com crianças autistas e não acham que Jonny seja exatamente autista. Ele tem tendências autistas, mas não mais do que isso, eles dizem. Com certeza conseguem dar um jeito nele. Começo a ter fantasias de que vamos conseguir colocá-lo na escola normal em alguns anos. É claramente disso que Jonny precisa. Eles não gostam que as crianças faltem, explicam. Mesmo que esteja meio resfriado, eu devo deixá-lo ir. Eles podem tornar o dia dele mais agradável.

Estamos entrando no ritmo da coisa agora. Toda manhã acordo os dois meninos e tento fazer com que Jonny se vista sozinho. Fazê-lo levantar as calças e colocar os pés nos sapatos é um trabalho difícil e vagaroso. Não há dúvida de que ele consegue se virar com zíperes ou cadarços, botões e tudo mais. Na unidade fizeram alguns comentários pejorativos sobre como eu faço as coisas para ele e sei que devo tentar torná-lo mais independente. Estamos no banheiro, sem a fralda, bumbum limpinho. Seu cabelo está desgrenhado, seu rosto sonolento.

— Levanta as calças, amor. O táxi vai chegar logo.

Você poderia achar que ele não me ouviu. Mas agora já fizemos um teste de audição e temos certeza absoluta de que ele ouve bem. Ele fica olhando para algo à distância e abana o barquinho. Isso é uma luta também. Ele não pode levar o barquinho para a escola de maneira nenhuma. Eu o tiro da mão dele calmamente, colocando uma bala no lugar, toda manhã. A assistente me ajuda. Ela sabe que haverá problemas se ele aparecer na escola com o barquinho.

Ele vai para lá feliz toda manhã, mas não está realmente fazendo progresso. Ao contrário, a deterioração continua. Ele fala cada vez menos. Até a ecolalia já não é tão frequente. Seu humor agora é completamente imprevisível. Meu bebê pacífico desapareceu completamente. É uma luta encorajá-lo a fazer qualquer coisa sozinho de manhã, e a pressão é de sempre tê-lo pronto a tempo para o táxi. É a mesma coisa à noite. Ele geralmente é meigo, fica abanando e grasnando. Adora seus livros da hora de dormir e sempre acata alegremente o ato de se vestir ou tirar as roupas. Mas ele não vê nenhum papel para si mesmo no processo. Estou grávida da minha terceira criança. Estou cansada. Querem que eu pare de incentivar qualquer comportamento autista. Querem que lutemos contra o autismo, que purguemos o autismo dele. Fico feliz por tentar, mas é muito, muito difícil.

É um lindo sábado ensolarado para a feira de verão na escola do Ben. Tivemos muito trabalho para fazer sua fantasia. Personagens da televisão são o tema, e ele foi de Edna Everidge, um traje completo, com gladíolo e espirais de papelão que o Bob fez, colados a um par de óculos, tudo pintado. Experimentamos a fantasia no jardim, e os universitários da casa ao lado saíram para rir e admirá--lo. Um de seus atores de TV favoritos vai apresentar os prêmios — fazendo uma pausa de algumas horas do teatro — e ele está muito animado de pensar que pode ganhar. Estou um tanto grávida agora, e vestindo jeans confortáveis. Jonny está com um *short* e uma camiseta amarela listrada. Ele vai gostar do carrossel e do castelo inflável, eu acho. É sempre um dia lindo com o tempo assim. Muitos dos nossos amigos estarão lá, haverá sorvetes, brincadeiras, plantas para comprar. As crianças poderão correr seguras dentro do terreno da escola. Vou fazer o Jonny andar, chega de carrinho agora. Tenho que parar de mimá-lo.

Vai tudo muito bem. Ben ganha o concurso. Os dois ganham sorvetes. Compro algumas plantas bonitas e Jonny ri ao girar no carrossel. O Sol brilha durante toda a tarde no campo. Olhando para cima, vejo árvores transbordando de verde no horizonte. Conversamos com amigos, dando notícias da gravidez e da escola de Jonny. Ele está pulando no castelo inflável quando alguém fala comigo e me viro por um momento. Enquanto conversamos, sinto uma mão no meu braço.

— Desculpe incomodar, mas aquele é o seu menino?

Viro para olhar. Está tocando uma música e as crianças estão pulando ao ritmo dela. Elas riem e gritam de alegria, de mãos dadas, vendo se conseguem cair de bumbum e saltar em pé de novo.

— É só que... Digo, ele pode se machucar, eles estão caindo pra todo lado.

No meio da confusão, cercado por crianças saltitantes, um menininho está deitado no plástico, seu corpo pulando para cima e para baixo enquanto as outras crianças pulam e correm de um lado para o outro. Ele está segurando um barquinho de brinquedo, para o qual fica olhando, ignorando os pés que quase pisam na sua cabeça. Um peixe azul de plástico oscila para a frente e para trás acima de seu rosto enquanto as crianças saltam e a música toca.

A campainha toca e eu abro a porta. Jonny está na entrada segurando a mão da assistente, e noto que há algum problema. Ela faz uma careta.

— Um dia meio ruim. Acho que você vai ter que trocar a roupa dele.

Jonny geme baixinho, geralmente um prelúdio de uma noite de angústia e violência. Seu irmão começou a manter uma certa distância dele, o que me entristece demais, embora seja a coisa mais sensata a fazer. Pego Jonny no colo. Sei que não deveria. Não deveria tratá-lo como a um bebê. Não deveria carregar nada pesado nesse ponto da gravidez. Ele pode chutar e gritar quanto está infeliz. Mas só quero que entre para eu cuidar dele antes que tudo comece. No quarto troco sua roupa e noto que as partes de dentro de suas pernas estão vermelhas e assadas. Ele está com um pouquinho de cheiro ruim, então dou-lhe um banho e passo creme. Ele deve ter feito xixi na calça, eu suponho, mas geralmente não fica assim ardido. Dou biscoitos, leio histórias, e ele se acalma. Estamos de volta do precipício essa tarde. Não é sempre assim.

É uma noite fresca de verão e estou sozinha em casa com as crianças. Bob viajou a trabalho para Londres e só voltará de manhã cedo. Minha filha dorme no carrinho parado no corredor, que está quase totalmente escuro. Ela tem algumas semanas de vida e, embora faça alguns barulhinhos de vez em quando, espero que durma até a próxima hora de mamar. Os dois meninos estão no andar de cima, na cama, Jonny dormindo depois de ouvir suas histórias e Ben escutando música. Estou cansada, acabo de terminar de lavar os pratos e me sirvo um copo de vinho, esperando poder sentar em silêncio por algum tempo na luz fraca, desfrutando de alguns minutos de paz. Estou na metade do copo quando ouço, do quarto de Jonny, um gemido suave que passei a temer muito. Sempre espero que não dê em nada. Sempre dá em algo. Os gemidos ficam cada vez mais altos e são acompanhados por batidas, enquanto ele passa para o estágio dos uivos. Logo sei que ele começará a se jogar pelo quarto. Fico ao pé da escada no escuro, escutando, esperando um silêncio que eu sei que não virá, e minha filha começa a chorar de fome. É um gemido no começo, que logo passa para o grito gutural de um bebê faminto. No andar de cima, os urros e batidas ficam mais altos e mais frequentes. Em seu quarto, Ben aumenta o volume do som. Fico no pé da escada, completamente sozinha, com meu bebê chorando de fome e meu filho autista passando por uma angústia enorme, e tento decidir qual das crianças deixarei chorando sozinha.

Hoje é um grande dia para nós. A assistência social nos ofereceu um tratamento temporário e passamos por lá várias vezes; Jonny passou algum tempo lá sozinho. É uma casa grande ao fim de uma alameda, com um trepa-trepa e uma cama elástica no grande jardim. Algumas das crianças que vêm aqui não usam essas coisas. Elas ficam deitadas em cobertores, salivando e agarrando brinquedos com os quais às vezes batem no próprio rosto quando abanam os braços. Algumas estão presas a cadeiras de rodas para não cair. Todas são cuidadas com muito carinho, e falam com elas com senso de humor e atenção. Os quartos são agradáveis e há muitos brinquedos. A equipe passou por muitas dificuldades para descobrir do que Jonny gosta ou não e qual é sua rotina. Foram à nossa casa, viram o quarto dele, falaram conosco e com o irmão; investiram tempo nele, brincaram, leram, conseguiram sua confiança. Foram vê-lo na escola e falaram com suas professoras. Sabem de que músicas ele gosta, que suco prefere. Agora ele vai passar uma noite. Já falei com ele sobre isso. Já fiz sua mala. Seu ursinho, barquinho e livros favoritos estão todos lá dentro. A ideia é que ele continue indo para a escola como de costume e depois seja levado para a assistência social. Então, de manhã começa tudo de novo. Bob comprou filés para um jantar especial, e tomamos uma garrafa de vinho. Estamos empolgados por passar uma noite inteira sem estresse, uma noite de sono ininterrupta.

Às oito, Hannah já está dormindo e Ben lê em sua cama. Ajeitamos a mesa com velas, colocamos um CD de *jazz*. Ninguém ligou, então tudo deve estar indo bem. Tudo parece calmo, pacífico, estranhamente silencioso. Termino de arrumar a casa e, enquanto Bob cozinha, guardo roupas e brinquedos. No quarto de Jonny está tudo quieto, os últimos raios do Sol oferecem somente luz suficiente para distinguir o edredom da locomotiva Thomas e o travesseiro, suas figuras de trens, seus carrinhos de brinquedo. Organizei sua estante de livros cheia de tratores e máquinas de escavação. Suas calças e blusas estão penduradas em uma barra, sombrias sob a luz evanescente. Sento na cama por um momento, de olhos fechados, imaginando se está tudo bem. Então descubro que estou chorando, chorando e chorando, pensando no meu lindo menino, desejando que ele esteja bem, querendo que estivesse aqui.

Na manhã seguinte, o telefone toca. É Linda, da assistência social, a jovem que mais trabalhará com Jonny enquanto ele estiver lá. É ela quem o teria colocado na cama na noite passada, lido para ele e o abraçado. Ela parece agitada e eu sinto as ondas de preocupação que tantas vezes acompanham as notícias de Jonny.

— Eu queria contar para você o que aconteceu ontem. Não se preocupe, está tudo bem. Ele passou bem, nem um pouco chateado. Ele foi para a escola realmente feliz.

"Então por que o telefonema?", penso. Que bom se ela só quer me tranquilizar a respeito dele. Mas algo me diz que tem algo mais que isso.

— Quando nós abrimos a mala dele, o barquinho não estava lá.

— Mesmo? — Não imagino o que pode ter acontecido. Era a única coisa que tenho certeza de ter colocado lá. — Eu coloquei, certifiquei-me disso.

— Eu sei. Eu sei que você teria colocado. Eu liguei para a escola. — A voz dela está dura de tanta raiva reprimida. Estou intrigada e apreensiva.

— Eles estavam com ele.

— O quê?

— Eles abriram a mala para ver o que tinha dentro e tiraram o barquinho.

— O quê?

— Então nós fomos lá e pegamos de volta.

Depois disso, não mexeram mais nas coisas dele. Jonny se acostuma ao padrão de passar na assistência social uma noite por semana e um fim de semana por mês. Ele participa das viagens e brinca no trepa-trepa. Parece feliz lá. Eles têm um bom estoque de fraldas para incontinência e não veem nenhum problema em usá-las. Fazem planos de assistência e tentam identificar e evitar ativadores de crises. Ele geralmente divide seu quarto com Euan, que tem a mesma idade. Na primeira vez que vimos o garoto, perguntei-me por que ele está na assistência. Mas a cada vez que o encontramos, há mudanças: seu rosto está um pouco mais gordinho, sua fala um pouco menos compreensível. Ele e Jonny dão risadinhas juntos, a noite toda. Um dia eles esfregaram cocô nas paredes. Os dois acharam isso muito engraçado, me disseram. Conheci a mãe de Euan, que é agradável, mas triste.

É o quinto aniversário de Jonny e vamos fazer uma festa conjunta para ele e seu amigo da unidade, cujo aniversário acontece alguns dias depois. Fiz um bolo em forma de ursinho de pelúcia e a mãe de Tim fez outro em forma de trem escrito "Tim & Jonny" com glacê. Tim é pequeno e quieto, falando muito raramente. Ele vem à nossa casa com sua mãe, seu pai e seu irmão mais velho. O jardim está cheio de asfódelos, mas sopra um vento frio, então ficamos dentro de casa. Temos gelatina e sorvete. Acendo as velas dos bolos e colocamos os meninos nas cadeiras.

— Soprem as velas, meninos — digo.

Eles hesitam, e a mãe de Tim diz o mesmo.

— Vamos, meninos, soprem. — Eles sopram sem olhar para os bolos, e todos nós cantamos *Parabéns pra você*. Os irmãos e a irmã fazem esforços tremendos para que seja um aniversário normal, estimulando seus irmãos a participarem. Eles abrem presentes e exclamam. Pegam outro pacote, segurando nas mãos de Jonny e Tim enquanto os ajudam a abrir o papel quando a música para. Se divertem com os brinquedos. São muito, muito amáveis, e todos nós fazemos o melhor que podemos.

As crianças sempre ganham um aniversário na unidade também, uma festinha e um bolo.

— Você não precisa fazer um, se não quiser — as duas professoras dizem. — Ele pode fazer o aniversário aqui.

Mas nós todos ainda organizamos festas para nossas crianças; fazemos bolos e acendemos velas. Várias festas em conjunto também: uma na fazenda, em que Ben faz um *show* de mágica, outra na casa de alguma outra pessoa, na qual Sally leva as crianças para correr ladeira abaixo, segurando suas mãos e dizendo: "Ora, não sejam bebês".

Nós, mães, trocamos olhares — ela imitou o tom perfeitamente. Mais tarde, enquanto as crianças tomam chá e nós tomamos café, a mãe de Sally me conta que ela acha que, no futuro, as coisas serão mais fáceis para mim do que para ela. Fico pasma.

— O quê? — digo, pensando: "Do que ela está falando? A Sally fala, se veste sozinha, lê, pelo amor de Deus".

— Mas a Sally nunca vai ser independente, vai? Ela sempre terá que morar conosco e nunca vai estar ruim o bastante para que alguém tenha que cuidar dela. Ela sabe que é diferente, também. Isso já está começando — ela quer saber por que não pode ir pra escola com as outras crianças da rua. Ela sabe que não entende do que elas estão falando, que ela sempre acaba confundindo as coisas. Eu olho para o Jonny enfiando gelatina na boca. Uma boa parte cai na blusa. Ele está absorto naquilo, sorrindo. Talvez ela esteja certa.

O médico recomenda um encaminhamento para o serviço de apoio à família. Eu resisto muito à ideia. Não quero que minha família seja marcada como "problemática". Mas preciso de ajuda. Estou exausta, acabada e desesperadamente infeliz porque a criação e o tratamento das minhas crianças envolvam tanta luta. Decido tentar uma vez. Uma mulher entra em contato comigo e assegura que seria muito apropriado se falássemos com ela. Não seremos marcados como nada. É difícil cuidar de uma criança autista. Ela trabalhou em Londres com um psicólogo eminente em um projeto para famílias com crianças autistas. É agradável, irlandesa, inteligente, pensa como eu. Primeiro ela nos visita e nos vê como família, depois visita Jonny na escola. E logo se concentra em mim. Sugere que nos encontremos uma vez por semana para falar do comportamento de Jonny e de tudo mais que eu quiser.

— Eu o paparico demais. Faço coisas demais por ele.

— Sim, parece que eles pensam em algo assim. Acho que você está fazendo um trabalho magnífico.

— Acha? O que eles disseram?

— Só ficaram olhando para mim quando ele não conseguia fazer as coisas.

— Ele ainda usa fraldas à noite.

— Ele tem cinco anos e é autista.

— É mesmo?

— Sim, você fez muito bem por conseguir mantê-lo sequinho de dia. Quando foi a última vez que você teve uma boa noite de sono?

— Uns três anos atrás. Mas ele falava naquela época — crianças autistas nunca começam a falar.

— Três anos? Meu Deus do céu. Como você consegue lidar com isso?

— Não sei, só consigo. E quanto ao autismo?

— Tenho um artigo para você ler sobre autismo tardio.

Ela vem à minha casa e sentamos no sofá mole da sala de estar, cercadas de brinquedos, enquanto as crianças brincam. Ben e Hannah vêm muitas vezes mostrar a ela os livros, bonecas e ursinhos. Desenham figuras de nós duas sentadas juntas conversando. Ela diz "obrigada" muito solenemente. Jonny está deitado na tenda de brinquedo, abanando seu barquinho, cansado da escola.

— Vocês têm muitos brinquedos — diz. Ben conta uma piada, e ela ri.

Começo a ter sessões semanais com ela. Falamos sobre Jonny e falamos sobre mim. Continuo me virando como posso nos outros dias, sabendo que minha sessão com ela está perto.

VIVENDO COM JONATHAN

Todo ano as duas professoras levam as crianças para "acampar" em um centro ao ar livre em Exmoor. Há lindas fotos no mural da unidade: uma das crianças ao pé de um penhasco, doida de alegria, enquanto ondas enormes batem contra os corais ao redor. Queria que Jonny pudesse ir.

— Não podemos levar ninguém que ainda use fraldas.

— Ele só usa de noite, de dia tudo bem.

— Não vamos trocar fraldas. Se você quiser que ele venha, tem que parar de usá-las. Não se pode esperar que lidemos com troca de fraldas.

Estritamente falando, não são exatamente fraldas de bebê, são fraldas de incontinência para crianças deficientes. Uma vez por mês eu vou ao serviço de continência no hospital local e pego mais uma carrada. Eles sempre são gentis e prestativos lá. Já tentamos manter Jonny seco à noite, mas sempre acaba resultando em noites interrompidas, muita lavagem de lençóis e colchões, muita frustração e exaustão. Mas preciso tentar de novo. Não posso deixá-lo para trás por causa disso.

Explico para ele o que temos de fazer. Ele está olhando para fora da janela. Digo que vou acordá-lo e levá-lo ao banheiro toda noite. Às vezes faço isso. Às vezes não consigo aguentar as horas de berros e choro que se seguem. Ele sempre faz xixi, seja como for. Troco os lençóis quatro, cinco vezes por noite. Jonny fica exausto e frequentemente mal-humorado. É como se eu morasse à beira de um vulcão. Às vezes ele entra em erupção; às vezes eu consigo acalmá-lo. Lavo e seco o colchão e as roupas de cama continuamente. Jonny fica resfriado e depois com tosse. Tosse e tosse por semanas. Um dia não consegue parar. Decido que ele está doente demais para ir à escola e digo à assistente que vou deixá-lo em casa. Uma hora depois, o telefone toca.

— Onde está o Jonny? — É a professora responsável.

— Ele está realmente mal hoje. Deixei que ficasse em casa.

— Nós dissemos que damos conta.

— Acho que ele não dá conta.

— Você o paparica muito.

— Desculpe. Achei que ele estava doente demais.

— Mande-o vir amanhã. Ele vai achar que só precisa fungar um pouco para ficar em casa. — Ao fundo Jonny está tossindo como um louco.

A terapeuta da família entrou em contato com o serviço de continência e uma consultora vem me ver. Ela faz algumas perguntas e eu conto a história. Ela fica quieta por um momento.

— Seu filho tem cinco anos?

— Quase seis.

— E é autista?

— Sim.

— Ele fala?

— Não muito.

— Consegue se vestir?

— Com um pouco de ajuda, sim. Mas não com cadarços e botões, qualquer coisa assim.

— Ele fica sequinho durante o dia?

— Sim.

— Então qual é o problema de usar à noite? Você consegue muito bem deixá-lo sequinho de dia.

Eu explico a respeito do acampamento.

— Bem, ele não tem que ir.

— Eu não quero que ele fique de fora.

A voz dela é muito gentil.

— Acho que você deve continuar usando as fraldas à noite. Nenhum de vocês dois vai aguentar continuar assim. Vocês estão exaustos, e para quê? Ele tem problemas sérios.

— Na noite seguinte eu tenho que pegar um cocô do chão. Na outra noite eu coloco as fraldas de volta.

Falo com o psicólogo educacional. Ele organiza um encontro entre mim, a equipe da unidade e a coordenadora da escola principal. É a primeira vez que me encontro com essa mulher, e ela não sabe quem é Jonny. A equipe da unidade sente que é melhor para as "suas" crianças ficar longe da escola principal. O psicólogo apresenta todo mundo e me pede para explicar com o quê estou preocupada.

— Eu quero que o Jonny possa ir ao acampamento com as outras crianças.

— Não se pode esperar que a gente leve uma criança que usa fraldas.

— Fraldas de incontinência. Fui aconselhada a continuar usando-as à noite.

— Bem, ele não pode ir para o acampamento assim. — A coordenadora parece preocupada com a evolução das coisas. Ela não diz nada.

— Isso não é justo para ele. As outras crianças vão.

Elas se olham entre si.

— Nós podemos levá-lo, mas não vamos usar fraldas.

— Ok — eu digo, e penso: "Vocês que se virem, então".

Jonny passou cinco dias fora e na sexta nós vamos pegá-lo. Estou muito excitada só de pensar em vê-lo de novo. Realmente espero que tenha se divertido, que tenha visto ondas enormes. Imagino-o rindo enquanto as ondas borrifam sobre ele ao se chocar contra as pedras, suas pernas e seus braços moles de tanta animação diante do mar enorme, enorme.

"Talvez eles tenham conseguido deixá-lo sequinho à noite", eu penso. Afinal eles conseguiram fazer com que um menino que morre de medo de água nadasse. Nós entramos na unidade. As crianças estão em outra sala e são liberadas, uma por uma, à medida que seus pais chegam. Jonny sai da sala, e eu fico pasma ao vê-lo correndo até mim. Ele parece absolutamente exausto.

— Como ele foi?

— Ótimo.

Elas se viram para os outros pais, cumprimentando-os cordialmente. Ben abraça o irmão. Pegamos sua mochila e entramos no carro. Quando passamos pelos portões da escola, lhe damos o seu barquinho, o qual ele segura com força. Quando viramos em nossa rua, ele diz: "Casa".

Ele faz xixi na cama cinco vezes naquela noite. Na noite seguinte, voltamos a usar fraldas.

Depois, noite após noite é a mesma coisa. Adormeço quase em pé e durmo agitada, para acordar ao som de um gemido baixo que anuncia o início da sessão desta noite. Não há absolutamente nada que eu possa fazer. Noite após noite meu filho passa pelo terror, pela angústia, pela raiva, e tenta se machucar. Toda noite eu tento fazer com que diminua ou pare, tento ajudá-lo e me ajudar, mas de nada adianta. Entro no quarto enquanto ele ainda está gemendo, esperando que não acorde o Ben. A luz do quarto é deixada acesa no mínimo pelo regulador do interruptor; o efeito de penumbra é bem sombrio. Ele está se retorcendo na cama.

— Jonny. Jonny, amor.

Minha voz é baixa e calma. Ele me ignora. O barulho aumenta mais e mais, e a qualidade muda. Gemidos se tornam gritos. Ele não está mais adormecido na cama, mas sentado e batendo a cabeça na parede, unhando o estômago. Tento segurá-lo e confortá-lo, mas ele morde meu braço, se joga no chão, me chuta, grita e grita. Toda noite, meu menino de cabelos louros e olhos azuis, seis anos de idade, se lança em uma jornada até o inferno e volta. E ele me leva junto, dando cabeçadas e arranhões se eu chegar perto demais. Fecho os olhos. Sei que vai passar, como passou na noite anterior e na noite antes dessa, mas nesse momento não consigo acreditar. Amo alguém que está em um tormento total. Amo alguém que está me atacando porque estou tentando ajudar. Não consigo ajudar, não consigo chegar perto dele.

Por fim o fogo se apaga. Os uivos diminuem, depois param e volta para o choro normal. Durante as primeiras noites eu tento mantê-lo nesse ponto. Logo percebo que isso o empurra de volta para o tormento. Ele chora desesperado por algum tempo. Se o toco, ou mesmo falo com ele, só piora as coisas. Tenho que deixá-lo passar pela tempestade sozinho. Depois de chorar, ele fica quieto e eu o tiro da cama. Às vezes leio para ele até que durma, às vezes só fico sentada, sem tocá-lo, esperando até que a sua respiração se torne serena. Volto extenuada para a minha própria cama, sem nunca saber se a minha presença fez alguma diferença. Fico deitada com dores no peito e muito desespero no coração. Certa manhã acordo e percebo que dormimos a noite toda. Apronto-o para a escola e decido que nunca mais vão levá-lo para o acampamento de novo.

Ben já esteve na unidade inúmeras vezes agora. Penso em como ele tem sorte de poder ir nadar quando sua escola tem reunião de professores, em como deve ser bom para Jonny ter seu irmão lá com ele. Jonny aprendeu a nadar muito rápido. Não consigo imaginar como eles fizeram isso. Ele ama água, mas eu nunca tinha conseguido fazê-lo deixar as braçadeiras. Ben tem mais um dia de folga, e presumo que ele queira ir. Ben fica um pouco quieto quando eu menciono o assunto, e depois, de manhã, enquanto eu coloco sunga e toalhas em uma bolsa de plástico, ele diz:

— Não quero ir.

Olha para baixo e resmunga. Isso não é típico dele. Estou realmente intrigada. Talvez esteja começando a ficar envergonhado com a situação. Logo ia acontecer.

— Ok. Tem certeza?

Ele faz que sim.

— Os seus amigos vão fazer alguma coisa? Você não tem que ir com Jonny se foi convidado para fazer outra coisa.

Ele faz que não. Jonny parte no táxi sozinho e Ben fica brincando sem nenhum interesse com suas peças de lego. Ultimamente são as espaçonaves, feitas com peças minúsculas, luzes e controles ainda menores. Faço uma caneca de café e sento, observando-o por um tempo.

— Por que você não quis ir? É embaraçoso? Tudo bem se for. Você nunca *tem* que ir com Jonny.
— Eles me jogaram na parte funda. Eu não gostei. — Ele não levanta o olhar do modelo. — Disseram que se eu sei nadar eu não deveria ter medo da parte funda.
Não falamos nada por um ou dois minutos.
— Eles fizeram isso com mais alguém?
— Sim, eles fazem isso para forçá-los a nadar. — Faz uma pausa enquanto encaixa uma peça particularmente difícil. — E eu não gosto do almoço lá.
— A comida é horrível?
— Eu não gosto.
Estou quieta, dividida entre querer ouvir e não querer nunca saber.
— Eles batem nas mãos deles com uma colher se eles não usarem facas e garfos direito.
— Isso é horrível.
— Sim. Eu vou assistir à televisão agora.
Fico parada na cozinha, olhando para o jardim, sem nada ver.

Estamos vendo a peça de Natal, *João e o pé de feijão*. Eles a ensaiaram por semanas. As crianças que sabem falar estão indo muito bem nos seus papéis. A equipe teve muito trabalho com os trajes. Jonny faz o papel de um dos sacos de dinheiro, e está indo bem. Ele entra no momento certo e fica parado onde deve. Está vestindo um traje feito de saco com um cifrão verde bordado, além de um chapéu feito do mesmo saco e o mesmo cifrão.
"Como eles conseguiram que ele ficasse com aquilo na cabeça?", eu penso. Semanas e semanas de ensaios devem ter sido necessárias para ele ficar paradinho daquele jeito. Está de mãos dadas com outro "saco de dinheiro". Penso em como ele é lindo, com seus olhos grandes e azuis, cabelos louros, rosto aberto. Não está mais gordinho. Ele levanta o olhar e me vê. Sua mão começa a abanar um

pouco, e o outro saco de dinheiro a segura até que passe. Eu aceno discretamente. O Sol brilha.

Depois, nós, os pais, comemos tortas de carne e tomamos bebidas, enquanto as crianças ficam em outra sala. Eu queria dar um abraço no meu saco de dinheiro, embora ele provavelmente acabasse se contorcendo e odiando. Há um menino novo na unidade, com cachos escuros lindos, muito falante. Sua mãe vem dizer "oi". Ela tem um estilo meio de *hippie*, roupas coloridas, cabelos ruivos lindos. Tem cinco filhos. Gostei dela.

— Como o Jack está indo? Ele foi bem, não é?

— Hmmm — ela não parece muito impressionada. — Tinha de ser bom, eles passaram semanas trabalhando nisso. Amanhã vão trazer as crianças da escola principal para assistir.

— O Jack é de falar bastante, né? O Jonny quase não fala mais nada.

— Sim, ele é de falar, mas é realmente autista também. Muito obsessivo, não faz a mínima ideia do que está acontecendo a maior parte do tempo.

Ainda acho surpreendente que ela se refira ao Jack tão casualmente como "autista". Há um ou dois rebeldes, mas no geral essa é uma palavra proibida por lá.

— O Jonny está bem?

— Como assim?

— Não está angustiado de vir para a escola ou algo assim?

— Não. — Eu realmente não quero continuar essa conversa.

— Você não está preocupada com o que está acontecendo aqui?

— Não, digo, eu sei que eles são meio estranhos às vezes, mas parece que realmente ajudam as crianças.

Ela faz uma careta.

— Acho que não estão ajudando o Jack. Ele odeia isso aqui. Estou procurando outra escola para ele.

Ela se afasta por um momento para pegar um pedaço de torta e eu fico parada por alguns instantes. A coordenadora da unidade chega perto de mim.

— A mãe do Jack tem ideias muito fortes sobre certas coisas — ela diz.
Eu não respondo.
— Não podemos trabalhar com crianças cujos pais não cooperam conosco.
Ela diz isso com um sorriso, mas de repente eu sinto muito frio.

A assistente nos convida para um almoço no feriado. Jonny gosta muito dela, e fico feliz de ir. Ela providenciou o tipo certo de brinquedos para ele e fez um ótimo almoço para nós. Sentamos no jardim vendo-o brincar com funis e uma tigela de água, concentrado no fluir dos líquidos, feliz. Seus cachos dourados refletem a luz do Sol. É um dia lindo, uma leve brisa balança calmamente os ramos de uma fileira de faias na extremidade do jardim. Mas eu decidi — decidi antes de chegarmos — e *vou* perguntar. É uma pena ter que estragar a paz do momento, mas não posso fingir mais. Essas questões devem ser colocadas.
— Na unidade...
— Sim?
De repente percebo que ela já estava esperando por isso. É a razão de termos sido convidados. Ela está em uma situação difícil, mas ela *quer* me contar.
— Eles... digo... eles às vezes... batem nas crianças?
— Sim.
Curto e grosso, sem preâmbulos, sem desculpas, claríssimo. O mundo se desloca um pouco de seu eixo.
— No almoço?
— Eles batem nas mãos das crianças com colheres se elas não segurarem as facas e os garfos direito.
Oh, Ben.
— O que mais?
— Se elas fizerem xixi nas calças, eles as deixam o dia todo com as calças molhadas para lhes ensinar uma lição.

As pernas assadas.

— Na verdade, eles fazem com que as crianças tenham que esperar um bom tempo antes que possam ir ao banheiro. Eles fazem caminhadas um tanto longas.

— Sim, eu sei.

— E elas não podem parar pra fazer xixi. O Jonny se dá bem. Ele não tá nem aí. Ele ignora todo mundo e faz em uma árvore.

Agradeço a Deus pelo meu filho maravilhoso.

— Mas a Sally, ela fica pálida de preocupação e segura até a hora de voltar.

— Eles não gostam de você, gostam?

— Não. Eles querem me mandar embora. Tornam as coisas muito difíceis para mim. Mas eu não vou lhes dar a satisfação.

No dia seguinte, levo Jonny para a assistência social. Pergunto se Euan vai estar por lá e eles me dizem que ele morreu.

A mãe de Jack me liga: "Posso ir até aí?", sinto muito medo, mas digo que sim. Ela está muito nervosa. Eles acabaram de fazer outro "acampamento" — dessa vez um de verdade, com barracas, e só levaram as crianças mais velhas. Jack foi. Tenho um mau pressentimento de que essa visita será sobre isso. Faço chá de camomila e nos sentamos.

— Você costumava ser professora, não é?

— Sim.

— Como se faz uma reclamação oficial?

— Contra quem?

— A porcaria da unidade. Aquelas mulheres desgraçadas.

— Você teria que entrar em contato com as autoridades responsáveis pela educação.

— Eles só vão querer encobrir.

Sinto-me sem forças.

— Encobrir o quê?

Na mão dela está um pacote de fotos.

SHEILA BARTON

Marquei uma reunião em minha casa. Tive de voltar correndo depois de levar o Ben para a escola e estou sem fôlego, mas deixa as outras duas lá para esperar pela mulher da autoridade da educação: a mãe de Jack — a velha *hippie*, descontraída, tolerante, pitoresca, que tem deixado o filho em casa até achar uma vaga em uma escola especial — e a mãe de Stephen — frequentadora da igreja, mais velha, cabelo amarrado em um coque bem certinho, saia até os joelhos e suéter. Entre as duas há uma espécie de meio-termo: eu mesma. Mas essa mulher não tem a mínima chance. Ela vai ter de ouvir uma história contada de ângulos muito diversos. Recupero o fôlego, faço café e começo a contar a minha versão. O acampamento, as fraldas, as colheres batendo nas mãos, crianças jogadas na parte funda, as pernas assadas. Ela empalidece um pouco, mas vejo que não está convencida.

A mãe de Stephen, porém, quando começa o seu relato, apresenta evidências. Ela gravou seu filho chorando e implorando para não ser enviado à escola. "Não, não a Sra. Smith, não a Sra. Smith. Por favor, mamãe, por favor, mamãe, casa, casa, casa. Por favor, ficar em casa." A mãe de Stephen fala com calma, não está acostumada a fazer alvoroço ou questionar autoridades. Geralmente não gosta de chamar atenção para si. Hoje ela está quieta, mas cheia de fúria.

Então a mãe de Jack, nosso prato principal, começa o último assalto. Jack foi ao acampamento. Jack sabe falar. Jack pode dizer o que aconteceu com ele e agora sua mãe vai contar à senhora da autoridade da educação. Eles saíram para uma caminhada. Jack estava usando suas botas à prova d'água favoritas, aquelas com bicos de pato na frente. A Sra. Smith diz: "Essas botas são de bebê, Jack. Olha, pessoal, olha as botinhas de bebê do Jack". Ele tem um ataque de raiva e bate os pés. Chora. Tira as botas e as joga no mato. Elas ficam lá. Jack tem de voltar andando só com as meias todo o trajeto de volta. Está em agonia, chorando. Seus pés ficam cobertos de bolhas e talhos. A mulher da autoridade da educação parece duvidar. Ela obviamente recebeu algumas informações sobre nós.

VIVENDO COM JONATHAN

— Jack nem sempre conta a verdade, conta? Digo, eu sei que ele é autista e não consegue evitar, mas algumas das histórias dele...

A mãe de Jack continua a toda. À noite eles fizeram uma fogueira. Jack tropeça e cai à beira do fogo. Ele se queima. Todas observamos a moça que representa as autoridades da educação. Ela provavelmente é uma boa pessoa, que foi trabalhar com educação porque gosta de crianças e está interessada em seu bem-estar. É um tanto irregular ela vir aqui à minha casa. Alguém deve estar preocupado. Sabemos que agora a temos na mira. Notamos o quanto ela está apreensiva. Nada do que disseram a ela sobre nós corresponde à realidade. Não parecemos mães obsessivas que não soltam das crianças, que não as deixam crescer. E uma fogueira, perto de crianças tão novinhas! O que deu nessa gente?

A mãe de Jack está com tudo agora. Ela continua com a história. Jack se queimou, mas elas não avisaram a família. Em vez disso, levam-no para o pronto-socorro por conta própria. As queimaduras de Jack são tratadas e ele volta ao acampamento para mais uma noite. A mãe dele só soube disso no dia seguinte quando foi buscá-lo na unidade. Jack está inacreditavelmente angustiado. Não foi para a escola desde então. A história acabou. A mulher está claramente chocada. Sabemos e ela sabe que o departamento de emergência do pronto-socorro deve ter os registros. Ficamos todas em silêncio por alguns momentos.

— É possível que elas neguem tudo.

A mãe de Stephen mostra o vídeo e a mãe de Jack mostra as fotos.

Eles permitem que elas saiam aposentando-se prematuramente. Não importa. Desde que nunca mais cheguem perto das nossas crianças — ou de qualquer outra criança. Não que esse sentimento seja compartilhado pelos outros pais. Nem um pouco. Sentimos a muralha de ódio toda vez que vamos até lá. Nós colaboramos para afastar suas salvadoras, suas milagreiras, as mulheres que salvariam todos nós do autismo. Certa noite, vi as salvadoras no auditório do teatro e desviei o olhar. No intervalo, fico às escondidas, com medo. Alguns anos depois, encontrando-as no supermercado, olho para elas com o mesmo olhar fuzilante. A unidade logo foi reequipada com professoras bondosas e qualificadas. Não fazem mais milagres, mas tampouco são cruéis. Jack nunca mais voltou para a unidade. Sua mãe o deixa em casa até que abram uma vaga na escola que ela achou para ele. A mãe de Stephen e eu começamos a procurar outras escolas.

Não me lembro do que aconteceu com o barquinho. Talvez o tenhamos perdido. Ou será que o peixinho de plástico se soltou e caiu pelo ralo ou atrás do sofá? Será que ele mordeu a cordinha que o prendia ao barquinho? Sem isso não serviria de nada para abanar. Mas seja lá o que aconteceu, não estava mais com ele quando o levamos para a escola nova. Ele tinha se tornado mais flexível quanto às coisas que abanam. Ao ar livre, folhas e gravetos serviam muito bem e eram facilmente substituídas. Dentro de casa, ondamanias — aquelas molas coloridas de plástico que "descem" de escadas — foram, e ainda são, o item favorito. Elas embaraçam facilmente, mas desde que ele tenha uma nova em mãos, não importa. Jonny não faz com que desçam a escada, embora eu tenha mostrado a ele como fazer. Mas ele adora sentar ou ficar de pé e deixar a mola cair ou dar a outra ponta para alguém segurar e girar. Quando ele a deixa toda emaranhada, me entrega dizendo: "Conserta". A família toda ficou muito boa em achar objetos baratos para abanar em lojinhas de um e noventa e nove. Por isso, eu tenho certeza de que ele está sentado quietinho no banco de trás com alguma coisa para abanar, ouvindo as fitas com canções de ninar, enquanto atravessamos os cento e cinco quilômetros até sua nova escola — um internato semanal para crianças autistas. Ele é, agora, uma criança realmente linda. Toda a gordurinha desapareceu, e ele está pernudo como qualquer outra criança de oito anos. Seu cabelo adquiriu um tom castanho-claro e está muito encaracolado.

VIVENDO COM JONATHAN

Seus olhos, porém, são exatamente os mesmos — enormes, profundamente azuis, emoldurados por cílios extremamente longos. O olhar semicerrado desapareceu totalmente e a falta de simetria geral dos seus traços está mais moderada. Nós, da fraternidade autista, geralmente discutimos a visão que o mundo exterior tem de nós, o mito de que todas as crianças autistas são lindas, por exemplo. Sabemos que é aquele olhar distante que dá a impressão de serenidade, é a falta de expressão que deixa seu rosto puro. São nossos santos ou madonas, conosco em corpo, mas não em espírito, perdidos em um transe sagrado, imaginando pensamentos superiores. Jonny tem tudo de que precisa para a semana em sua mala de viagem. Ele já ficou longe de casa por mais de uma semana antes, quando tiramos férias com as outras duas crianças e ele ficou na assistência social. Mesmo assim, estamos levando um menino de oito anos que mal fala e considera mudanças angustiantes para pousar na escola de segunda a sexta, sendo estes os termos da instituição, por todo o futuro próximo.

A situação é esta: eu estou absolutamente exausta e tenho duas outras crianças que vêm sendo negligenciadas e sofrem um estresse constante por causa do nível de atenção que seu irmãozinho exige de mim. Jonny terá de ser cuidado por estranhos ao longo de sua vida, aconteça o que acontecer. Se eu continuar me apegando a ele, isso acontecerá de repente — quando eu tiver um colapso ou ficar seriamente doente. Se eu realmente aguentar tudo isso por muito tempo, será quando eu estiver frágil e velha ou morrer. Porém, se acontecer de repente, será um arranjo de emergência — inadequado, provavelmente — para uma pessoa que nunca se acostumou a ser cuidada por estranhos. Decidi que temos de começar agora. Aos poucos, gradualmente, ele precisa aprender a viver longe de nós. Se começarmos desde cedo, posso exercer algum nível de controle sobre o tipo de tratamento e educação que ele recebe. Jonny está abanando com alegria no banco de trás. Ele adora viajar de carro — algo que persiste até hoje —, mas eu olho para fora da janela, dominada pela tristeza.

SHEILA BARTON

Visitamos um bom número de escolas, e esta é com certeza a melhor. Não há dúvida de que não haverá crueldade lá, nenhuma crença de que com muita força de vontade é possível exorcizar o autismo de uma criança. Não vão deixar calças ensopadas de urina nas crianças ou obrigá-las a andar descalças porque jogaram fora seus calçados em um ataque de raiva. Stephen já está lá, assim como algumas outras crianças da unidade. Elas vão de táxi às segundas de manhã e voltam às sextas de tarde. Todos os feriados são passados em casa. Jonny pode ir junto com eles no táxi com um acompanhante, que parece uma ótima pessoa. Já encerramos todos os procedimentos. Passamos o dia lá em várias ocasiões, apresentamos o lugar com calma ao Jonny, falamos sem parar com ele a respeito, levamos seu irmão e sua irmã para ver onde é. É um setembro importante para todos eles: Hannah está começando a ir para a escola, Ben está começando o segundo grau e Jonny está começando o internato semanal. E eu, depois de quatro anos, durante os quais raramente saí de casa sem as crianças atrás, quatro anos sem trabalhar, ler, cantar e visitar amigos e família, quatro anos de ser uma mãe e nada mais, encontrei um emprego de meio expediente, um trabalho compatível com as férias escolares.

Era para ser algo simples: não há nenhuma garantia previdenciária para crianças como Jonny no município, então eles pagam para que ele possa ir a uma escola de fora. Foi isso que todo mundo me disse. É sempre assim. As outras crianças da unidade foram avaliadas e as vagas no internato semanal foram rapidamente preenchidas. O financiamento seguiu como algo natural. Uma vez por semana, a banca de admissões da autoridade local se encontra e aprova todas as admissões para fora do município. A lei diz que eles têm a obrigação de garantir as necessidades educacionais da criança. Se não conseguem fazer por conta própria, têm de encontrar alguém que consiga. Há algo no ar, porém; algo ruim para pessoas como nós. Há na imprensa notícias constantes acerca da "sobrecarga de empregados" e desperdício. Cortes severos devem ser aplicados. As autoridades locais esbanjaram as receitas advindas das taxas que pagamos; os hospitais, dos nossos impostos. Houve uma guerra. É hora de uma certa firmeza de caráter na sociedade, a qual, é claro, não existe de verdade. Todos devemos assumir um pouco mais de responsabilidade por nós mesmos. O parecer do psicólogo educacional de que o município não é capaz de atender às necessidades de Jonathan e deveria financiar sua admissão na escola para crianças autistas determinada em sua solicitação é recusada, assim como a de todas as outras crianças diante da banca de admissões naquele dia. Isso nunca aconteceu antes.

Começamos uma dança conjunta. Bob entra em contato com um grupo de pressão que ajuda pais que apelam contra tais decisões. Então recebemos uma boa instrução preliminar. No começo da dança, circulamos um ao outro. Eu digo ao psicólogo educacional que a declaração de necessidades especiais de educação de Jonny é severamente deficiente em muitas seções. Cito o Guia do Departamento de Educação, com as referências. A declaração é reescrita no dia seguinte. Pedimos relatórios a todos em quem pudemos pensar e os acrescentamos à declaração. Eles são claros. Jonathan precisa de uma escola exclusiva para crianças autistas em regime de internato semanal. Ele também precisa de transporte e terapia da fala. A autoridade local recomenda algumas escolas no município para crianças com grandes dificuldades de aprendizado, as quais nós visitamos. Perguntamos a cada uma delas:

— Vocês têm crianças autistas aqui?

— Não.

— Vocês têm alguma equipe treinada para ensinar crianças autistas aqui?

— Não.

Nós levamos o Jonny para uma dessas escolas em outra tarde cinzenta. Está localizada em prédios novos e foi recomendada com veemência. Eles têm vagas. Nós entramos para falar com o coordenador, Jonny gemendo enquanto eu tento segurar sua mão e fazer com que ele se sente. Não que isso importe. Às vezes eu fico mais do que feliz quando ele mostra para as pessoas quem ele realmente é. Conversamos com o coordenador sobre os comportamentos difíceis de Jonny e ele sorri cordialmente para nós.

— Não sabemos muito sobre lesões cerebrais, não é? — ele diz calmamente. — Eu muitas vezes me pergunto se as nossas crianças estão sofrendo.

Há nele um certo ar de bondosa resignação. Ele sabe que Jonny não vai entrar na escola, mas, como nós, tem que entrar na dança.

Entramos em uma das salas. É nova. Arejada e iluminada. Calma e amena. Há uma música reconfortante tocando. No chão estão colchões e cobertores. Nos colchões e cobertores estão crianças. Algumas mais quietinhas, outras fazendo barulhos. Um menino está chorando, sendo confortado por uma moça, que acaricia sua cabeça suavemente. Ele parece ter quatro anos. Jonny corre até a janela, seus pés passam perigosamente perto da cabeça do menino de quatro anos.

— Desculpe — eu digo. — Ele nem sempre percebe as outras pessoas. E não tem uma coordenação motora muito boa.

— Tudo bem.

Decido segurá-lo com mais cuidado.

— Você cuida das crianças mais novas, então? — Estou olhando para o menino. Sua cabeça é grande, suas pernas, curvadas. Está usando um babador, e baba enquanto chora.

— David tem 12 anos.

Jonny começou a grasnar. Às vezes, porque agora ele raramente fala e fica em silêncio por longos períodos, eu esqueço o quanto ele pode ser barulhento. Aqui ele parece enorme, muito barulhento, exagerado. Parece robusto e saudável, o que é exatamente o que ele é.

— Acho que ele poderia ser um perigo para algumas das suas crianças, se viesse para cá.

— Com certeza daríamos conta, mas talvez ele precise de ajuda de especialistas.

— Sim — eu penso. — É exatamente disso que ele precisa.

— Embora, é claro, ele vá passar a vida na companhia de pessoas que aumentam seus níveis de estresse, pessoas que grasnam, e choram, batem e gritam; pessoas imprevisíveis que de repente podem desferir-lhe cabeçadas ou mordê-lo. Pessoas das quais você gostaria de manter distância se não gosta de surpresas súbitas e violentas. Pessoas exatamente como ele.

A dança se torna mais íntima. Agora se parece mais com um duelo de esgrima. Reunimo-nos com representantes das autoridades. Enviei-lhes um longo documento, resumindo ponto por ponto por que as escolas que eles recomendaram não servem às necessidades de Jonny. Incluí referências ao Guia do Departamento de Educação. Sentamos em círculo. Somos todos corteses, calmos. Explico meu documento, meu rosto emana pura razão, minha voz é baixa, mas sou a única consciente das batidas do meu coração. Não sei por mais quantos meses posso aguentar. Ele é meu filho, mas não posso lhe dar o que ele precisa. E com esse fracasso vem também o reconhecimento de que estou deixando meus dois outros filhos na mão. Os oficiais da educação me ouvem. Leem o que eu escrevi. Então um deles nos diz que estamos certos. Não podem servir às necessidades de Jonny. Ele pode ir à escola que nós solicitamos. O homem que nos diz isso sorri amigavelmente.

— Eu adquiri um interesse pessoal por este caso. Vou recomendar ao comitê de admissões que aprove o financiamento para o seu filho na escola que você identificou.

Um favor, então. Seu favor especial para nós. Algo que decidiram antes mesmo que entrássemos naquela sala. Não importa. Nós vencemos.

O Sol já se pôs quando chegamos à escola. É um dia de outono lindo e ameno. Jonny vai dormir em um quarto com três outros meninos, e nele arrumamos suas coisas, todas com etiquetas costuradas cuidadosamente, até sua toalha de rosto. Colocamos seu ursinho no beliche e mostramos tudo a ele enquanto ele olhava pela janela, ou para o teto, ou para o objeto que estava abanando. É muito difícil saber se ele entendeu qualquer coisas que dissemos. Em uma tina projetada para brincadeiras com água, ele acorda de repente e despeja água alegremente antes que voltemos para as salas de aula, para a área de recreação e para o campo lá fora. Ouvimos falar sobre o que ele vai fazer todo dia, sobre o livro que virá junto com ele toda sexta-feira para contar o que ele andou fazendo e no qual teremos de escrever um relato do seu fim de semana. Olhamos as cozinhas das salas de aula, nas quais ele vai aprender a cozinhar, e a sala de recreação onde vai receber massagens ou ouvir música relaxante. Vemos fotos de caminhadas, de passeios de canoa e do centro onde ele pode descer de uma parede segurando uma corda ou saltar em uma cama elástica.

— Olha, Jonny — eu digo, várias vezes. — Você pode nadar ali, ou andar de barco. Você pode cozinhar.

— Ele gosta de cozinhar — eu lhes digo mais uma vez. — Nós fazemos bolos de aniversário. Temos que escondê-los, porém, depois de prontos. Uma vez ele comeu toda a cobertura do bolo de aniversário da avó dele.

Todos nós rimos. Todos menos Jonny. A coordenadora é muito bonita, uma mulher de meia-idade, loira, bem maquiada, com roupas elegantes e práticas. É animada e amigável, seu sotaque do norte faz com que ela pareça acessível, comunicativa. Por fim ela olha para nós e diz em voz baixa:

— Isso tem de ser feito. Não há um modo de facilitar.

E sei que devemos ir agora. Tenho de deixar Jonny aqui e voltar para casa com meus outros filhos. Durante a viagem, eu durmo.

É uma tarde de sexta-feira, quente e ensolarada. Jonny está na escola há nove meses já, e logo chegará em casa no táxi. Ele é o último a sair na segunda de manhã e o primeiro a chegar na sexta à tarde. Eu fico de olho na rua para não deixar ninguém esperando quando chegarem. Nós moramos em um chalé agora, muito velho em algumas partes, reformado várias vezes. Fica em um vale; é afastado, tem um jardim grande na frente. Para chegar aqui, o motorista tem de procurar para encontrar. No dia em que nos mudamos, instalamos um cercado de quase mil libras ao redor da propriedade para que Jonny não fugisse. Há inclusive um portão grande e um cadeado pesado para garantir. É tudo muito alto para ser escalado. Visitamos os vizinhos mais próximos e explicamos a eles que não somos antissociais, mas as circunstâncias são especiais. Nossos velhos vizinhos, cujos filhos costumavam olhar por cima do muro do jardim para caçoar de Jonny, agora estão no passado, assim como a mulher que estacionou seu carro na frente do nosso táxi certa manhã. Muitas vezes não havia vagas para estacionar, então ele ficava no meio da estrada, com o motor ligado. Táxis e ambulâncias precisavam ir para a outra extremidade da rua, onde havia uma escola especial para crianças com graves deficiências físicas e de aprendizado — uma daquelas que nos seriam recomendadas mais tarde. Quando o táxi não saiu do lugar, olhei e percebi o carro daquela mulher no caminho. Ela fez cara feia ao abaixar a janela para falar comigo.

— Desculpe pelo inconveniente — eu disse. — Mas não tem lugar para ele estacionar o táxi para o meu filho entrar.

— Para que ele precisa de um táxi? Você causa um engarrafamento toda manhã.

— Ele precisa para ir à escola. Será que você poderia ir um pouco para a frente, e daí ele pode sair do meio da rua? Obrigada.

Ela saiu do carro, que estava bloqueando totalmente a passagem, e bateu a porta.

— Tem uma escola boa o bastante para crianças como ele ali na esquina. Estou de saco cheio de vocês e desses táxis. Estou aqui para visitar a minha filha.

Ela voltou vinte minutos mais tarde e Jonny finalmente pôde ir para a escola.

Então agora não há nenhuma obstrução para o táxi. A rua é estreita, mas moramos bem no final dela. Escondidos. Com privacidade. Eu vejo o táxi chegando e saio para recebê-lo. O acompanhante abre a porta.

— Ele dormiu de novo.

É comum. Tadinho do Jonny, pra lá e pra cá toda semana. Morto de cansaço em uma tarde de sexta-feira, adormecendo confortavelmente só para ser acordado em um lugar completamente diferente. Nós o acordamos calmamente.

— Oi, amor. Você está em casa agora. Vem com a mamãe. Quer leite e biscoitos? Vem, vamos ver a Hannah. Ela acabou de chegar da escola.

Ele me afasta e cai no sono de novo. Os outros dois meninos estão ficando inquietos. É mais uma hora de viagem para eles. Eu levanto o Jonny e ele acorda. Eu o seguro, o táxi vai embora e ele começa a gritar. Ele luta comigo. Quer sair dos meus braços, e eu não sou mais forte o bastante para segurá-lo. Enquanto ele se debate, me dando socos, eu o solto e ele se joga no chão da rua, chutando e gritando, o barulho aumentando e se espalhando pelo ar da tarde de verão. Tento acalmá-lo, trazê-lo mais para perto da casa. Ele me arranha e me morde. Uma torrente de palavras sai dessa criança que raramente sente necessidade de falar.

— Massas, cortinas, cortinas fechadas, blusa, beber água!

— Eu te dou água, amor. É só entrar em casa.

A torrente de palavras continua, palavras gritadas, ainda mais alto, cada vez menos distintas.

— Táxi, gelatina, biscoito, cinto de segurança, pão, água!

A crise dura uma hora, enquanto isso ele é arrastado um pouco mais para perto da casa, apenas para se jogar no chão de novo. Por fim consigo fazer com que entre. Então ele se joga no capacho e começa tudo de novo. Minha filha fica ao meu lado, apreensiva; enquanto ele grita, eu sento à mesa da cozinha e choro. Alguém bate na porta, é o vizinho.

— Está tudo bem? Tem algo que a gente possa fazer?

Eu seco os olhos. Não há nada que ninguém possa fazer. Ele olha para mim, preocupado, impotente.

— Não, não, não se preocupe, vai ficar tudo bem. Sério. — Eu sorrio. — Mesmo. Ele só está cansado. Logo ele se acalma.

Quando os outros dois chegam em casa, Jonny está sentado à mesa, tomando chá e biscoitos, sorrindo.

O fim de semana é quente, e no sábado à tarde eu pego a mangueira para eles tomarem banho e brincarem. O jardim é maravilhoso para isso — seria muito difícil causar estragos. As folhagens se estendem pelas varandas e árvores do mundo externo, bem acima de nós, encobrindo toda a vista de fora. O gramado é enorme, com margaridas espalhadas. Os portões estão trancados. As crianças gritam de alegria, correndo em roupas de banho, abrindo guarda-chuvas, se esguichando com a mangueira.

— Sua vez, Jonny! — Colocam a mangueira na mão dele e ele a gira por cima da cabeça, gritando de alegria. Esguicha o trepa-trepa, o escorregador, a casinha, o irmão e a irmã. Gira a mangueira com uma mão e abana a outra na corrente de água. Quando tiram a mangueira dele de novo, ele bate palmas de alegria e corre atrás do esguicho de água, rindo.

Na segunda de manhã, vamos para a frente da casa esperar pelo táxi. Nosso grande jardim, ideal para Jonny brincar sem incomodar ninguém — grande o bastante para um trepa-trepa, uma cama elástica, uma piscina inflável rasa, castelos infláveis nos aniversários —, tem árvores na extremidade com uma trilha que passa pela rua. Manobrar na entrada da nossa garagem não é tão fácil, então, para facilitar o trabalho do taxista, vamos até a estrada. Pessoas passam por nós e eu aceno com a cabeça para elas. Jonny está abanando a mão e grasnando. Nos últimos nove anos aprendi a perder a vergonha, a estar com meu filho em lugares públicos de propósito. Levá-lo para nadar, para passear em parques e *playgrounds*, para ver *shows* de fogos de artifício, passear em ônibus e trens, deixando claro para o mundo que ele vive aqui e não será escondido. No entanto, eu também desenvolvi algumas estratégias para lidar com os olhares, os comentários e as repreensões que muitas vezes recebemos. Jonny pode ser autista, mas sou eu que evito o contato visual.

Jonny passa três anos no internato semanal. As transições sempre são difíceis, e os fins de semana e feriados, trabalho duro. É uma vida estranha — uma vida em que os fins de semana são mais difíceis que os dias de semana, quando não existem intervalos ou um oásis no meio das dificuldades. Imagino que era assim quando as mulheres tinham um filho após o outro, ao longo de toda sua vida. Jonny nada e anda de canoa, escala e salta na cama elástica. Recebe massagens nos pés e fica deitado em um quarto Snoezelen — cheio de fibras ópticas, almofadas, música relaxante e óleos essenciais. Sua perda da fala e os comportamentos difíceis se estabilizam. Atingimos o fim da deterioração e sabemos com o que estamos lidando. Ele é bem cuidado e se acalma um pouco. Ele treina bastante para interagir socialmente e para lidar com o mundo, e é exatamente disso que ele precisa. Sai para fazer compras e aprendeu a esperar pelo troco. Vai a cafés e sabe como esperar, como sentar, como comer. Praticou atravessar as ruas. Aprendeu a cozinhar algumas coisinhas e sabe usar um pouco da linguagem de sinais. Sabe se vestir, mas ainda precisa ser estimulado a fazê-lo. Nunca aprendeu a amarrar os sapatos. Ainda mastiga a escova de dentes em vez de usá-la para escovar. Mal esfrega o rosto com a sua flanelinha. Se alguém coloca a mão sobre a mão dele, ele repete seu nome. Nunca aprendeu a contar além do que ensinei. Mas por que ele precisaria contar?

Em dezembro vamos ao *show* de Natal. Teremos de viajar à noite e sob neblina, mas estamos determinados a ir. Ao longo da carreira escolar de Jonny, participamos de tudo, demonstramos nosso apoio sempre que possível, tentamos dar algo em troca para as pessoas que cuidaram dele. O *show* é ambicioso — um tipo de pantomima com muitas cenas diferentes, música e comédia. A equipe participa com prazer, caprichando em suas fantasias engraçadas e na disposição para mandar sua dignidade às favas. Eu fico imaginando, como sempre faço, o que vão dar para Jonny fazer. O tipo de coerção que o deixou paradinho no traje de "saco de dinheiro" não seria usada aqui. Por fim ele aparece, com uma trupe de palhaços, em uma fantasia linda e maquiagem brilhante. Ninguém tentou colocar nada na cabeça dele. Os palhaços correm ou andam pelo palco. Jonny dá a mão para um deles, e não tenho muita certeza se ele é um participante voluntário. Música de circo é tocada e eles jogam bolas grandes pelo palco e ziguezagueiam.

Então sua professora traz a cama elástica e eu percebo o que eles fizeram. É inteligente; inspirado, na verdade. Ele adora saltar, e nunca fica tão feliz como quando está saltando em uma cama elástica. E é exatamente isso que ele faz, salta ao som da música em sua linda fantasia de palhacinho, todo feliz. Ao fim do *show*, as crianças e a equipe surgem no palco caótico e cheio de gente. Algumas das crianças sabem o que foi realizado, outras não. O que Jonny pensa? É só mais um evento estranho em uma vida cheia deles? Nesta noite, e em todos os *shows* de Natal e sessões ecumênicas, ele nos mostra o que é capaz de fazer e o que não é capaz de fazer. A equipe parece exausta, e enquanto voltamos atravessando a neblina, Jonny dorme profundamente no banco de trás debaixo do seu edredom da locomotiva Thomas.

No dia do Natal, decorre o caos de sempre. Na hora do almoço, o chão está coberto de brinquedos e papel e as crianças estão muito excitadas. Hannah tenta simultaneamente ouvir um walkman e brincar com uma boneca enorme, enquanto um vídeo bem alto do Doctor Who toca no fundo. Ben está vendo o vídeo enquanto brinca com um cubo mágico. Jonny está sentado quietinho, cercado por seus presentes. Ele sempre ganha um número enorme de presentes. Ben e Hannah observam com nervosismo enquanto eu manipulo as mãos dele para abrir os pacotes para ele. "Ele gostou, mamãe? Ele gostou?". Enquanto isso ele está olhando para longe dos presentes desembrulhados.

— Sim, amor, ele gosta. Ele está um pouco surpreso. Depois ele vai brincar. Não se preocupe.

Mais tarde, o que ele vai fazer é se esconder e comer as decorações de chocolate da árvore, deixando os papéis de alumínio pendurados, enquanto gira as bolas vermelhas e ri. Quando o Sol brilha, essa experiência é particularmente boa, pois lança reflexos vermelhos de luz por toda a sala. Depois de ele ter comido bastante no jantar, enquanto os outros dois só beliscaram, esperando por mais uma remessa de chocolates, eu dou a ele um presente só meu — um DVD de *Fantasia*. Continuo tentando, embora seja tão difícil acertar algo que ele goste. Quero algo que ele vai assistir, algo que prenda sua atenção.

"Não pode ter palavras", pensei. "Tem que ter música, cor, movimento, efeito de luzes e giros". Mas Jonny tem a capacidade de subverter até a melhor das intenções.

Os outros dois assistem a um filme na sala da frente, tirando um intervalo ocasional para brincar de novo. Sua avó está com eles. Todos os três estão usando os chapéus dos bombons de Natal. Debaixo da árvore, agora sem mais presentes e parecendo estranhamente vazia, há uma pilha de folhas de pinheiro. Estamos limpando as coisas na cozinha. Coloquei o vídeo para passar no quartinho dos fundos e saí. Jonny, eu acho, odeia fazer o que você quer que ele faça. É importante parecer casual, não mostrar muita esperança nem dar a impressão de incentivá-lo. Dou uma olhada no quartinho de vez em quando para me certificar de que tudo está bem. Convenci os outros a deixarem-no lá, sozinho e segurando um livro velho pela capa, abanando as páginas penduradas. Não tem nada na cabeça. Terminamos de limpar, então dou mais uma olhada, pronta para tirá-lo de lá antes que fique entediado, não esperando muito a não ser o abano do livro. Mas ele está de joelhos diante da televisão, o livro ainda em suas mãos. A tela está repleta de cores, movimentos, com o efeito das luzes e dos giros. Música tocando. E Jonny está assistindo, fascinado, "brincando" com um dos presentes.

Quando ele finalmente sai da escola, há muitas despedidas carinhosas e também uma estranha tristeza, expressões de arrependimento para alguns, de que não o ajudaram tanto quanto gostariam. Sinto-me desconfortável, mas não sei por quê. Jonny é autista. Isso é parte de quem ele é. Isso não vai mudar. Muitas vezes, quando as pessoas demonstram estar arrependidas de algo por compaixão, sinto que a tristeza delas é minha culpa. Elas querem que ele seja outra pessoa — o lindo Jonny sem o autismo. É que o meu filho tem um não-sei-o-quê, algo no modo como ele olha para as pessoas, sendo capaz de fazer ou dizer algo do nada, que nunca é repetido, algo no modo como ele ri e se diverte, o modo como abraça as pessoas às vezes, algo que faz com que elas pensem que de repente ele pode fazer um progresso. Essas pessoas sempre se desapontam.

Passamos para um internato de longo prazo. Os fins de semana se tornaram cada vez mais difíceis de suportar para todos nós. Jonny chega angustiado e desorientado, acalmando-se apenas quando já chega a hora de voltar para a escola. Eu passo noites com ele em seu quarto, agora preparada para lidar com seu tormento, mantendo-o no nível mínimo, não me machucando. Ele tem onze anos agora, e logo vai ser maior do que eu. Eu me certifico de que a violência seja contida, faço o melhor que posso para evitar que transborde sobre a vida dos seus irmãos. Eles lidam muito bem com isso, se comportam com uma compaixão incrível e com ótimo humor. De vez em quando nós conversamos. Eu fico esperando ansiosamente pelo dia em que eles dirão que têm vergonha, que não querem trazer amigos quando ele estiver lá. Eu deixo claro que isso é permitido, que eles não vão desapontá-lo. Esse dia nunca chegou. Ele é o seu irmão, dizem. Qualquer amigo que não souber lidar com isso não é um amigo. Os amigos, incrivelmente, parecem concordar, levando tudo em consideração. Não, eles dizem, não precisam esconder nada de ninguém. O que realmente os preocupa é que eu acabe me machucando.

 Jonny foi visitar a escola nova com seus professores e colegas de classe. Eles fizeram um álbum de fotos para ele. No dia em que nós vamos, também tiramos fotos. Fotos e vídeos estão se tornando um modo de ajudá-lo a prever o que vai acontecer, o único modo de diminuir o medo do desconhecido. Jonny ama as fotos e fica sentado alegremente por horas a fio assistindo a si mesmo e à sua família em vídeos ou folheando álbuns de fotos. Bob e eu vamos ver a escola nova quando está quase terminada, suspensa entre o cenário bruto de uma escola preparatória deserta e o luxo que é um internato novo para as crianças mais difíceis de acomodar. Gostamos muito dela. Sabemos que a hora é perfeita para tentar matriculá-lo, antes que esteja pronta, quando haverá poucas vagas disponíveis. A escola atual só poderia mantê-lo até os dezesseis anos — exatamente a idade em que as outras escolas não querem mais aceitar crianças como ele, jovens emaranhados em uma adolescência com problemas adicionais. A educação especial continua até os dezenove anos, e aqueles três anos podem ser muito difíceis se nós não acertarmos as coisas. Decidimos transferi-lo antes do planejado. Uma oportunidade como essa não surge sempre. Uma reorganização do governo local significa que uma autoridade local recém-formada nos avalia desta vez. Recomendações são feitas, mas não precisamos enfrentar os mesmos obstáculos de antes. Eles nos dão o que queremos livremente, um presente.

 Com a escola pronta para receber os alunos, toda a família vai visitá-la. É uma viagem ainda mais longa do que a outra. Passamos por estradas sinuosas do interior que causam enjoo em nossa filha e em nosso cachorro toda vez que vamos até lá. O destino é uma cidade pitoresca no litoral, com praias e sorveterias, colinas, um velho castelo, uma estrada de ferro, máquinas de caça-níqueis, reservas naturais e uma balsa. E tem a escola do Jonny no topo de um penhasco, com *playgrounds* e jardins, planos de assistência individual, uma equipe que pela primeira vez não vê Jonny como um problema; também tem paisagem de quase todas as janelas, o mar enorme, enorme. Olhamos quartos, banheiros, salas de aula e salas de recreação, cozinhas e um ginásio. A maior parte dos móveis foi feita por um carpinteiro local com madeira de pinho robusta, bonita de olhar. Nas paredes há gravuras impressionistas. Os professores conversam com as três crianças e duas delas respondem. Mas Jonny não está infeliz, apenas irrita-se por alguns minutos no ginásio quando uma bola é jogada para ele e ele não está a fim de pegar. Ele gostou do escorregador de madeira e do trepa-trepa, e fica olhando constantemente para o mar. Os outros dois não acreditam na sorte dele. Escola à beira-mar!

Isso não é o melhor de tudo, porém. O melhor é Julie. Ela é uma luz acesa em um quarto escuro; cortinas abertas para permitir que a luz do Sol flua para dentro. Jonny tem doze anos quando começa a estudar no internato de longo prazo. No dia em que vamos visitar a escola, conhecemos sua nova tutora particular. Trata-se da primeira pessoa em sua educação que o vê como uma pessoa em vez de um problema — e uma pessoa de quem ela gosta muito. Julie escreve coisas em seu caderno, ela brinca com Ben e Hannah. Ela observa Jonny e, no almoço, senta silenciosamente ao seu lado, esperando que ele se sinta confortável com ela antes de dizer qualquer coisa. Ela é um milagre. À medida que o tempo passa, ela e Jonny formam um vínculo que muitos especialistas em autismo negariam ser possível. Eles dão risadinhas juntos enquanto brincam. Ela lê para ele e o ensina a cuidar de si mesmo. Ele sorri quando ela entra na sala. E Jonny não é apenas mais um caso de autismo. Ele é um menino maravilhoso, com um senso de humor fantástico, uma vontade de ferro e muito amor pela música. Ele gosta de fazer as coisas do seu jeito, mas quem não gosta? Quem não está de saco cheio de ser tratado como criança ao entrar na adolescência?

As crianças se dividem em grupos de "família", e Jonny se acomoda muito bem. Há dias ruins e dias bons, é claro, coisas que não vão muito bem, mas os anos de Jonny aqui são em grande parte felizes e cheios de progresso.

Mais tarde, quando comecei uma espécie de carreira, já na meia-idade, vou a uma sessão de treinamento. A orientadora fala sobre demência — comportamento normal em um mundo anormal, ela diz, e eu penso no tempo que Jonny passou nessa escola. Não é tudo perfeito. Assistentes sociais vêm e vão, e alguns são melhores que outros. Mas a maior parte do seu tempo aqui é passada com duas pessoas excepcionalmente dotadas que seguem exatamente esta visão. O mundo de Jonny é seu mundo, e o que ele faz, faz sentido dentro desse mundo. O segredo para ajudá-lo a viver com dignidade e felicidade é acomodá-lo ao autismo; ajudá-lo a controlar seus medos e excessos, a lidar com comportamentos que tornam difícil sua vida e a daqueles ao seu redor. Mas nunca, nunca tentam forçá-lo a se tornar alguém que ele não é ou fingir que o autismo não será sempre parte de quem ele é.

Na sala de aula, estão experimentando um sistema novo vindo dos Estados Unidos. Funciona bem. Assim que deixamos de pensar no autismo como uma condição psicológica e começamos a olhar para ele do modo correto, torna-se mais fácil lidar com a condição. O sistema leva em consideração a necessidade de Jonny por controle, por sistemas óbvios, por ordem e particularmente por terminar as coisas. Este último é muito importante em sua vida. Jonny estabelece todo tipo de mecanismos para terminar — incluindo lavar e jogar coisas pela janela ou guardar tudo que encontrar pela frente. Agora ele tem uma mesa com um quadro em cima. Toda manhã, ajudam-no a colocar no quadro símbolos das coisas que ele fará naquele dia, na ordem em que acontecerão. Cada tarefa é seguida por uma atividade de recompensa. Intervalos são ilustrados. À esquerda fica um compartimento de entrada contendo as atividades do dia — cada uma delas empacotada em um envólucro de plástico, lindamente delineada, com todas as coisas confusas que possam causar ansiedade erradicadas. Assim que a tarefa é concluída, o material é colocado de volta no envólucro de plástico e depois passado para outro compartimento, de saída, do lado direito da mesa. Jonny responde bem a esse sistema. Ele nem sempre quer fazer o que é exigido dele, mas quem quer? Ele sabe, porém, o que tem de fazer. Ele compreende o início e o fim. Ele compreende que, quando terminar, algo legal virá depois. E, além disso, ele começa a sentir prazer com o saber e o fazer. Ele experimenta seu primeiro sabor de sucesso.

Ainda hoje colhemos os frutos desse progresso. Notamos quando Jonny reconhece uma situação e sabe o que fazer com ela. Percebemos o prazer no seu rosto, um indício claro de que ele está pensando: "Eu sei essa. Eu consigo fazer isso". Ele supervisiona a lavagem da louça agora, certificando-se de que lavamos corretamente e que guardamos *tudo* depois de ele secá-la. Ele limpa as bandejas, dando a si mesmo sua própria atividade de recompensa ao enxaguá-las antes de guardá-las na gaveta. Ele limpa a mesa e guarda a toalha, e faz tudo isso com muita alegria, calmo, feliz de ver algo terminado corretamente, permitindo que ele siga adiante.

No ambiente cotidiano da escola, sistemas similares estão em vigor, fotos e figuras são colocadas em ordem para mostrar o que vai acontecer durante o dia, uma rotina clara com tarefas e atividades de lazer misturadas. Jonny aprende a fazer seu café da manhã no fim de semana — supervisionado, é claro, mas a maior parte ele faz sozinho — e a escolher lugares para todos os afazeres durante a semana. Ele aprende a escovar os dentes, lavar os cabelos, passar aspirador no quarto. Ele tem muito prazer em saber como fazer as coisas e fazê-las bem. Relaxa e começa a indicar o que ele quer, com muitos dos seus velhos medos se dissipando nesse novo ambiente. À medida que se torna mais confiante para mostrar às pessoas o que ele quer e, obtendo controle de seu mundo, sua ansiedade diminui, seu comportamento se torna mais calmo e seu senso de humor e individualidade vêm à tona.

Quando ele se muda para junto dos alunos mais velhos, sua tutora particular nos envia e-mails com fotos digitais do que ele fez durante o dia. É maravilhoso ligar o computador e ver o que Jonny acabou de fazer, poucos instantes atrás. Eu o vejo sorrindo alegremente em uma hamburgueria, participando das brincadeiras em uma festa de aniversário, preparando seu café da manhã. Em uma das sequências de fotos, ele está brincando com uma aluna sentada ao seu lado. Ele tenta fazê-la rir colocando um livro sobre sua cabeça. Por fim ela ri, e eles sentam amigavelmente por um tempo, rindo juntos, enquanto Jonny coloca o livro na sua própria cabeça e o deixa cair depois de um tempo. A presença dessa iniciativa de fazer brincadeiras, de senso de humor e de interação com alguém é considerada algo tão inusitado em adolescentes autistas que chegou a aparecer em reportagens na imprensa. Quase dá para sentir o fotógrafo segurando o fôlego para não assustá-los, estático, capturando para sempre esse senso de humor maravilhoso e a consciência da alegria de outra pessoa. Andando até a sala de aula pelas manhãs, Jonny se afasta do grupo para ir por outro caminho entre os prédios, equilibrando-se entre muros, chegando lá usando sua própria rota, seu caminho diferente.

Ele começa a trabalhar como entregador de jornais, acompanhado discretamente, mas é competente. Ele dobra os jornais, coloca-os nas caixas de correio e recebe um pequeno salário, que deposita em sua poupança. Participa de caminhadas, vai a festas de aniversário, pratica jardinagem, culinária, sai para velejar, saltar na cama elástica, andar a cavalo — uma atividade que sempre adorou. Sob vários aspectos, sua educação é privilegiada, repleta de atividades com que muitas crianças podem apenas sonhar. Ao mesmo tempo, ele continua a querer "terminar" todo rolo de papel higiênico, entupindo privadas frequentemente. Quando todo o papel do rolo está na privada, ele lava o tubo de papelão, rasga-o em pedaços e o coloca na lixeira. E adora observar líquidos — à mesa, enche a jarra de água até ela transbordar na mesa e depois no chão. Em certas ocasiões, quando é possível persuadi-lo de que encher o copo basta, cada copo é preenchido completamente, de modo que é quase impossível beber dele.

São onze e meia da manhã e acabamos de chegar. Fazemos isso a cada três semanas: visitamos Jonny e o levamos para passar o dia fora. Temos um furgão engraçadinho — não chega a ser uma van —, com três fileiras de assentos. A fileira do fundo não tem porta nem janela. Assim, podemos sair com Jonny seguros de que ele não vai bater em ninguém, nem abrir a porta para sair enquanto ainda estamos andando ou jogar coisas pela janela. A visão de páginas do nosso mapa rodoviário e de alguns trapos voando pela avenida atrás de nós já nos ensinou que devemos deixar tudo limpinho quando Jonny está no carro. A viagem de duas horas é linda, mas penosamente demorada, e conseguir que todos estejam acordados e prontos às nove e meia em uma manhã de domingo não é fácil. Busco motivação, porém, em grande parte por culpa, suspeito, e sempre chegamos lá. Ele está pronto e esperando na porta, feliz de nos ver. Coloca o casaco e entra no seu lugar. Todos entramos e fechamos as portas.

— Cinto de segurança, cinto de segurança.

— Sim, Jonny — Ben responde. — Estamos colocando os cintos de segurança. Vamos no parque antes do almoço? Nos balanços?

— Balanços. — Ele está feliz.

Ben já está meio velho para balanços e escorregadores. Ele empurra os outros dois no balanço e observa Jonny ansiosamente, preocupado que ele possa sair correndo ou ficar transtornado e violento. "Logo", eu penso, "ele não vai mais poder fazer isso tão frequentemente". Vai querer ficar com seus amigos, estudar para exames, descansar no dia anterior a alguma prova difícil e em todos os domingos para aguentar o ritmo frenético de avaliações que constitui sua educação. Por enquanto, porém, todos nós viemos. Depois do parque, vamos almoçar. Jonny ainda ama sua comida e esse restaurante é um verdadeiro achado. Estamos em uma estância balneária relativamente pequena e não há muita coisa aberta agora, fora de temporada. Este lugar, porém, com vista para o mar se conseguirmos uma mesa à janela — e sempre conseguimos —, está aberto e ocupado o ano todo. Eles já nos conhecem agora. Parece que grande parte da população do povoado está acostumada aos jovens da escola e fica feliz em acomodá-los, assim como a freguesia que trazem. Uma garçonete que sempre nos atende está lá, e ela sorri ao nos levar para uma mesa à janela. Comemos um bom almoço, com Jonny olhando alegremente, do seu assento à janela, as ondas quebrando contra o quebra-mar e as gaivotas sobrevoando a costa.

— Batatas fritas ou assadas? — a garçonete lhe pergunta. Ele está comendo presunto com abacaxi. Continua olhando para as ondas.

— Jonny — eu digo calmamente.

— Bub!

Está irritado com a minha interrupção.

— Você quer batatas fritas?

— Bub!

— Ou assadas? — Eu sei que as pessoas pensam que sou rude, brusca com meu filho, negligente. Não tenho tempo ou energia para explicar mais uma vez que as palavras o confundem, até o angustiam, e quanto menos, melhor.

— Fritas ou assadas, Jonny? — Ben pergunta.

— Bub!

— Você tem que escolher, Jonny — insiste o irmão.

— Bubub! — está ficando mais irritado agora.

— Vamos comer fritas — eu digo.

Eu escolho o mesmo prato com batatas assadas para agradar gregos e troianos. Mas ele fica feliz comendo batatas fritas, especialmente quando estão cobertas com *ketchup*. Come todas as batatas primeiro, depois o abacaxi, depois o presunto, depois as ervilhas. Eu levo os outros dois para olhar a seleção de sobremesas e arrisco pegar um sorvete para o Jonny. Ele nunca deixa de comer, mesmo quando obviamente está cheio ou sem fome. Às vezes ele vomita no tapete depois de comer para se livrar do excesso.

Nos meses mais quentes nós vamos à praia, ou, melhor ainda, passear de barco em volta da baía. Jonny e eu adoramos passear de barco, especialmente em um dia de verão, quando o mar está azul e a espuma das ondas branca e brilhante por cima da água. Jonny treme de excitação quando somos borrifados pela água. Achar atividades nos meses de inverno, no entanto, especialmente quando o vento vindo do mar é gelado e quase tudo está fechado, é intimidante. Hoje é um dia ameno de outono, então podemos passear de trem.

— Vamos, Jonny, trem — Hannah diz. — Trem a vapor!

A única reação é um abano mais rápido, mas sabemos que isso quer dizer que ele está feliz de ir, que esse pequeno trecho restaurado da linha de trens a vapor, que vai e volta do castelo, será perfeito para nós hoje. A estação é fantástica, repleta de pôsteres dos anos cinquenta e pilhas de bagagens que parecem autênticas. Em dezembro, o Papai Noel aparece e dá chocolates às crianças e xerez para os adultos. Hoje, só há entusiastas com macacões de maquinista e turistas à vista. Entramos no trem quando o apito toca e nos aconchegamos em um vagão que achamos só para nós. O Sol aparece por entre as nuvens enquanto observamos árvores e campos ao longo dos oito quilômetros até o castelo, tudo tranquilo em cores outonais, cingido no vapor da locomotiva.

— Cócega, cócega.

Jonny está muito excitado agora — ele passa da inércia total para a hiperatividade em uma fração de segundo — e quer que o irmão e a irmã participem do seu jogo favorito. Eles aceitam, e logo Jonny está se contorcendo e rindo enquanto eles fazem cócegas nele.

— Cócega, Jonny, cócega.

Eu sorrio, mas fico de olho, apreensiva. Ele é muito maior que Hannah e esse estado de excitação pode passar para a raiva muito rapidamente. Hoje não, porém. Hoje tudo está ótimo. Chegamos à estação e convencemos Jonny de que ele quer sair pouco antes de as portas se fecharem para a viagem de retorno. Os trens saem a cada meia hora, por isso, temos tempo até que precisemos voltar.

— Vamos lá, amor. — Eu estou meio que arrastando Jonny, e agora que estamos aqui sem um carro, é importante mantê-lo andando e feliz. — Vamos comprar uns chocolates? — Ben e Hannah ficam entusiasmados.

— Sim! Sim, por favor!

Todos apertam o passo, inclusive Jonny, e escolhem os chocolates na loja. Eu compro um pacote para guardar no bolso e suborná-lo quando voltarmos para o trem, e subimos devagar a encosta até o castelo em ruínas. Ele aparece dramaticamente, ou o que resta dele, muito acima do povoado em redor, bem preservado e cuidado pela Fundação Nacional. Isso também quer dizer que há bons banheiros para deficientes. Levar ao toalete um menino que já não é tão menino é difícil para mim. Não posso levá-lo ao banheiro masculino, atraio muitos olhares no feminino e não posso deixar que ele vá sozinho a nenhum deles.

— Vá com os outros dois na frente — eu digo para Bob, e as crianças saem correndo, querendo subir até o topo. Jonny é sempre devagar — a não ser que de repente decida correr — e eu não quero que ele se sinta pressionado a nos acompanhar. Nós dois acabamos de chegar à ponte elevadiça. Jonny está feliz de ficar ali parado olhando para baixo, abanando uma folha que encontrou, quando os outros voltam.

Eu dou um chocolate de cada vez para Jonny na volta para a estação, andando um pouco à frente dele, de modo que ele tem que dar alguns passos para pegar. Desse modo chegamos ao trem e voltamos.

— Vamos, Jonny, já estamos de volta. Vamos descer. — As crianças falam com ele sempre com tanta paciência, mas ele não quer sair. Está começando a se queixar, recusando as mãos dos irmãos, irritado, então eu peço que abram a porta para que não acabemos voltando para o castelo. Com a ajuda de alguns chocolates eu consigo tirá-lo de lá. Na plataforma, ele vê um banco e corre até lá.

— Você pode ir pegar o carro? — eu pergunto para Bob. Ele vai, enquanto eu fico com as três crianças. Dou-lhes dinheiro para comprar sorvete e eles vão, voltando triunfantemente com três casquinhas.

— Está pingando, Jonny — eles lhe dizem, e eu limpo o sorvete do seu casaco e seu rosto com toalhas descartáveis. Ele gosta da casquinha e sempre a come por baixo. No entanto, a sujeira que isso acarreta causa-lhe ansiedade, então eu faço o melhor que posso para controlar o derretimento inevitável do sorvete.

De volta à beira-mar, sentamos e comemos os sanduíches que comprei, observando os cachorros, que são permitidos na praia fora da temporada, e as crianças jogando *frisbees* e empinando pipas, assim como um caçador de tesouro ocasional, com detector de metais e tudo. Então terminamos o dia em nosso lugar favorito, o fliperama. É um refúgio para nós nos meses de inverno, quando as ondas arrebentam com violência no quebra-mar da esplanada e a chuva é torrencial. O fliperama é bem pequeno e feito para famílias — não sai tão caro, se tomarmos cuidado. Há algumas atrações de que Hannah gosta e uma máquina de *pinball* para o Ben. Para Jonny, porém, são as máquinas de caça-níqueis que queremos. Trocamos uma moeda de uma libra por um copo de moedas de dois *pence* para a máquina e eu fico com Jonny, dando-lhe as moedas aos poucos. Logo ele as insere na máquina, absolutamente fascinado pela jornada de cada uma dentro do banco de moedas que desliza para a frente e para trás. A carga fica cada vez maior até que ouvimos um som súbito de peças de níquel caindo e enchendo a saída na frente da máquina.

— Você ganhou algumas moedas, Jonny — eu digo, e ele para de observar o movimento para recolher seus ganhos. Ele se inclina com o rosto pressionado ao vidro, observando obliquamente, duro de excitação. É provável que nem precisássemos das moedas de dois *pence*; podíamos ficar apenas observando as moedas entrando e passando por dentro. Mas gostamos de fazer as coisas direito quando podemos.

Depois disso, nós o levamos de volta para a escola. O turno da noite está de plantão agora, e ele entra calmamente.

— Tchau, Jonny! — O irmão e a irmã tentam beijá-lo, dar-lhe um abraço, mas ele quer ir embora agora. Não gosta dessas transições, desses momentos em que os dois mundos colidem.

— Tcha-tchau — ele diz. — Tcha-tchau.

E nós vamos, começamos a longa viagem de volta, tocando fitas para as crianças durante o trajeto. Hannah cai no sono. Eu observo as árvores, os campos, a lua crescente que nasce por trás das colinas e vilas, sentindo-me triste. Foi um dia feliz e cansativo, mas bem-sucedido; um dia que passamos juntos, como uma família, sem incidentes ou medo. Não consigo, no entanto, livrar-me da culpa, do anseio de ter todas as minhas crianças comigo em casa. Levará anos até que a aflição de deixar meu filho com outras pessoas toda vez que eu o visito se torne tolerável.

Outros desses dias de folga, porém, são um tanto diferentes. À medida que o tempo passa, volto ao trabalho, começando com empregos de meio período e depois, por fim, aceito um trabalho em período integral. É um cargo exigente, que exige muitas viagens para regiões distante do oeste, onde grupos de pessoas deficientes fazem reuniões em nome da instituição de caridade para a qual trabalho. Embora Jonny fique no internato durante os períodos letivos, ainda é difícil de lidar. A escola organizou os períodos de aulas para que tenham duração igual e cada período de férias conte cerca de três semanas. Deste modo, as longas férias de verão, difíceis para os alunos e suas famílias, são evitadas. Mesmo assim, há muitos feriados escolares, e agora o meu trabalho não é mais na área de ensino, em que eu também estaria de folga. Eu trabalho muitas, muitas horas, e não é raro dirigir de volta para casa já de madrugada para não ficar longe das crianças por muito tempo. O acúmulo de folgas que resta me permite, com a ajuda da assistência social, lidar com os feriados. Sinto como se estivesse trabalhando ou cuidando de crianças quase todo minuto de todos os dias.

 Nesta noite particular de sexta-feira, devo fazer uma palestra em uma reunião próxima à escola de Jonny. Então, acordo cedo e o levo para passear durante o dia; depois, vou para a reunião. Chego em casa por volta de meia-noite e meia, mas o dia foi bom. Eu não podia passar tão perto de Jonny sem vê-lo. Um ano depois, quando estou coordenando uma semana de consciência rural e não consigo incluir tempo na agenda para uma visita, mesmo tendo passado perto do castelo e ao longo da parte de trás da cidade, sou reduzida a lágrimas e tenho de deixar meus colegas falando com nossos clientes. Neste dia, porém, tudo está ameno e ensolarado — muito lindo. A praia está bem quieta e decidimos ficar em um local tranquilo longe da estrada. Sento-me para ler enquanto Jonny cava a areia com uma pazinha. De repente ele diz claramente: "Hora de nadar".

 Ele agarra minha mão — um gesto sem precedentes — e corremos até o mar. Estamos os dois de azul — ele de sunga e eu de maiô — e entramos na água, rindo. Ele se joga, feliz de mergulhar sob as ondas e emergir, o cabelo pingando, de uma maneira que os outros dois definitivamente achariam desagradável. Por um tempo ficamos saltando as ondas, até que ele diz: "Piquenique". E então sentamos na esteira, com a fileira de cabanas de praia atrás de nós, e comemos salsichas e tomamos suco de frutas. Mais tarde, conto para as pessoas sobre o meu dia e elas compartilham da minha alegria, apesar de suas próprias dificuldades — uma deficiência progressiva, degenerativa, da qual provavelmente sabem muito pouco e que certamente não esperavam, até o dia em que descobriram que não conseguiam mais se mexer direito ou não conseguiam parar de tremer. Há momentos em que as pessoas são incrivelmente bondosas.

    Quando Jonny vem para casa nas férias, tento planejar tudo de antemão, marcando atividades para cada dia. Precisamos sair e fazer coisas. Ficar em casa, mesmo no jardim, não funciona por muito tempo. O tédio se manifesta muito rápido e, com ele, vêm os comportamentos difíceis e atordoantes. Preparo tudo o que é necessário antes que ele volte para casa, pois é difícil achar tempo para pensar quando ele está com a gente. A vida de alguém que cuida de uma criança autista é difícil de descrever para os outros — a sensação de que a sua vida se dissolve na de outra pessoa, o modo como você mal percebe sua própria existência.
    Na escola, a vida de Jonny é abarrotada de atividades. Ele vai nadar, pular na cama elástica ou andar a cavalo. Nas férias, eu anseio por um dia de calma com ele sentado no jardim, mas nunca funciona quando tento. Há certas coisas que mantêm Jonny ocupado por alguns minutos de uma vez, e essas coisas me são preciosas. No momento, escuto o som de bolinhas de gude rolando em tubos de plástico e caindo no recipiente embaixo deles. Ben constrói uma estrutura diferente a cada dia para ele, e Jonny senta no chão do quarto, alimentando os tubos com bolinhas, fascinado pelo trajeto que fazem. Isso me dá preciosos dez minutos para preparar o almoço. Antes disso, ele brincou na banheira por trinta minutos maravilhosos, dando-me tempo para me vestir e me aprontar para o dia. Isso foi depois que ele lavou seus lençóis na banheira e os jogou pela janela.
    Cada dia começa com essa coleta de travesseiros, lençóis e edredons molhados se eu não chegar ao banheiro em tempo. Se ele acorda durante a noite, pode ser que eu tenha que ir pegar essas coisas no jardim às quatro da madrugada. Nossos dias são pontuados por lavações e roupas sendo jogadas fora. Preciso achar um modo de me

ajustar a esse comportamento.

    Toda manhã, coloco suas roupas na cama, motivando-o e seduzindo-o a se vestir sozinho; depois desisto e acabo ajudando-o. Costurei seu nome em tudo. Se ele nota as etiquetas, as arranca com os dentes e cospe no chão. Vamos ao parque, alimentamos patos, andamos por cima de muros, vemos trens andando, saltamos de bancos. Ele está velho demais para algumas dessas atividades, e as outras crianças ficam olhando. Ele adora prédios altos, então o levo até Wells para olhar a catedral e alimentar cisnes no palácio do bispo. Comemos no café de lá. Vamos nadar, visitamos parques de diversões e feiras, empinamos pipas. Jonny solta a linha muitas vezes, e ficamos olhando enquanto mais uma delas escapa. Tento amarrar a linha no seu pulso, mas ele desamarra. Nossa vida é um ciclo incessante de atividades. Tento pensar em maneiras de ficar em casa. Eu encho a piscina inflável, mas ela já está vazia em menos de dez minutos. Ele pisa na beira e observa, fascinado ao ver um dilúvio inundar o galpão. Ou, se a monto na grama, ele salta de dentro para fora repetidamente até que se forme uma poça de lama. Levo para fora uma mesa com recipientes de plástico e uma tigela de água. Ele joga a água fora e atira o resto por cima da cerca.

    Quando nos mudamos de novo, sou dominada pela ansiedade. Como ele lidará com isso? Sei que temos de fazer a mudança enquanto ele está na escola. Já é um trabalho enorme encaixotar todas as coisas, aproveitando cada minuto livre dos meus dias, e se o Jonny estiver em casa, ele vai desencaixotar tudo no mesmo instante em que for encaixotado. Então, ele vai para a escola no próximo período saindo de uma casa e, quando voltar para as próximas férias, será para outra casa em outro endereço. Já seria difícil para qualquer pessoa lidar com isso, mas para Jonny pode ser realmente aterrorizante. Acabo influenciada pelo modo como Miles, seu segundo tutor particular e uma pessoa brilhante, usa fotos para ajudá-lo e a nos ajudar a lidar com a separação. Então, faço um álbum de fotos para Jonny. Tiro fotos de seu quarto cheio de móveis e objetos. Depois fotografo tudo em todas as etapas de encaixotamento. Fotografo a casa antiga toda cheia de caixas e a casa nova com o caminhão estacionado na frente, e cada etapa do desencaixotamento. Tiro várias fotos dos quartos que lhe interessarão — seu quarto, o banheiro, a sala de jantar. Nos feriados antes da mudança, levo-o para ver o exterior da casa nova e para brincar nos campos dos fundos. Quando o álbum é terminado, com legendas explicando cada etapa da operação, eu o envio para a escola, e Miles mostra para ele todos os dias.

No dia em que ele vem para casa, estou muito, muito nervosa. Providenciei que os outros dois estejam fora, caso seja particularmente difícil. Mas Jonny é absolutamente brilhante. Ele entra e olha ao redor. Depois se senta naquela que se tornará mais tarde sua poltrona favorita, uma poltrona no corredor, escondida embaixo da escada em plano aberto, ao lado de uma mesa com um telefone e alguns livros. Depois de um tempo ele se levanta e entra na cozinha. Mostro onde o pão e os biscoitos ficam guardados, e então ele aprende onde pode encontrar dois de seus petiscos favoritos. Então vai para o segundo andar e experimenta o banheiro.

Por fim, vai ao quarto e senta em uma poltrona igual a do corredor. Não ocorre nenhum transtorno antes ou depois. O plano parece ter funcionado e Jonny, um rapaz de quinze anos severamente autista, com quase nenhuma habilidade oral e um grande medo de mudanças, se muda para uma casa nova sem incidentes. Fico extremamente surpresa e imensamente orgulhosa dele. Mas muitas e muitas vezes ele me surpreende assim, mostrando-se desenvolto frente a situações que aparentemente seriam extremamente difíceis.

Mais uma vez, instalamos o cercado logo no primeiro dia. E, mais uma vez, explicamos para os vizinhos desconfiados que não somos antissociais. Agora temos também um cachorro que vive querendo fugir. Ao final do jardim escalonado e inclinado há um campo cheio de ovelhas ou bodes, com dois grandes carvalhos no meio. Além do campo, uma densa floresta surge, extremamente verde no verão, flamejante e dourada nos meses de outono. No verão, esse campo fica coberto por uma bruma amarela de ranúnculos e, nos dias mais frios do inverno, na neve da alvorada ou no crepúsculo ardente e enregelante, um cervo ou uma raposa podem ser vistos aventurando-se para longe do bosque por alguns minutos fugidios.

Em um dia quente de verão, Jonny está sentado em uma cadeira do jardim, à sombra de uma árvore. O silêncio é inusitado, mas não durará muito. Aproveito-me dele e começo a preparar o jantar muito antes da hora. Dou uma espiada nele da janela da cozinha de segundo em segundo. Quando olho para fora e vejo que a cadeira do jardim está vazia, saio com pressa, limpando minhas mãos em uma toalha. O que vejo me faz rir alto. Jonny já é um adolescente agora, não está mais tão gordinho como era na infância, mas não é particularmente pequeno também. Ele está rolando do declive, girando e girando, rindo. Espero que não caia do muro no final do gramado sobre a varanda de tijolos, mas ele diminui a velocidade habilmente e para perfeitamente ao alcançar essa barreira. Às suas costas, nosso cachorro *king charles spaniel* obeso e mimado vai atrás, também rolando e rolando, mas não é esperto o bastante para parar antes da beirada. Ele cai com tudo na varanda, levanta-se rapidamente, olha para mim de modo acusatório, mas mesmo assim vai atrás de Jonny para cima do declive para uma nova rodada. Mais tarde, olhando para o corredor, que é onde Jonny gosta de ficar, encontro-o no chão com o cachorro. Jonny está comendo biscoitos e o *spaniel* observa, com os olhos arregalados, cada movimento que ele faz da lata até a boca. De vez em quando, sem olhar para ele, Jonny dá um biscoito para o cachorro. O *spaniel* o devora em um átimo e vira seus olhos famintos de volta para Jonny.

Na escola, os tutores de Jonny gostam dele, embora ele seja violento e agressivo às vezes, como todos os outros alunos. Ele mora em uma casa separada da escola principal agora, com os outros adolescentes de dezesseis a dezenove anos. Há três meninas — todos os demais são meninos, refletindo de modo preciso a discrepância de gênero da população autista. Um dos meninos foi afastado da sua última escola quando disseram que não poderiam lidar com sua agressão extrema nem por mais um dia. Ele é supervisado com muito cuidado, mas parece mais calmo. Outro companheiro de casa de Jonny fala incessantemente, seus monólogos apimentados com palavrões e frases profundamente sexistas, imitadas sabe Deus de quem na vida caótica de seu lar. Outro parece, como Sally antes dele, surpreendentemente "normal". Só quando você tenta conversar direito com Liam é que percebe como sua conversa é obsessiva e repetitiva, como sua conduta é infantil, o quão vulnerável ele deve ser.

Jonny, porém, é capaz de demonstrações surpreendentes de afeto para alguém com tamanho grau de deficiência e tem um senso de humor muito desenvolvido. Ele veste sua blusa de trás para a frente e depois espera uma resposta, observando discretamente com o canto do olho. Ele equilibra coisas na cabeça ou coloca objetos em lugares em que ele sabe que não deveriam estar. Seus tutores acham-no engraçado, mas aprendem a não demonstrar muita reação, porque quando Jonny começa a rir, o riso pode durar horas, deixando-o incapacitado para qualquer outra atividade. À noite, ele se senta ao lado de alguém e toma sua mão, pedindo uma "cócega" ou carinho. Ele pega no braço das pessoas e ocasionalmente permite que um membro da família dê-lhe um abraço ou um beijo. Conversamos incessantemente com a equipe na escola e, além disso, comparecemos a muitas, muitas reuniões sobre esquemas e soluções e os porquês e para quês de seu comportamento. Até que ponto devemos permitir que ele encharque as coisas? Alguém conseguiu descobrir como evitar que ele aja assim? Alguém pensou em um modo de evitar que ele acabe entupindo a privada? E quais são os antecedentes, ativadores ou soluções para episódios de violência e tormento? Vamos e voltamos. Explico a eles como faço para cortar suas unhas dos pés, segurando um chocolate um pouco fora do seu alcance para cada unha. Quando ele me deixa cortar, eu lhe dou um pedaço do chocolate. Eles me contam a respeito do armário ao lado da porta de entrada onde ele pode, em certas ocasiões, ser convencido a colocar seu casaco quando entra em vez de lavá-lo. Muitas vezes falamos e falamos sobre um comportamento particular, finalmente chegando, ou assim pensamos, ao fim da história, e daí ele para com tudo e começa algo de diferente. Penso, penso e penso, tento coisas novas, falo e falo.

É quinta-feira e estou esperando ao lado do telefone porque é a noite em que Jonny "liga para casa". Finalmente toca e eu atendo.

— Olá. — É Miles.

— Como estão as coisas?

— Bem, Jonny foi andar a cavalo ontem e fez um pouco de meio-galope, então isso foi diferente e muito legal. Não encharcou muita coisa essa semana. Cortou o cabelo.

— Como foi?

— Bem. Ele ficou um pouco irritado no começo, não é, Jonny?

Silêncio.

— Mas depois que ele se sentou e começou, foi tudo muito bem. Você quer falar com a mamãe, Jonny?

Ouço o telefone sendo passado.

— Olá, Jonny.

Silêncio.

— Você andou a cavalo, não é?

Silêncio.

— Miles disse que você fez um meio-galope. Isso é fantástico, eu gostaria de ver isso. Hannah andou nadando, você nadou essa semana? Choveu muito aqui... Miles disse que você cortou o cabelo. Disse que você se saiu muito bem. Aposto que ficou bonito... Nós vamos aí ver você no sábado. Vamos sair, almoçar e talvez ir até o mar. Será tão bom... Realmente não vejo a hora de ver você. Não amanhã, não o dia depois, mas o dia depois de depois. Até lá.

— Tcha-tchau.
— Oi. — É Miles de novo. — Ele estava sorrindo o tempo todo.
— Que bom. Vejo você no domingo.
— Estarei aqui quando você o trouxer de volta. Ops, melhor eu ir, ele saiu. Até domingo.
— Ok. — Desligo o telefone.

O dia de competições esportivas acontece em um dia muito quente de verão. Os alunos vestem uniformes iguais — bem, a maioria deles, já que alguns obviamente têm um problema com certas peças de roupa e adaptações foram feitas. Sentamos do lado de fora e assistimos às corridas. Quase todos os alunos estão "correndo" com um tutor ao seu lado. O campo se encontra em uma elevação atrás da escola, e mais a frente fica o mar, azul-celeste, se estendendo no horizonte. Ocasionalmente, um barco inquieta a superfície, espalhando espuma e estilhaços de luz. Gaivotas circulam por cima de cada barco. Observo o campo enquanto a equipe de tutores, muitos deles menores que Jonny, praticamente o arrasta em uma corrida da qual ele não tem o menor desejo de participar. Não consigo decidir se essas tentativas de normalidade devem ser admiradas ou se são apenas tristes. Outras crianças, porém, participam com prazer e adoram as fitas e os chocolates que ganharam como prêmios. Todo mundo ganha alguma coisa, e Jonny não parece irritado por nada do que aconteceu.

Em dezembro, o serviço de cânticos de Natal, realizado na capela, lembra-nos de que esta um dia foi uma escola preparatória com um público muito diferente. Jonny olha ao redor, para o teto na maior parte do tempo, enquanto o evento ocorre ao seu redor. Mas um casal está sentado com lágrimas escorrendo pelo rosto enquanto seu filho toca *Noite feliz* no piano. Nenhum parente do menino dos palavrões foi visitá-lo, mas ele canta brilhantemente e com grande prazer, obviamente curtindo cada minuto da sua performance. Sinto-me emocionalmente exausta com todo o evento, meu coração sendo puxado de um lado para o outro, feliz com todo o cuidado e o esforço necessários para realizar este dia, mas também profundamente entristecida com o destino de nossas crianças. Depois comemos tortas de carne e conversamos com a equipe, dando-lhes presentes e recebendo cartões que as crianças fizeram. Todo mundo é amigável e bem-humorado. Então levamos nossas crianças para casa para passar o Natal, e imagino que a equipe está suspirando de alívio.

Hannah acaba de começar o segundo grau. É o seu terceiro dia de aula, e estou bem preocupada em como ela vai se virar sem nós. Combinei com o pai de uma amiga dela de levá-la à escola e trazê-la de volta. Não há nada que eu possa fazer — terei de confiar nele, embora não confie realmente. Jonny já está esperando há algum tempo para operar as unhas dos pés encravadas, e agora a oportunidade surgiu em um hospital em Dorset, perto da escola. Vamos para lá ficar com ele durante a consulta e depois trazê-lo para casa para se recuperar. Essas unhas o têm incomodado faz tempo e, como qualquer outra doença que ele já teve, causaram muito mais irritação por causa do autismo. Para começar, ele não é capaz de nos dizer que não está se sentindo bem. Depois, os médicos tendem a temê-lo. Ele é agressivo e difícil quando está doente, não quer ser examinado — nem mesmo ser tocado. Quando ele obviamente tem algum problema, as opções de tratamento são sempre as mais fáceis ou não exatamente aquelas que seriam as ideais. Eu entendo, na verdade. Administrar medicação de qualquer tipo ao Jonny é uma tarefa praticamente impossível. Essas unhas deveriam ter sido tratadas há muito tempo, mas não conseguimos achar um médico seguro o bastante para se aventurar entre os membros descontrolados para examiná-los corretamente ou recomendar o tratamento apropriado. Em vez disso, ele tomou dose após dose de antibióticos, os quais cuspiu em mim várias vezes. Miles, porém, conseguiu dar um jeito dessa vez, com a ajuda de um clínico geral que passou a compreender o autismo por causa da localização de sua clínica atual. A recomendação foi feita e hoje é o dia. Jonny será levado ao hospital por Miles e o coordenador, e lá os encontraremos. Ele vai tomar uma anestesia geral e as unhas serão cortadas normalmente ou totalmente removidas. Meu irmão me contou que a dor da operação não é nada comparada à dor das unhas encravadas. E agora fico pensando em como Jonny suportou isso por anos, enquanto as pessoas ao meu redor discutem se pessoas autistas sentem a dor no mesmo grau que os outros.

Chegamos antes de Jonny. Quando ele chega, fica imediatamente óbvio o quanto está infeliz. Jonny não tem uma boa relação com hospitais. Ele obviamente tem péssimas lembranças das consultas tensas e dos testes desagradáveis. Apenas passar pela porta de um hospital já é uma péssima experiência para ele, e dá para notar. Ele está com fome também, já que não pôde tomar café da manhã por causa da anestesia a que será submetido.

Meu celular não deveria estar ligado no hospital, mas estou preocupada com Hannah. Ainda estamos na sala de espera, apesar de Miles ter ligado no começo da semana e outra vez antes de partir de manhã para lembrá-los que a espera só vai aumentar a angústia de Jonny e a dificuldade geral deste dia. O celular toca. É a minha sogra dizendo que o pai da amiga de Hannah não pôde buscá-la — exatamente como eu esperava — e que ela está muito nervosa para ir à escola nova sozinha. Falo com Hannah, que está chorando, preocupada que vai chegar atrasada no terceiro dia na escola grande, não sabendo aonde ir ou o que fazer. Sinto-me partida em duas. Por fim convenço minha sogra a ir com ela a pé até a escola. Então, ligo para a professora dela e explico o que houve. Ela é muito simpática e diz

VIVENDO COM JONATHAN

que vai esperar no portão da escola para receber a Hannah. Então ligo para minha filha de novo e falo com ela até que se acalme. Consigo resolver a situação justamente quando uma enfermeira-chefe chega e chama a nossa atenção.

— Desligue esse telefone, por favor.

Ela é antiquada, tem cabelos cinzentos, certinha. Seu rosto é bondoso, mas inflexível, o tipo de rosto enérgico que não atura perda de tempo, uma proponente da enfermagem de boa qualidade, à moda antiga. Nós a seguimos até uma sala de exames e sentamos enquanto ela explica o que vai acontecer.

— Ele é autista — eu digo para ela, e ela sorri ao me mostrar a camisola que ele precisa usar. — Ele não vai vestir isso — eu explico. — Não tem calças e está aberto atrás. Vai deixá-lo transtornado, ele vai querer vestir roupas de verdade.

— Ora, imagino que ele vai vestir se a gente explicar para ele o que ele veio fazer aqui — ela diz, pacientemente.

— Acho que não.

— Bem, nós precisamos manter tudo estéril. Vamos administrar o pré-medicamento quando ele estiver de camisola.

— O que é um pré-medicamento? — eu pergunto.

— Só uma agulhinha na mão dele para deixá-lo sonolento. Ele não vai sentir nada.

— Ele não vai deixar a agulha dentro — eu digo. — Ele vai arrancar na hora.

— A mãe acha que ele não vai tomar o pré-medicamento. — Ela diz para o médico, que acaba de entrar. Miles levanta as sobrancelhas quando olho para ele.

— Bem, vamos tentar, que tal?

Eu dou de ombros.

Tiramos a roupa de Jonny e ele começa a gemer. A enfermeira parece alarmada. Vestimos a camisola nele e ele a arranca logo depois, ficando completamente nu, parado. A enfermeira desvia o olhar.

— Trouxemos alguns pijamas — Miles diz, e ela faz que sim com a cabeça.

Então ela enfia o pré-medicamento na mão de Jonny, segurando-o habilmente com um gesso e sorri triunfantemente para mim. Ele arranca tudo um segundo depois de ela se virar para jogar fora a embalagem. "Não jogar agulhas", diz o aviso na lixeira.

— Ele arrancou — eu digo, e ela olha ao redor incrédula, como se eu tivesse arrancado só para contrariá-la.

— Que tal um Valium? — diz a coordenadora, e eu fico enjoada, lembrando-me da última vez que sugeriram isso. Miles não parece feliz.

— Bem, quando ele tomar a anestesia com certeza simplesmente vai dormir — eu digo. — Podemos passar sem pré-medicamento ou Valium?

As duas mulheres, enfermeira e ex-enfermeira, não parecem estar felizes.

— Acho que vamos chamar o anestesista — diz a irmã.

Jonny se acalmou um pouco. Embora o pijama seja melhor que a camisola, ele está obviamente infeliz de vesti-lo durante o dia.

— Eu sei que é difícil, Jonny — eu digo —, mas logo vai acabar e os seus dedos não vão mais doer.

O anestesista chega assim que os gemidos de Jonny chegam a um estado extremo.

— Acho que ele deveria tomar um Valium — diz a coordenadora.

— A mãe não quer que ele tome nada — diz a freira, antes que eu diga qualquer coisa.

— Não, concordo com a mãe — diz o anestesista. — Algumas pessoas autistas têm péssimas reações ao Valium.

— Mas ele não tomou o pré-medicamento — diz a freira.

— Ele arrancou — eu digo.

— Tudo bem. Vamos direto para a anestesia. Eu consigo anestesiar sem colocar a máscara no rosto dele. Você quer ir junto até a sala de tratamento com ele? — ele me pergunta.

— Acho que vai ajudar — eu digo.

— Ok, mãe e pai, e dois tutores. Acho que vamos caber direitinho. — Ele sai. A freira faz uma careta.

— Ele tem uma filha autista pequena — explica a coordenadora.

— Obrigado, meu Deus — eu penso. Jonny é colocado sobre uma maca e o levamos até a sala de tratamento. É uma sala que poucos de nós veem. Quando estamos lá dentro, é porque tomamos uma anestesia geral e a única outra pessoa por lá é a pessoa que a ministrou. É altamente irregular que quatro pessoas irrelevantes estejam na sala, que além do mais é pequena demais. O anestesista, que provavelmente sabe mais sobre o comportamento autista do que gostaria, deixa o gás pairar levemente à frente do rosto de Jonny. Ele sabe que colocar a máscara vai resultar em tormento e violência. Todos nós começamos a ficar um pouco vidrados, mas de repente vejo que o anestesista está sorrindo e que Jonny pegou no sono. Dorme pesadamente. Ele é levado para a sala de operação e seu pai e eu vamos esperar na sala de recuperação, outro lugar a que normalmente não teríamos acesso. Parece que se passou muito pouco tempo quando Jonny é trazido de novo e eu noto mais uma vez que ele está com o soro na mão. Estamos com outra dupla de enfermeiras.

— Ele provavelmente vai tirar isso assim que acordar.

— Oh, sim, está bem colada — elas sorriem.

Dou de ombros. Elas vão ter de aprender do jeito mais difícil, como a freira antes delas. Eu olho para Jonny, que soltou um murmúrio fraco, mas cujos olhos ainda estão fechados.

— Mas que inferno, o soro saiu! — exclama uma das enfermeiras. Elas colocam uma agulha nova, viram-se para jogar fora a embalagem e eu vejo meu filho removendo a agulha silenciosa e habilmente enquanto suas pálpebras permanecem firmemente fechadas.

A maca é levada de volta para o quartinho em que decidimos que nem camisola hospitalar nem pré-medicamento são do gosto

SHEILA BARTON

de Jonny. A freira, a coordenadora e Miles estão esperando por nós. Assim que Jonny começa a recuperar a consciência, seus gemidos e gritos de angústia ficam mais e mais altos. Seus pés estão enrolados com ataduras e, quando ele acorda, inclina-se e as arranca. O sangue esguicha enquanto a freira tenta recolocar os curativos. Jonny desfere nela socos e pontapés, e ela fica visivelmente abalada.

— Você pode segurá-lo, mãe? — ela diz para mim, suas mãos tremendo enquanto tenta recolocar as ataduras. Eu tento, mas meu filho se debate com uma força sobre-humana. Ele não quer usar ataduras nos pés. Eu nunca consegui que ele ficasse sequer com um emplastro no dedo. Bob me ajuda a segurá-lo, depois Miles, e depois o coordenador se junta a nós, cada um segurando uma parte do pobre corpo convulsivo de Jonny. Ele se desvencilha de todos nós e arranca as ataduras de novo. Mais sangue. A pia está cheia de curativos descartados. O som da angústia de Jonny pode ser ouvido ecoando pelos corredores do hospital e alguns serventes chegam para ajudar a segurá-lo. Um homem que estava empurrando outra maca larga-a no corredor, com paciente pronto para a anestesia e tudo, e vem ajudar. Oito pessoas tentam segurar o meu filho e curativo após curativo é arrancado e jogado pelo ar.

Desistimos por um momento, enquanto a freira vai perguntar o que fazer e Jonny fica deitado parado, exausto, mas vitorioso e sangrando profusamente. Miles fala baixinho:

— Por que a gente não veste as roupas dele? Se ele ficar de sapatos e meias, talvez deixe as ataduras.

— Sim — eu digo —, vamos tentar. E tentamos. — Vocês podem sair, por favor? — Eu digo. — Nós achamos que ele vai se acalmar se houver menos pessoas aqui. Obrigada pela ajuda.

Jonny ainda está choramingando e eles ficam em dúvida, mas todos saem. Quando a freira volta, sem fôlego e com uma assistente atrás, Jonny já está sentado quietinho, totalmente vestido, com ataduras novas debaixo das meias e sapatos.

— Ele está bem agora — eu digo. — Acho que gostaríamos de levá-lo para casa.

Jonny está em uma cadeira de rodas, com expressão feliz, enquanto todos descemos pelo elevador. Bob está preocupado que Jonny possa ficar violento enquanto ele dirige, então decidimos que Miles virá para casa com a gente e depois pegará um trem de volta para Dorset. A coordenadora não está certa sobre todo o procedimento.

— Vocês têm certeza de que não querem que nós o levemos de volta para a escola? — ela pergunta. — Ficaríamos felizes. Já fizemos isso antes quando estudantes ficaram doentes.

— Não — eu digo. — Ele vai ficar bem agora. Ele foi operado. Acho que tem que ir para casa para se recuperar.

A caminho de casa, paramos em algumas lojas para Bob comprar algo para Jonny comer. Estou sentada no banco de trás com ele, Miles se vira e diz:

— Você tem certeza de que quer levá-lo para casa? Nós podemos dar um jeito na escola.

— Certeza absoluta — eu digo.

— Sim, é o que eu penso também — ele diz. — Ele tem que ir para casa com você.

Nós sorrimos, Jonny também. Ele parece notavelmente calmo e feliz, olhando seu pai voltar com uma sacola de comida. Ele trouxe sanduíches, batatinhas, barras de chocolate e também uma garrafa de água, e Jonny devora cada um dos itens enquanto voltamos para casa pelas estradas do interior. Ele está sorrindo. Ao chegarmos à nossa rua, ele olha para cima e diz:

— Melhor.

Ao longo da próxima semana, enfermeiras da região vêm nos visitar todo os dias. Peço que elas me mostrem como fazer os curativos, os quais tenho de trocar cerca de dez vezes por dia. Jonny foge para o banheiro alguns minutos depois de eu terminar cada curativo para arrancá-los e jogar na privada. No quarto dia, uma pessoa sensata vem e explico o que está acontecendo.

— Bom, não adianta fazer os curativos se ele os arranca logo depois — ela diz, e me dá um aerossol de um antisséptico particularmente forte, de cor laranja, o qual eu borrifo generosamente nos dedos dele antes de colocar as meias e os sapatos. Ele fica feliz finalmente. Agora é só contra o analgésico que ele tem que lutar. No meio da noite, eu acordo, ouvindo risos debaixo da janela do meu quarto. Coloco as pantufas e o roupão e vou olhar. Jonny está lá fora, descalço. Destrancou as portas e encontrou um bom lugar ao lado das latas de lixo e dos bueiros para pular e rir. Eu o trago para dentro e agradeço a Deus por sua saúde de ferro e sua resistência às infecções. Na semana que vem, levo o Jonny e o seu antisséptico laranja de volta para a escola, entregando os dois para Miles com um sorriso.

Jonny sai da escola aos dezenove anos e vai morar na casa em que ainda mora, muito feliz. Quando ele fez dezesseis anos, já comecei a procurar acomodação para sua vida adulta. Vi que havia pouquíssimos lugares adequados e como era difícil conseguir financiamento para esses lugares; vi o que estudantes e famílias passam quando deixam tudo para depois e eu não queria isso para nós. A essa altura, eu já tinha me tornado muito ativa na Associação Nacional do Autismo e fazia parte do comitê de gerenciamento de uma grande comunidade residencial para adultos autistas, que ficava a uma hora de distância da nossa casa. Visitei várias comunidades residenciais adultas e decidi que esta era a melhor.

Nessa época, o autismo emergiu das sombras. Há cada vez mais crianças diagnosticadas e um número de provedores privados viram o potencial de estabelecer escolas e comunidades residenciais para adultos. Fui visitar uma dessas comunidades em um dia ameno de primavera. Ficava quase na esquina de onde morávamos, e eu gostei muito. O lugar com o qual estou envolvida agora é enorme e isolado em comparação; consigo ver as vantagens de um lugar menor e mais próximo. Consigo ver algumas desvantagens também. Como Jonny vai lidar com o fato de acabar se encontrando com a gente por acaso em um dia que não era para nos visitar? Será que vai querer vir para casa com a gente? Será que os assistentes vão conseguir fazer com que ele entenda que não está indo para casa quando passar por locais familiares? As pessoas de lá são adoráveis. Estão aprendendo rapidamente a respeito do autismo. Mas por fim decido que eles serão a segunda opção.

Outro problema que prevejo são as modas que vêm e vão no ramo das assistências privadas. O que vai acontecer quando outra coisa se tornar mais lucrativa? O lugar mudará de foco e os residentes ficarão desabrigados? Alocar um jovem de dezenove anos em um lugar assim já é difícil, mas um homem de trinta anos é provavelmente ainda mais complicado. E se forem à falência, ficarem doentes ou se entediarem de tudo aquilo? Decido que uma instituição de caridade dedicada ao autismo é provavelmente uma opção mais confiável. Eles não serão afetados pelo mercado ou seduzidos por uma deficiência mais em voga.

Então começamos o processo de avaliação de novo. Jonny é visitado na escola, ele é observado e seus tutores e assistentes são interrogados. Miles me liga para dizer que foi tudo bem. Ele conseguiu falar sobre nosso apoio como família e Jonny se comportou. Em casa, preenchemos um questionário muito longo, pensando cuidadosamente nas respostas às questões sobre como Jonny provavelmente reagiria a toda uma gama de situações. Há também as perguntas de costume sobre seu nascimento, seu diagnóstico e sua educação. Paro por um momento e tento me lembrar de quantas vezes já descrevi o nascimento de Jonny, sua primeira infância, seu diagnóstico e sua educação inicial. Mas não consigo lembrar. Não conto toda a verdade sobre os eventos na primeira escola. É importante que não pareçamos encrenqueiros. Toda a situação parece muito precária, na verdade, e estou mais do que consciente do absurdo que é tentar atenuar o quanto Jonny pode ser difícil. Ele não precisaria morar em um lugar assim se fosse fácil lidar com ele. Os dirigentes da comunidade residencial me dizem que vão nos avisar logo do veredicto.

Organizo tudo muito antes do necessário, por isso, não me preocupo quando semanas se passam. Sei que essas coisas levam tempo. Enquanto isso, o aniversário de dezoito anos de Jonny chega e passa — e, com ele, adeus assistência social. Para crianças com necessidades especiais, a educação vai até o aniversário de dezenove anos, mas quanto à assistência social, aos dezoito anos eles se tornam adultos e não estão mais qualificados para desfrutar dos serviços destinados às crianças. Não existe assistência social para adultos autistas no país. É provável que eu precise largar o meu trabalho. Não vejo outro jeito — as férias escolares são muito longas. Será só por um ano, mas todo o processo parece insustentável. Duas pessoas me ajudam. Uma delas é uma colega de trabalho que me mostra uma nova política de recursos humanos que me dará, por ser responsável por um membro da família deficiente, uma licença temporária, caso as outras opções de assistência fracassarem. A outra é um assistente social que eu não via desde que Jonny era um menino de quatro anos e chegava à assistência social para passar a primeira tarde. Graham tem seis filhos e continua tão calmo e bondoso quanto antes. Ele diz que a instituição privada local, aquela que eu considerei a potencial nova casa de Jonny, também oferece um serviço diurno para jovens adultos como ele, e poderá fornecer alguma assistência. Nós vamos visitá-la. Eles concordam em acolhê-lo, e o município paga sem discussões.

As primeiras férias de Jonny foram ótimas e eu consigo segurar o meu emprego. A nova comunidade residencial, que lhe presta assistência social, está cheia de residentes permanentes, e eu percebo que se passaram vários meses desde a avaliação de Jonny. Decido entrar em contato com o lugar que elegemos como primeira opção e perguntar quando nos darão a resposta. Eles não responderam às minhas mensagens por alguns dias, mas por fim eu falo com o gerente.

— Ah, não avisaram? Desculpe. Achei que tinham avisado. Nós decidimos que o Jonathan não se qualifica. Desculpe, realmente achei que tivéssemos escrito para você. Foi meses atrás. Decidimos bem rápido porque achamos que ele não ia se adaptar aqui.

Eu ligo para o assistente social bondoso, e ele promete ligar para a nossa segunda opção imediatamente. Após dez minutos o telefone toca e eu atendo.

— Sinto muito, Sheila. Eles preencheram a última vaga na terça. Vamos ter que achar outro lugar.

Eu deito no chão, primeiro porque fiquei aturdida, depois porque estou dominada pelo ódio, pelo medo e pela sensação de que cheguei ao fim de algo, que cheguei ao fundo do poço da minha resistência, que não há nada, absolutamente nenhuma força que me reste para lutar. A sala gira ao meu redor. Tenho certeza absoluta de que não vou conseguir cuidar de Jonny em casa, que vou certamente ter um colapso se isso for exigido de mim. Eu pensei muito a respeito de tudo isso, com muito cuidado. Ele precisa deixar seus pais, como todos os jovens fazem. À medida que eu envelhecer, cuidar dele em tempo integral será cada vez mais difícil e, por fim, completamente insustentável. Quero que ele passe, gradualmente, para uma situação segura, podendo viver bem e ser sustentado, independentemente de mim. Quero que ele esteja seguro quando eu morrer. Surge na minha cabeça a história que vi no jornal sobre um pai que foi para o meio do mato com seu filho autista, direcionou o cano do escapamento para dentro do carro e acabou com a vida dos dois. Na carta de despedida ele disse que era o melhor para toda a família. Tento me livrar de tais pensamentos horríveis, mas não tenho nenhuma ilusão sobre minha capacidade de lidar com um adulto profundamente autista morando comigo em tempo integral pelo resto da minha vida.

Acho que não vou conseguir mais continuar a lutar, mas é claro que consigo e continuarei. Ligo para Bob no trabalho e conto o que aconteceu.

— Estou acabada — eu digo.

— Não, vai dar tudo certo — ele responde.

Mas eu não sinto que vai. Todo mundo, eu penso, tem sua reserva de resistência. Eu tive sorte com a minha. Mas, naquele momento, ela esgotou-se completamente. Bob reconhece algo novo na minha voz, sente que algo se quebrou dentro de mim, e rapidamente obtém um livro sobre instituições de previdência residencial credenciadas pela Associação Nacional do Autismo.

Então a busca começa de novo. Em um dia cinzento no final do inverno ele me leva até o País de Gales — um destino que nunca tinha me passado pela cabeça — para visitar uma casa adorável em uma cidade pequena a menos de uma hora da nossa. Tocamos a campainha e entramos. No final da tarde, já tenho certeza absoluta de que este será o lugar certo para Jonny — muito melhor em todos os aspectos do que o que eu tinha planejado para ele. Dez adultos moram nesta casa, cuidados por uma equipe bem treinada que compreende o autismo. São calmos e agradáveis. Acreditam no direito de pessoas como o meu filho de ser ativas e visíveis, ter seus direitos respeitados, viver vidas boas. São bondosos e compreensivos conosco, seus residentes vão a bares, lojas, piscinas, cabeleireiros, médicos e dentistas da comunidade local.

Há uma vaga e cinco pessoas a desejam. Estamos em uma boa posição porque sabemos que nossa autoridade local provavelmente vai financiar essa vaga sem discussões. A maioria das pessoas não tem essa vantagem. Terão de lutar por seus filhos. Lutam para encontrar previdência. Depois lutam para conseguir financiamento. Passam por todo o processo de avaliação somente para descobrir que no final ninguém vai pagar. Nós temos sorte.

VIVENDO COM JONATHAN

Dois membros da equipe vêm à nossa casa para ver toda a família. É um dia lindo de primavera — meu aniversário, e depois dos presentes e das fotos de manhã, fazemos o almoço e esperamos que eles cheguem. Estou muito nervosa, mas as crianças se mostram à altura da situação esplendidamente. Conversam e riem com as duas mulheres, contando as coisas engraçadas que Jonny faz — e, ao contar essas coisas, mostram o quanto o amam. Falamos sobre a vida e a educação de Jonny, sobre como lidamos com tudo e o que gostamos nele.

Sentamos para almoçar juntos e eles nos contam sobre o trabalho, como é triste que a sua autoridade local tenha decidido que é caro demais, que o serviço seja negado às próprias pessoas para as quais foi estabelecido, que muito dos residentes viveram em situações inadequadas antes de chegar até lá e foram educados até certo ponto. Eles nos dizem que seria bom ter alguém novo para morar lá, alguém que esteja acostumado a ter atividades normais, que consiga lidar com mudanças. Eu explico que tentei arduamente evitar que Jonny caia na rigidez da rotina — o que às vezes parece muito ruim para ele. Digo-lhes que faço com que ele se sente em lugares diferentes em volta da mesa toda noite, embora ele preferisse sentar sempre no mesmo lugar, e que eu vario a ordem em que colocamos as roupas, que certifico-me de que ele receba visitas e faça coisas diferentes todo dia quando está em casa. Uma vez ouvi falar de um menino autista que só conseguia se virar para a esquerda, então toda vez que saíam com ele era necessário planejar uma rota que não envolvesse nenhuma virada à direita. Tivemos sorte com Jonathan, e eu pretendo manter essa flexibilidade o quanto puder.

Eles, por sua vez, nos contam sobre como os residentes vivem, o treinamento que ofereceram à equipe e como não podem cortar os custos mais do que já cortaram. Quando partem, acenamos e sorrimos. Gostamos muito dessas pessoas. São elas que queremos para Jonny.

Agora teremos de esperar pela decisão, que eles falem sobre nós, leiam todos os relatórios, conversem com os professores de Jonny e com os assistentes sociais. É um processo muito meticuloso. Eu passo os dias flutuando, não ousando permitir-me ter esperança, mal podendo respirar, contorcida pelo esforço de não pensar. Finalmente, o dia chega. Uma carta positiva do serviço, uma ligação da assistência social, detalhes sobre a nova casa de Jonny e sobre quando ele pode ir morar lá. Penso nas outras quatro famílias que disputavam a vaga, no quanto devem estar devastadas.

O futuro assistente de Jonny — Vernon — e outro membro da equipe vão à escola vê-lo. Ficam por lá algumas noites, seguindo-o em silêncio ao longo dos seus dias, falando com seus professores e observando-o cuidadosamente. Infelizmente, Jonny termina sua estadia naquela escola maravilhosa com um tutor pessoal muito fraco. Les é um ex-gerente de banco e membro entusiástico do Exército da Salvação. É tenso, exigente e determinado a fazer o bem. Ele comprou uma mochila para Jonny que até eu sei que é de menina. Ele nos encurrala e fica falando abobrinhas quando o visitamos, tagarelando sem parar sobre coisas que não soam muito importantes. Jonny parece olhar para ele com desprezo. Esse "fazedor-do-bem" não está feliz com a masturbação matinal de Jonny — apropriadamente privada e não intrusiva — e tenta fazer com que ele pare. Então Jonny começa a fazer xixi na cama de novo toda manhã, uma prática que continua até hoje. Durante a visita de Vernon e seu colega, Les decide organizar uma excursão até um bar para os estudantes mais velhos e os visitantes. É uma noite amena de verão e os estudantes chegam ao bar de micro-ônibus. Sentam-se alegremente no jardim, alguns abanando uma manta favorita, os mais eloquentes falando pelos cotovelos. O bar é bem tranquilo e ninguém os incomoda. Logo todos estão bebendo e comendo batatinhas. Jonny toma um *shandy*, cerveja com limonada, feliz como ele quase sempre está quando lhe oferecem comida e bebida. Uma das jovens, porém, levanta do banco em que está sentada e começa a andar de um lado para o outro, balançando um pouco a cabeça. Nenhum dos outros estudantes parece perceber ou incomodar-se com ela. Mas Les, sim. Ele olha para Vernon e sorri nervosamente.

— Puxa, puxa vida, já deu problema. A gente não devia ter vindo.

Vernon olha para ele surpreso, mas não diz nada. Ele é um convidado e não deve interferir. Les tira do bolso o celular.

— Traga o micro-ônibus de volta, rápido. Temos um problema.

Vernon levanta as sobrancelhas ao olhar para o colega, depois os dois apertam os lábios de tanto desconforto e olham para o chão.

Quando o micro-ônibus chega, a jovem está sentada quieta tomando sua coca. Os dois jovens que voltaram com o furgão parecem perplexos e um tanto irritados. Eles tiveram que dar meia-volta e agora estão com o turno atrasado. Não se importariam se fosse uma emergência, mas obviamente não é.

— É melhor a gente voltar mesmo assim — Les diz. — Nunca se sabe quando ela pode começar de novo. Vamos lá, pessoal, vamos voltar.

Todo mundo o ignora. Vernon olha para ver como Jonny está encarando a sugestão de que volte para a escola logo agora que está começando a se divertir, e sua expressão se transforma em um sorriso largo. Jonny está sentado, completamente parado e quieto, aparentemente alheio a qualquer problema. Está imóvel, seu rosto impassível, as mãos paradas. Ele rasgou o pacote de batatinhas em pedaços, como sempre faz depois de acabar de comer, e enfiou os pedaços na garrafa de *shandy*. Em cima da sua cabeça, seu copo de cerveja está perfeitamente equilibrado. Ele espera. Leva um minuto ou dois antes que aconteça. Mas vale esperar pela reação de Les.

É um dia realmente lindo e quente de verão — agosto no que ele tem de melhor. Partimos bem cedo porque temos uma viagem de duas horas pela frente. Certifico-me de levar protetor solar e uma garrafa de água para nós. Jonny passou a noite comigo e entra no carro com empolgação. Eu lhe disse aonde estamos indo, quem vamos ver, e acho que ele entendeu. Coloco um CD de música *pop* e partimos. Ao nosso redor, árvores estão transbordando de verde. O céu está azul, os campos, repletos de trigo dourado entremeado por papoulas rubras, aguardando a colheita. Canteiros estão abarrotados de margaridas, sebes, de canabrás. Viajamos por estradas sinuosas do interior, subindo e descendo, virando e serpenteando, passando por chalés e estalagens à margem da pista. Dirigimos por muitos quilômetros ao longo de uma serrania, com campos afundando de ambos os lados, revelando visões estonteantes. Jonny treme de alegria com cada nova canção, com a viagem, e talvez porque reconhece uma rota pela qual não viaja há um bom tempo. Por fim diminuímos a velocidade, estamos chegando mais perto agora. Em um sábado como esse, as pessoas trazem seus filhos para as praias longas e intocadas atrás dessas vilas, fazem compras no mercado local da cidade, viajam com binóculos para observar pássaros na reserva natural encontrada ao fim dos quilômetros de estradas sinuosas. Paro em uma vaga do estacionamento da Fundação Nacional, levo Jonny ao banheiro e depois tiro meu celular do bolso. Julie atende imediatamente.

— Estarei aí em cinco minutos. Mal posso esperar para vê-lo!

Esperamos. Acima de nós se ergue o castelo arruinado. Pontinhos, que são pessoas, se deslocam na subida até o ponto mais elevado. Apontam para pontos de referência no horizonte para seus companheiros. Na cafeteria da varanda, pessoas tomam café ou limonada, comem bolos ou sorvete. Um sábado quente de verão em Dorset. Examino a entrada do estacionamento. Julie me diz que tipo de carro procurar. "Olha ela, Jonny." Eu rezo para que ele a reconheça, note a presença dela, mostre o amor que eu sei que ele sente por ela. Ela estaciona ao nosso lado e salta para fora. O rosto de Jonny se acende.

— Julie. — Ele se inclina sobre ela enquanto ela entra no banco de trás para abraçá-lo.

— Oi, amor.

O sorriso dele não poderia ser maior.

Ela entra de volta no carro e liga o motor. Verifica se estamos atrás dela e dirige devagar para fora do estacionamento. Indicações para chegar ao chalé de Miles seriam complexas demais para seguirmos, eles julgaram. Esse aglomerado de estradas, serpenteando pelos campos e colinas até o mar, tem poucas placas. Seguimos o carro de Julie por ruas cada vez mais estreitas, até que vamos avançando lentamente por uma trilha sulcada e acidentada que leva até o chalé. Por fim ela para e estacionamos atrás dela na grama. Chegamos.

— Vamos, Jonny, estamos aqui.

Por um momento ele fica sentado apenas. Não reconhece o lugar, embora tenha estado aqui antes, aparentemente. Eu não estive.

— É a casa do Miles, amor. Miles mora aqui com a Sally agora.

Sally trabalha na escola também. Jonny parece um pouco mais interessado, mas não se mexe.

— Tem comida para nós no jardim — um piquenique com Miles, Sally e Julie, seus velhos amigos. Faz eras que não os vemos, né?

Ele sai.

Julie nos leva até lá. Ela tingiu o cabelo de loiro e usa rabo de cavalo. Parece um pouco mais velha, como eu também devo parecer. Um chalé com beirada baixa surge na distância, com pilhas de troncos amontoados ao lado. Um grande jardim cerca o chalé, com balanços e cadeiras de formas diferentes, um grande canteiro de vegetais e flores. Miles e Sally aparecem na frente. Abraçamo-nos.

— Oi, Jonny, que bom ver você. Vem aqui sentar no jardim.

Jonny sorri e sorri. Estou tão feliz. Isso vai ser um sucesso. Sentamos em volta de uma mesa e eles trazem limonada caseira, *pizza*, pão de queijo e salada. O cabelo de Miles foi cortado bem curto — ele parece estranho agora sem os velhos cachos rebeldes. Mas Jonny sabe quem ele é, e reconhece Sally também. Come com alegria enquanto conversamos. Digo-lhes o quanto ele está indo bem em seu novo lar, sobre como anda a cavalo e nada, o que faz no centro de recreação. Conto sobre a dissolução do meu casamento e eles expressam sua compaixão, levemente embaraçados. Jonny indica o que ele quer com educação e espera que lhe digam que pode pegar. Os filhos de Miles aparecem por um instante, correm um pouco, enchem alguns pratos de comida e desaparecem de novo dentro do chalé para jogar jogos de computador.

Depois do lanche vamos para a sombra. Jonny senta alegremente em um assento do balanço e oferece a perna para Julie massagear. Eles me contam como as coisas estão na escola.

— É bem diferente agora — Miles diz. — Todas as crianças têm computadores nos quartos.

— Jonny não conseguiria lidar com um computador — eu digo. — Tampouco a maioria das crianças que estiveram lá na época.

— Sim, as crianças são diferentes agora. São desafiadoras, mas muito mais capazes.

— Onde estão todos os Jonnys, então? — eu pergunto. — Para onde eles vão agora? Não havia muita previdência para crianças como ele.

Todos eles dão de ombros. Sally traz bebidas para nós. Há confetes pelo chão.

Miles é locatário dessa linda propriedade rural e muitas vezes costumava levar Jonny e os outros alunos para caminhadas ao longo de uma praia privada à qual ele tem acesso. Amontoamo-nos no carro e ele leva todos até lá. Jonny caminha bem com a gente. É um córrego, ou estuário na verdade, ao lado do qual andamos sob o Sol da tarde. Julie fala sobre seu novo trabalho e relacionamento. Jonny faz uma pausa para jogar pedras no mar, olhando alegremente as chapinhas na água. Miles e Sally param para olhar o lugar em que talharam um coraçãozinho na rocha. Julie anda com Jonny e fala com ele. De vez em quando ele diz uma palavra ou duas para ela. Há uma leve brisa, que torna a caminhada confortável. As ondas chegam à praia calmamente, banhadas com diamantes de luz do Sol. Estamos sozinhos nessa pequena faixa deserta de areia e mar.

Caminhamos e depois voltamos através do bosque, a luz do Sol filtrada pelas árvores. De volta ao chalé, tomamos chá, comemos bolo e eu digo que temos de ir. Levarei Jonny de volta para a sua casa — uma viagem de no mínimo três horas. Falamos e falamos. Contei para todos sobre a nova vida dele; comemos, bebemos, rimos, caminhamos pelo mar sob um céu azul sem nuvens. Essas pessoas conhecem Jonny e o amam. Eu relaxei e me libertei da minha tensão habitual, dos olhares desviados, do rosto duro para ignorar miradas e comentários. Nos divertimos muito.

— O que vocês acham dele? — eu pergunto.

— Achamos que ele é fantástico. Você é o cara, Jonny. Você se saiu muito bem.

— Ele fez sua própria vida, viveu sob suas próprias condições, lidou com o autismo muito bem. Estou muito orgulhosa dele — eu digo.

É uma longa viagem de volta. Paramos em um posto de combustível e sentamos na grama para beber algo. Quando voltamos, Jonny está cansado, mas corre até a casa, rindo, feliz.

— Ele teve um bom dia? — eles me perguntam.

— Um dia muito bom — eu respondo. — Fomos visitar nossos amigos. Foi bom, não foi, Jonny? Um dia realmente lindo.

CAPÍTULO CINCO
IRMÃOS E IRMÃS

Minha sogra e sua prima estão sentadas na sala de estar.
— Não dá para acreditar que você está tão calma — elas continuam dizendo.
— Hmmm... Não se preocupem, ainda tem bastante tempo.

Estou de pé na cozinha, à luz de uma noite de verão, fazendo o jantar do Ben, parando de vez em quando para deixar uma contração passar. Para Jonny, tanto faz o cardápio, mas para Ben não, e ele escolheu sanduíches. Minha bolsa d'água se rompeu hoje de manhã, e elas dizem que eu deveria ir direto para o hospital quando isso acontece. Esta já é minha terceira gravidez, porém, e não pretendo ir ainda. Já falei com a parteira; já cronometrei as contrações. Eu sei que o bebê ainda vai demorar para chegar. E sei que a minha filha vai chegar razoavelmente cedo — provavelmente amanhã de manhã cedinho.

Anda muito quente nos últimos dias. Estou enorme, desajeitada, e devagar em tudo, tomando suco o tempo todo. Ficarei feliz quando acabar. Acho que deixei tudo acertado para a minha ausência. Minha sogra vai ajudar Bob com os dois meninos. Falei para a acompanhante de Jonny hoje de manhã que logo vou entrar em trabalho de parto e ela ficou de avisar à unidade. O quarto do bebê está pronto, minha mala está feita. Optei por um parto no hospital e voltar para casa imediatamente. O rompimento da bolsa d'água pode ter frustrado meu plano, mas não quero ficar por lá um minuto a mais do que o necessário. Cheguei à conclusão de que hospitais são lugares estressantes demais para passar os primeiros dias da vida de um bebê e, além disso, não tenho certeza de como as coisas vão ficar por aqui se eu permanecer no hospital por tempo demais. Por fim, decido que todo mundo está preparado e as minhas contrações estão rápidas o bastante. Vamos até o hospital e, algumas horas depois, Hannah nasce. O nascimento é rápido, diferente das horas de trabalho de parto, do auxílio de fórceps com o meu primogênito e da ansiedade de ter um bebê que não nasceu respirando, como Jonny. Terei de passar a noite, porém. Como pensava, o rompimento prematuro da bolsa d'água significa que eles querem que eu fique lá por algumas horas.

Estou acordada, vestida e esperando às sete horas da manhã seguinte, segurando minha linda filha. Ela está mamando sem problemas e eu me sinto bem, exceto por minha perna, que está latejando um pouco acima e atrás do joelho. Hoje pela manhã, eu pedi para uma enfermeira dar uma olhada, mas ela disse que não podia fazer nada por mim. Acho que ela estava no fim do plantão e querendo ir embora. Não estou particularmente preocupada. Essa veia ficou saltada durante a minha primeira gravidez e depois piorou em cada uma delas. Usei um curativo por cima dela nos últimos seis meses. Estranhamente, a veia parece ter desaparecido, embora a dor seja persistente. Sei que a parteira virá me visitar todo dia, então posso esperar para mostrar a ela. Meu bebê nasce, a gravidez acaba. Quero ir para casa e continuar tudo normalmente agora. Quero estar pronta quando meus meninos voltarem da escola para ver a irmã pela primeira vez.

Tenho de sentar e esperar por duas horas, mas, por fim, Bob me pega no hospital. Uma vez em casa, sento no jardim ensolarado para comer um sanduíche, o bebê em um moisés aos meus pés. Minha vizinha chega para ver como estou e paparicar nossa linda menininha.

Hannah dorme o tempo todo, apenas fungando e se mexendo um pouco enquanto conversamos perto dela. Ela tem cabelos pretos e traços fortes. O cabelo vai mudar, eu sei, mas os outros traços vão ficar. Sempre parece tão estranha essa normalidade após o nascimento, a vida comum continuou como de costume enquanto você passou por um submundo de sangue, dor e vida nova.

Depois do sanduíche, tomo um banho e me arrumo. Troco a fralda de Hannah e a visto com o macacão de veludo branco com desenhos de azulões que todos os meus filhos vestiram. Quero que ela fique bonitinha para quando Ben chegar da escola com sua avó e o táxi de Jonny o trouxer para casa. Nosso quarto é iluminado e lindo, com madeira branca e tecidos rosa e azuis. O berço ambulante de Hannah está no canto do quarto, perto do meu lado da cama, para que eu possa pegá-la rapidamente e dar de mamar na cama à noite. Mas quando os irmãos dela chegam, ela está nos meus braços, calma, observando. Ben fica fascinado e Jonny, aparentemente indiferente. Ben segura sua irmã no colo e sorri maravilhado enquanto seu pai tira uma foto. Eu deito Hannah na cama e Ben fala com ela.

— Oi, bebezinho. Oi, bebê Hannah. Eu sou seu irmão mais velho. Oooi.

Sua voz é delicada, e Hannah observa seu rosto. Então, Jonny de repente mostra um pouco de interesse. Está segurando seu barquinho ao se inclinar sobre ela, observando como abre e fecha seus pequenos punhos. Ela não chora, então tiramos mais uma linda foto das três crianças. Depois os meninos vão para o andar de baixo tomar chá e ver televisão. Ouço Ben falando da sua irmãzinha com entusiasmo.

Mais tarde, à noite, o clima quente finalmente cede e a chuva cai. Fico olhando as gotas escorrendo pela janela naquele estado distanciado de alguém que está sem dormir. Minha perna ainda está latejando. Os meninos estão se aprontando para dormir quando a parteira chega, dá uma olhada na minha perna e apanha ataduras e remédios para tratar a flebite.

Não fico na cama por muito tempo. Há tanta coisa para fazer. Minha filha é linda. Não dorme muito, assim como seus irmãos, mas é boazinha, raramente chora. Fica deitada quietinha olhando ao redor, interessada no papel de parede e na capa do edredom, tentando se focar no meu rosto quando eu lhe dou de mamar. É tudo tranquilo durante o dia, até os meninos chegarem. Então, fica tudo muito movimentado. Ainda estou na fase de esperar que "as tendências autistas de atraso do desenvolvimento" se resolvam de algum modo. Ainda esperando que as professoras da unidade façam o milagre que me prometeram. É uma época ocupada, mas muito feliz.

Toda manhã eu amamento Hannah e falo com ela, acariciando seu rostinho e deixando que ela aperte meus dedos. Depois troco a fralda e, quando ela está pronta para dormir de novo, coloco-a no carrinho no corredor e vou pegar pincéis e latas de tintas. Passamos recentemente por uma reforma. Um lance extra de escadas leva a um quarto lindo, com os beliches de Jonny e Ben e suas prateleiras de brinquedos. Há janelas no telhado das quais se pode ver a parte de cima de árvores bem verdes. A escada nova e as portas precisam de pintura e, como à noite é muito caótico, dou um jeito de pintar durante o dia. Levo três semanas para terminar, mas fico feliz quando termino.

Bob e eu começamos a rotina de colocar Jonny e Hannah na cama — um de cada vez — e depois, quem terminar primeiro, lê uma história para Ben e começa a preparar o jantar. Hannah dorme no carrinho no corredor, para que eu possa dar-lhe de mamar facilmente durante a noite. Amamento-a uma última vez ao ir para a cama e a coloco no berço. Agora somos cinco. Um é autista e precisa de atenção extra, mas estou determinada a fazer com que cada membro dessa família tenha direitos e responsabilidades, que Jonny tenha o seu lugar e todo o cuidado e atenção que possamos lhe dar, mas que as necessidades dos outros não sejam sacrificadas pelas dele.

SHEILA BARTON

Quando Hannah completa cinco semanas de vida, nós vamos passar alguns dias de férias em uma casa ao norte de Devon, para onde vamos todo ano. A casa pertence a um casal de gente boníssima, caseiros de um condomínio residencial local para pessoas idosas. Eles moram lá, então alugam sua casa à beira-mar quando não estão usando. Os meninos adoram a familiaridade e a rotina desse lugar, a praia enorme, a lojinha do canto com bandeiras para castelos de areia, sorvetes e pipas. Levamos cerca de três horas para chegar lá. Vou apertada no banco de trás com o Jonny, o berço móvel de Hannah e muitas migalhas de biscoitos. A excitação aumenta ao chegarmos na esquina da rua em que fica a loja e entrarmos na garagem da casa.

— Chegamos, estou vendo! Chegamos, Jonny!

Jonny abana o barquinho. A casa fica no final de uma fileira de quatro casas; aconchegante, com um jardim pequeno, isolado, levemente abandonado, e um quarto duplo bem no topo da casa, alcançado por um último minúsculo lance de escada. Os quartos dos meninos são no primeiro andar e nós ficamos com o quarto do andar de cima, no qual nossos anfitriões colocaram o berço antigo de sua filha sob o beirado para Hannah.

Desfazemos as malas enquanto Ben se ocupa com a caixa de brinquedos que o casal sempre deixa para eles. Jonny fica sentado abanando o barquinho. Então tomamos chá e fazemos uma pequena caminhada até a praia, à luz da tarde morna. Levo Hannah a tiracolo, alçada em mim, e seguro a mão de Jonny com firmeza. Ele fecha a mão, mas eu não solto. A estrada é sossegada, com pequenas casas caiadas de ambos os lados, e a maravilhosa linha azul do mar está visível no horizonte. Mas eu não quero correr o risco de o Jonny sair correndo bem quando um carro cruzar a esquina.

Levamos algumas esteiras, baldes e pazinhas enquanto seguimos pela estrada em direção à praia. A maré está baixa e parece haver quilômetros e quilômetros de areia estendendo-se na distância, com apenas algumas pessoas levando cachorros para passear e outras

133

empinando pipas. Sento-me em uma das esteiras e solto Hannah. Os dois meninos correm ao redor extasiados. Há tanto espaço... Então Jonny senta-se em um pequeno banco de areia ao lado de uma poça deixada pela maré vazante e atira pedras dentro, várias e várias vezes, absorto e feliz com o movimento repetitivo de cada esguicho gratificante. Ben pega sua pazinha e desenha um gato enorme na praia. Eu fico sentada, pensando. Como ele consegue saber qual será a aparência do gato quando se levantar para contemplar a obra? Ele consegue, porém. O gato é enorme e magnífico. E por que ele não se importa que, quando estiver dormindo, a maré vai subir e desfazer tudo? À medida que o Sol se põe, a praia vai sendo inundada por um intenso brilho alaranjado, que ilumina cada pocinha formada na areia. Levamos as crianças para casa. Ben senta na frente da televisão enquanto damos banho em Jonny e Hannah. Lemos histórias e acendemos as luzes noturnas. Logo todos nós vamos dormir, e Hannah dorme a noite inteira pela primeira vez.

O tempo fica perfeito durante as duas semanas inteiras, grande parte das quais eu passo amamentando e trocando as fraldas de Hannah. Ainda estou naquela "bolha do bebê", com o tempo e as coisas dos outros meio distantes. Uma amiga nos visita, e todos nós vamos a uma enseada deserta onde longos trechos de rochas penetram no mar. É uma descida bem longa do penhasco relvado, pontilhado por cravos-do-mar, mas vale a pena.

Tiro Hannah do *baby sling* e a deito sobre uma toalha na areia. Ben corre até o mar para pular e gritar. Jonny acha uma poça e fica jogando água para o ar com sua pazinha, uma cascata brilhante de gotas prateadas, enquanto nos banhamos no luxo da isolação, sem nenhuma outra pessoa para nos preocupar. Comemos alguns sanduíches e tomamos suco de frutas, observando a luz do Sol brincando nas ondas — lindo. De repente nossa amiga pega Jonny pelos braços e o gira ao redor. Jonny se mata de rir. Talvez fique enjoado, eu penso, mas não me importo. O mar está azul e branco, uma brisa

SHEILA BARTON

suave sopra sobre nós, oscilando os botões rosados ou esbranquiçados dos cravos-do-mar. O cenário é gloriosamente lindo. Meu filho mais velho de cabelos dourados pula contra as ondas gritando para que nós olhemos para ele, minha menininha está deitada quietinha olhando as nuvens brancas girando acima dela e, contra o céu azul, meu filho mais novo gira e gira, rindo sem parar.

Ao longo das duas semanas passeamos de canoa, catamos conchas, fizemos castelos de areia e visitamos a reserva natural local onde devemos negociar com ovelhas e fechar os portões antes de estacionar, ao lado de uma praia enorme delimitada por seixos gigantes. Empinamos pipas, visitamos mercados locais e atravessamos o estuário em uma pequena balsa para ver as crianças do outro lado sentadas nos recifes pegando caranguejos. Há uma foto nossa nessa travessia — uma de nossas atividades favoritas. Estou sentada no barco com Ben ao meu lado, sua cabeça meio inclinada para observar as ondas e a maré vazante. Está de *short* marrom e camiseta vermelha. Do outro lado está Jonny, segurando seu barquinho com uma mão — a outra estou segurando com firmeza. Sua cabeça também está inclinada de leve, mas não para olhar para alguma coisa. Está de *short* azul e camiseta amarela. Os dois meninos têm cachos louros ondulados pelo vento. Estou vestindo uma saia de cambraia bem confortável, um pouco larga demais desde a gravidez, mas ainda sem forma. O *baby sling* azul-marinho está amarrado ao meu peito, e nele é possível ver duas meias brancas e cor-de-rosa.

Imagino que Jonny tenha sido difícil nessas férias Talvez tenha chorado ou gritado quando as coisas não iam como ele queria. Imagino que as pessoas tenham olhado para ele ou que às vezes eu estivesse insuportavelmente cansada. Não lembro de nada disso, porém, apenas da luz do Sol e da água, de amamentar e trocar as fraldas do bebê, de deixar a maré me levar. O décimo aniversário da morte de Elvis ocorreu durante a nossa segunda semana de férias, e Hannah estava deitada sobre um cobertor na frente da televisão, fascinada pelas gravações de suas apresentações no palco que são transmitidas a noite toda.

    Associo-me a um grupo de apoio local — que é também um grupo de pressão, já que o avô de uma menina na unidade é um sindicalista experiente e está determinado a fazer uma campanha em prol de melhor previdência educacional para nossas crianças. Ele é ativo no apoio à comunidade local também, e nós começamos a visitar a fazenda na qual está engajado regularmente. O aniversário de Jonny será celebrado lá este ano, junto com o de Tim, e Ben fará um *show* de mágica para crianças autistas e seus irmãos e irmãs.

    O amor de Ben por mágica começou quando ele era bem novo. Quando tinha cinco anos, no Natal, eu fiz para ele uma capa de mágico e uma cartola — repleta de lantejoulas e estrelas —, além de uma caixa de mágico, decorada similarmente e cheia de truques. De início, os truques o desapontaram — ele achava que uma varinha mágica fosse exatamente isso. Mas após o choque inicial de descobrir que balançá-la e dizer abracadabra não nos faz desaparecer ou flutuar até o teto, ele se dedica ao novo *hobby* com muito gosto. Ele encomenda coisas de catálogos e visita lojas de mágica em busca de truques novos. Ele compra uma tigela de pombos que enche de papel e acende antes de colocar a tampa. Ele balança a varinha mágica e recita palavras mágicas, deixando seu público de crianças totalmente encantado e com uma expressão surpresa. Então levanta a tampa com um floreio, produzindo — não pombos, felizmente — uma tigela cheia de chocolates para um público fascinado. Começa fazendo esses *shows* nas festas de aniversário do seu irmão e da sua irmã, mas logo lhe pedem que faça para outras famílias. Ele é bom nisso, e ganha algum dinheiro.

    No dia da festa, vestimos as crianças, Jonny com uma calça de veludo azul nova e um moletom também azul com um robô prateado na frente; Ben com calça de veludo cinza e uma camiseta amarela sob sua capa de mágico. Hannah vai com um agasalho de cores primárias brilhantes. Há um quarto de bagunça maravilhoso na fazenda, cheio de rampas, e não quero que ela fique inibida por causa de um vestido. As três crianças têm cachos louros-escuros — os de Hannah já quase no meio das costas — e grandes olhos azuis com cílios bem longos. São um trio tão lindo, eu acho.

— Ok, pessoal. Estamos prontos. Vamos lá. Você pegou tudo que precisa, Ben?
— Sim.
— Certeza? Gravador?
— Sim.

Entramos no carro. Sento no banco de trás com Jonny e Hannah, segurando com cuidado no meu colo a vasilha com o bolo de aniversário. Fiz uma piscina de pão-de-ló, com cobertura azul, escadinha de marshmallow, pista de alcaçuz e figurinhas de plástico com trajes de banho vermelhos. Ben senta na frente com seu equipamento para o *show* de mágica. Demoramos trinta minutos para chegar à fazenda, estacionamos e saímos.

Uma mesa longa foi disposta para nós. A maioria das crianças da unidade vieram, mais os irmãos e irmãs. Somos uma turma e tanto. Na mesa estão jarras de suco, tigelas de gelatina, pratos de batatinhas, sanduíches, baguetes de salsicha e biscoitos, todos enrolados em papel-filme. Em destaque está o bolo de Tim — uma ferrovia com um trem. Eu retiro o bolo de Jonny da vasilha e coloco ao lado do bolo de Tim. Há muito barulho. As crianças — com irmãos e irmãs — têm de dois a onze anos. Eu digo olá para as pessoas, mas também tiro um minuto para observar. Só daria para reconhecer as crianças autistas se alguém estivesse realmente procurando.

Eventos como este são estranhos sob vários aspectos. Você passa tempo com pessoas com as quais não tem nada em comum necessariamente, exceto um filho ou filha autista. É como qualquer evento infantil, imagino, mas mesmo nesse meio tendemos a ser atraídos por pessoas que se pareçam conosco. É um alívio, porém. Aqui não precisamos ficar vigiando nossos filhos e filhas autistas o tempo todo — preparando-nos para ajudá-los a se localizar, explicando, lidando com olhares e comentários. E aqui os irmãos podem se soltar. Seu irmão ou irmã não será uma coisa vergonhosa para eles. Não ficarão se preocupando com o que vai acontecer. Estamos todos no mesmo clube, gostem ou não.

Eu ajudo Ben a dispor sua mesa e esconder as coisas — não queremos que ninguém descubra seus segredos —, depois vamos todos para o salão de festas. A fazenda é bagunçada, mas é bonita também. Não temos de nos preocupar com nada hoje. Qualquer estrago causado vai desaparecer em meio às pancadas e arranhões. Uma sala grande está cheia de brinquedos: uma pequena cama elástica, bolas grandes, cilindros, cordas e esteiras. Há um pequeno escorregador que desce até um tapete suave e seguro. As crianças podem correr e pular, girar e rolar com pouquíssimo risco de se machucarem. É mais fácil reconhecer as crianças da unidade agora. Jonny rola de um lado para o outro, inclinado sobre uma bola, seus olhos vidrados. Tim desliza do escorregador várias vezes sem sorrir ou gritar de alegria. Sally faz uma pequena cabana com tijolos moles grandes e fica dentro dela chupando o dedo. Outras crianças autistas não são tão quietas. Elas gritam e riem como as outras crianças, mas a qualidade da algazarra é, de certa maneira, diferente.

Hannah corre de atração em atração, experimentando tudo, preocupada em não perder nada. Ela grita: "Olha, Ben! Olha Ben, vamos nesse aqui!".

Mas Ben está balançando em uma corda, com outro irmão mais velho, e caindo em uma pilha de esteiras que colocaram na posição de queda. Nós, pais, ficamos de lado, observando, conversando sobre nossos filhos e filhas, tomando café.

Algumas das crianças vão lá fora com Bill, o organizador, visitar os filhotes que nasceram na primavera. Hannah vai junto, de mãos

dadas com Jesse, a irmã de David, mas Ben e Jonny ficam. Ouço Hannah dizer:
— Não, ele não deve ser autista. Ele fala.
— É, sim. Ele é meu irmão, eu sei.
— Não, quem é autista não sabe falar.
— Mas o David sabe. E ele ainda me bate.

Elas vão para longe e não ouço mais nada, então me viro para ver se Jonny está bem. Está pulando na cama elástica agora, absorto nos saltos, e Ben precisa organizar seu *show* de mágica para que esteja pronto após o chá. Na hora do chá, as crianças sentam-se à mesa longa, comendo e rindo. O barulho é estupendo. Acendemos velas nos dois bolos; a mãe de Tim e eu seguramos nossos filhos e calmamente os estimulamos a apagá-las. Eles olham para os lados enquanto algumas crianças cantam *Parabéns pra você*. Há muita coisa no chão. Depois colocamos as cadeiras na frente da mesa de Ben e conduzimos as crianças para lá. Ben cobriu a mesa com uma toalha e colocou o gravador em cima. Está vestindo sua capa e seu chapéu de feltro preto — a cartola de papelão há muito tempo se desintegrou de tanto usar. A música está tocando — Ben não fala durante seu ato — e ele começa a tirar bolas de pingue-pongue da boca. Não olha para o público, mas para as bolas, fingindo estar surpreso e desconfortável ao tirar cada uma da boca. Gradualmente, as crianças se aquietam e assistem, fascinadas, seus olhos abertos.

A música toca e o *show* continua. Ben transforma folhas de papel em notas de cinco libras, faz uma bola flutuar em cima de uma toalha, moedas desaparecerem para reaparecerem depois atrás das orelhas das crianças que assistem. Faz cordas se levantarem, tijolos caírem e lenços mudarem de cor. Para o final, acende o papel dentro da tigela de pombos e acena sua varinha mágica sobre ela. Coloca a tampa em cima e o fogo desaparece. Outro floreio da varinha, mais palavras mágicas e tira a tampa com outro floreio, mostrando para as crianças a tigela agora cheia de caixinhas de confetes de chocolate. Elas parecem desconfiadas quando ele lhes passa os confetes, depois abrem as caixas e comem os doces. Todos batem palmas e sorriem. As mães e pais dizem a Ben o quanto acham que ele é bom.

Depois um menino chega para ele e diz:

— Faz mais chocolate com mágica, então, se você é capaz.

— Não, o *show* acabou agora.

— Aposto que você não consegue. Aposto que é um truque.

— Talvez. Mas por que os chocolates não queimaram no fogo então?

— Faz mais com mágica, então.

Ele é bem insistente, seu rosto quase agressivo, e Ben olha para mim pedindo ajuda.

— O *show* acabou agora. Não tem mais chocolates — eu digo.

Ele olha para mim desconfiado, mas se afasta.

— Ele é autista? — Ben pergunta.

— Não, não é. Nem toda criança mal comportada é autista.

Juntamos as coisas e vamos para casa. Foi um dia bom.

Abro a porta e entro em casa. Logo percebo que algo está errado. A atmosfera está ruim, embora tudo pareça muito quieto. Ben, com dezoito anos agora e morando em casa enquanto completa um ano preparatório na escola de arte local antes da universidade, está sentado em uma cadeira no corredor. Ele olha para mim, mas não diz nada. Segura um saco de gelo na mão. Eu estava no ensaio do coral — minha única atividade fora da família, o último vestígio de uma vida independente. Eu canto desde que era muito nova — na escola, na universidade e desde então. Cantei em abadias, catedrais, capelas e em alguns salões de concerto bem conhecidos. Cantei na Inglaterra e no continente, no rádio, na televisão e para companhias de gravação. O canto sempre foi meu farol no meio da escuridão durante os tempos difíceis, uma fonte perpétua de alegria. Depois daquela noite, porém, não fui mais aos ensaios do coral se Jonny estivesse em casa, assim como não fui durante os quatro anos antes de começar o internato semanal. Não era seguro se eu saísse de casa.

Olho ao redor e vejo que há uma protuberância na porta da cozinha.
— O que houve? — pergunto a Ben.
— Jonny me bateu. — Ele parece assustado e perturbado. — Ele realmente queria me machucar.
— Oh, tenho certeza de que não queria. Imagino que ele estava transtornado. Eu sei que é horrível, mas é o autismo, não tem nada a ver com você.
— Não, ele realmente queria me machucar. Ele não me deixava em paz. O rosto dele... Ele realmente queria *me* machucar.
— Desculpe, eu sei que é difícil, mas ele realmente ama você.
— Você não estava aqui. Você não viu.
— Não, é verdade.
Bob abre a porta da cozinha.
— O que houve?
— Ele ficou maluco. Pegou um taco e começou a bater no Ben.
Eu quero chorar, mas não choro.
— Onde ele está agora?
— Está no banho. Está calmo agora.
— Onde está Hannah?
— Na cama. Ele não a atacou. Ele me mordeu, porém. — Ele mostra a mão.
Subo a escada e abro de leve a porta do banheiro. Jonny está sentado na banheira de costas para mim. Seu cabelo está molhado. Ele está despejando água de uma garrafa de plástico por cima da cabeça alegremente — enchendo e despejando, enchendo e despejando. Ele tem onze anos, é quase tão alto quanto eu, mas muito menor que o irmão ou o pai. Não se vira para olhar para mim. O piso está ensopado. Coloco algumas toalhas para absorver a água.
Mais tarde, os dois mais novos estão na cama e Ben assiste à televisão no seu quarto. Estou no meu segundo copo de vinho, exausta.
— Você não podia ter tentado segurá-lo?
Bob parece surpreso.

— Desculpa, como assim?
— Não havia algum jeito de evitar que ele batesse no Ben?
— Bom, eu estava ocupado na cozinha. Não sabia o que estava acontecendo. Não consigo lidar com ele quando você não está aqui. Você é tão boa com ele, você sempre o acalma.
Não respondo.

Anos depois, Ben está na universidade e Hannah convidou uma turma de amigas para dormir na nossa casa. Estão todas na sala de estar, arrumando colchões infláveis, almofadas e sacos de dormir. Elas estiveram na abertura do festival para ouvir as bandas de *rock* tocando no pequeno palco no final do campo, longe dos palcos de *jazz*, música clássica e *world music*. Choveu, então há pares e pares de sapatos enlameados no capacho.

Levamos Jonny para a abertura, ele gosta da música, dos fogos de artifício e dos bastões luminosos que compramos para ele dos vendedores ambulantes. Mas ele está muito cansado, tendo acabado de voltar da escola para o feriado hoje de manhã, e agora está gemendo e se queixando no quarto. Eu sei que é um prelúdio para a violência e o tormento. Não quero que Hannah ou suas amigas saibam o que está acontecendo, e fico feliz que estejam fazendo tanto barulho. Quero que tenham uma noite normal. Quero que todo mundo seja protegido do que está acontecendo.

Fecho a porta do quarto de Jonny e sento de costas para ela para que não possa sair. Isso o enfurece e ele tenta me dar cabeçadas, com os dentes cerrados. Seu rosto, pressionado contra o meu, está cheio de raiva. Mas eu já estou craque em esquivar-me das cabeçadas e pancadas. Ainda bem. Jonny agora é maior que eu — maior e mais forte. Às vezes ele pega minhas mãos e as torce, mas geralmente desvio rapidamente, saindo do caminho e me afastando quando ele me ataca. Seus sapatos estão no andar de baixo, e eu me viro para me afastar de cada chute. Na maior parte do tempo, consigo escapar de ser ferida.

SHEILA BARTON

O quarto é bem pequeno. Jonny não ama bagunça: é de ordem e coisas compactas que ele precisa. Tem uma cama, feita de madeira de pinho, sua metade do beliche que dividiu com Ben, arranhada e surrada com marcas de dentes na madeira. Entre isso tudo e a porta há uma velha poltrona na qual ele vive sentado, nu, imóvel. Está começando a ficar com um cheiro desagradável — ele faz xixi nela de vez em quando. Eu faço uma nota mental para substituí-la por uma cadeira do jardim — algo mais fácil de se lavar com uma esponja. O tapete marrom está manchado. Na ponta da cama há uma cômoda debaixo da janela, com o gravador de Jonny, suas fitas, livros e um copo, todos alinhados ordenadamente. Há um grande pôster de um homem surfando uma onda enorme, extraordinário em contraste com as paredes amarelas brilhantes do quarto. As cortinas são amarelas e azuis, tanto na janela quanto no armário em que suas roupas ficam guardadas, providencialmente fora de vista. Há marcas nas paredes e nas portas, protuberâncias, manchas, evidências de períodos anteriores de tormento.

Depois de um tempo, Jonny desiste de tentar me bater. Ele senta na cama, gritando, chorando, e jogando tudo o que consegue pegar. Roupas, livros e brinquedos, um copo e um prato, tudo ricocheteia na parede, deixando marcas e arranhões. Não há nada pesado no quarto — eu me certifiquei disso. Eu pego cada coisa jogada e jogo pra fora do quarto pela porta, mas não olho para ele. Tento não reagir de modo algum. Estamos trancados aqui os dois juntos, ele e eu, e vamos ficar assim até que a tempestade passe. Eu tento abafar o som da raiva dele e da angústia da minha mente. Tento convencer-me várias e várias vezes de que a raiva não é contra mim, que ele vai transbordar de remorso depois. É difícil. Ele olha para mim com tanta raiva, tenta me machucar com tanta força... Lembrei-me em muitas ocasiões de como o coração dele bate rápido quando ele está assim, do quanto ele está completamente aterrorizado. Contei para seu irmão, sua irmã, seus tutores.

— Lembrem-se, ele está mais assustado que vocês.

Mas aqui, agora, nesse pequeno espaço cheio de raiva e violência, eu não gosto disso. Acredito que ele quer me machucar, me causar dor. Meu próprio filho, que amo, por quem eu me desgasto e me sacrifico; essa criança que tentei tanto ajudar e proteger quer bater com a testa no meu rosto, me punir por trazê-lo ao mundo desse jeito. Ele está certo, eu sinto, ao pensar nisso. Eu falhei totalmente com ele.

Depois de uma hora, a gritaria começa a diminuir um pouco e vira choro. Na verdade, eu acho isso mais difícil ainda. É uma tristeza pura, concentrada. É o momento em que sei que o meu filho não quer que isso continue acontecendo, quando ele se arrepende do que aconteceu. A tristeza é quase insuportável. Quero abraçá-lo, dizer que está tudo bem. Mas não posso. Sei que é a pior coisa que eu poderia fazer. Tenho que esperar, esperar acabar, esperar terminar por conta própria. E acaba, finalmente. Parece que o choro durou horas, mas foram provavelmente uns quinze minutos mais ou menos. Ele está quieto agora, o rosto manchado de lágrimas, o nariz escorrendo, e este é um momento complicado. Se eu reagir cedo demais, a coisa toda começa de novo. Fico observando de lado por alguns minutos, depois sento na cama, não perto demais, ainda a um braço de distância, e abro um álbum de fotos. Viro as páginas devagar, olhando para as fotos. Depois de alguns minutos, o silêncio é total. Jonny chegou mais perto e está olhando para o álbum. Eu ofereço um lenço de papel sem olhar para ele e ele aceita, assoa o nariz e me devolve. Então ele se inclina, seu braço estendido. Eu me encolho, mas não me afasto. Tudo bem, ele não vai me bater.

Ele vira uma página e diz:

— Ben.

— Sim, você e Ben no escorregador. Você se lembra?

Silêncio. Viro outra página. Não olho para Jonny nem falo. Apenas viro as páginas devagar. Ele está olhando para as fotos. Quando chegamos na última página, ele diz:

— Desculpa, tu-bem, tu-bem.

Outro momento complicado: tenho que acertar as palavras na resposta; se não acertar, ele pode me bater ou começar a gritar de novo. Ou ele pode pedir desculpas por horas e horas, ficando cada vez mais frustrado com a minha incapacidade de responder corretamente.

— Tudo bem, Jonny.
— Desculpa, tu-bem, tu-bem.
— Tudo bem.

Olhamos todas as fotos de novo e depois passamos por mais dois álbuns. Ocasionalmente, Jonny repete o "desculpa, tu-bem, tu-bem" e eu repito a minha parte do mantra. Quando percebo que o incidente acabou, dou a ele seu pijama e ele tira a roupa. Eu o levo ao banheiro, coloco-o na cama, leio para ele e digo boa-noite. Ele levanta o rosto contra o meu, e eu me forço a não me afastar. Ele encosta a bochecha contra a minha e diz:

— Ba noite. Ba noite. Desculpa, tu-bem, tu-bem.
— Boa noite, amor. Tudo bem.

Quando abro a porta do quarto, ouço que tudo está bem no andar de baixo. Estão vendo televisão e rindo. Não há um silêncio aflito, nervoso. Minha filha e suas amigas não fazem ideia do que aconteceu. Elas estão bem. Fecho a porta do quarto de Jonny em silêncio, ouço no corredor por um minuto ou dois, e então entro no nosso quarto. Bob está deitado na cama, lendo o jornal, com um copo de vinho tinto na mão.

— Tudo bem agora?
— Sim. Ele está deitado.

Olho para o meu relógio. Três horas.

Estamos na casa ao norte de Devon de novo. Este ano o clima não está tão bom. Todo mundo ficou um pouco mais velho. Hannah usa um maiô com pontinhos azuis e sapatinhos de plástico nos dias mais quente. Na maior parte do tempo, porém, ela veste um macacão de banho com um capuz, o qual puxo por cima dos cachos dela e ela sempre tira de novo. Ela pula no mar e fica chapinhando. Ben faz castelos de areia para ela. Estamos na praia da reserva natural porque, embora seja um dia cinzento com muito vento, não está chovendo de fato. Há um limite de tempo que se pode passar dentro de casa com três crianças.

A praia é enorme. Ao longo da costa amarela, redemoinhos de areia seca sopram, entrando nos nossos olhos e nas roupas. O mar está selvagem e lindo, mas muito distante. Nós trouxemos um quebra-ventos para colocar ao nosso redor — difícil de levantar, com o vento soprando para lá e para cá, mas quando está armado, ele nos serve de abrigo. Trouxemos esteiras, baldes e pazinhas, assim como um lanche para o piquenique. A praia parece deserta, mas há alguns outros quebra-ventos pontilhados ao longo do litoral, aparentemente abrigando pessoas por trás deles. No final da baía, colinas verdes se misturam ao mar. Estou tentando ler o jornal, que fica tremendo ao vento, absorta na leitura de um artigo sobre um projeto musical de uma escola da periferia. Hannah e Ben decidiram enfrentar o vento e ir até o mar. Fico observando seus vultos se perdendo na distância, tornando-se menores e menores. Parecem estar bem. Ben fica olhando para trás para verificar se ainda consegue nos ver. Ele vai segurar a mão dela durante todo o trajeto, eu sei. Jonny está deitado bem ao meu lado, abanando seu barquinho. Eles perguntaram se ele queria ir junto, mas não houve qualquer tipo de resposta. Estou terminando um outro artigo quando ouço o retorno excitado das crianças.

— O mar tá bem forte. Não dá pra chegar perto sem se molhar todo. Mas é uma caminhada bem longa, estamos cansados, e a Hannah chorou porque entrou areia nos olhos dela.

— Doeu, mamãe. Estou com dor. Não quero mais ir lá.

— Cadê o Jonny?

SHEILA BARTON

A questão paira no ar. Onde, de fato, está Jonny? Ele não está mais deitado ao meu lado, e quando eu me levanto para olhar a praia ao redor do quebra-ventos, ele não está em lugar nenhum.

Como pude ser tão negligente? Como ele escapuliu tão quietinho? Procuramos na praia. Não há sinal dele em nenhuma direção, nenhum sinal de ninguém andando ou correndo, apenas os quebra-ventos espalhados e os redemoinhos de areia. As duas crianças começam a chorar.

— Cadê o Jonny? Cadê ele? Perdemos ele. Nunca vamos encontrar ele agora.

— Vamos, sim — eu digo, mas minha voz está fraca e não parece muito convincente. Elas choram mais alto. — Vamos lá, precisamos procurar. Não, não, vocês têm que ficar aqui. Ninguém mais pode se perder. — Estou em estado de pânico, e elas sabem. — Fiquem aqui. Vou procurá-lo.

Não tenho a mínima ideia do que fazer. Vejo que ele com certeza não está na praia. Ele deve ter subido o monte de pedras e fugido — queira Deus que ele tenha feito isso em vez de correr para o mar —, mas como pôde ter ido tão rápido? Como ele saiu sem que eu notasse?

— Fiquem aí, vocês dois — Bob diz. — Não se mexam. A mamãe e eu vamos encontrá-lo.

Saímos em direções diferentes na praia enorme, o vento jogando areia no nosso rosto e arranhando nossas pernas. Eu vou até o mar porque sei nadar — não que adiantasse muito nesse mar selvagem — e Bob vai até o monte de pedras e começa a subir. Olho para trás e verifico se os outros dois ficaram atrás do quebra-ventos. Meu coração está batendo muito forte, minhas tentativas de não pensar nas terríveis possibilidades fracassam totalmente. Chego ao mar e olho. Nada. Nada, nem ninguém. Nada além de ondas enormes quebrando e borrifando a água salgada que pousa no meu rosto e cabelo. Mesmo um nadador forte teria muita dificuldade aqui. Uma criança se afogaria rapidamente. Olho para trás e vejo, na distância, Bob acenando. Corro o mais rápido que consigo pela areia, meus pés afundando a cada passo. Ele está de pé ao lado de um círculo de quebra-ventos, a uns noventa metros de distância do nosso. Não dá para ver as pessoas dentro. Mas ao me aproximar eu vejo que Bob está segurando Jonny pela mão.

— Pelo que entendi, ele simplesmente apareceu, sentou com eles e comeu alguns sanduíches. Eles viram que ele estava feliz e imaginaram que alguém apareceria para pegá-lo cedo ou tarde. Tudo bem, ele está perfeitamente bem.

Eu não respondo. Meu coração bate sem parar. Ele podia ter ido para qualquer lugar, ter sido levado por qualquer pessoa, entrado no mar e se afogado. Ele escapuliu sem um ruído enquanto eu estava lendo um jornal.

— Jonny, Jonny — Hannah chora. — Tudo bem, Ben, ele tá bem.

Ela olha nervosamente para o irmão mais velho, cujo rosto está manchado de lágrimas, mas ele não responde. Fica sentado com a cabeça entre os joelhos.

— Qualquer coisa podia ter acontecido com ele — ele diz.

Depois de um tempo eu volto ao trabalho e temos um pouco mais de dinheiro. Então, entramos na rotina de tirar um período de férias só para Jonny, centrado nele, e outro sem ele. Ele vai para a assistência social passar duas semanas todo ano, precisamente para que a família possa ter um intervalo sem estresse.

Na primeira vez que tentamos isso, fomos para a Normandia passar uma semana com um amigo. Pegamos uma cabine na balsa e a travessia foi calma. Dirigimos até a fazenda onde a nossa casa alugada está situada e a encontramos sem problemas. O clima permanece bom a semana toda, e a casa e o jardim são lindos e tranquilos. Ao nosso redor, pomares de macieiras e pereiras estão cheios de flores. Uma alameda maravilhosa entre essas árvores nos leva à *boulangerie* para o pão matinal. Sentamos no jardim tomando a cidra feita na região e passeamos pela vila. Passamos um dia em Paris, e eu fico com Hannah brincando no parque sob a Torre Eiffel, enquanto os outros dois sobem na torre. Andamos ao longo do rio até Notre Dame, onde sentamos ao calor da tarde. No outro dia visitamos Versalhes, passeando pelos jardins formais entre as fontes de água brilhando à luz do Sol. É uma viagem pela qual, durante muitas semanas, esperei ansiosamente. Mas quando chegamos, fico continuamente inquieta. É tão importante aproveitar a folga... Deixei meu filho aos cuidados da assistência social, longe da sua família, do seu irmão e da sua irmã, para que pudéssemos vir. A pressão que coloco em mim mesma e em todos os outros para que aproveitemos é intolerável. Sentada à beira do mar em Etrètat, contemplando a vista que Monet pintou, olhando as crianças brincando na praia, sinto-me totalmente dominada pela culpa. Eu precisava de uma folga do Jonny, mas sentir tantas saudades dele é sobrepujante.

Levo alguns anos para superar esse sentimento. Jonny parece acostumado a ser deixado para trás, embora eu saiba que nunca poderíamos saber se ele realmente fica ressentido. Ele foi levado para fazer muitas coisas legais enquanto estivemos longe. Um ano fomos a Maiorca com amigos próximos, e Jonny foi para a assistência social. Alugamos uma *villa* no interior, uma casa antiga muito bonita com samambaias enormes, uma piscina linda e vista de morros ao redor. Bodes vagam nos morros, seus sinos tocando insistentemente, e à tarde ouvimos burros zurrando. Da varanda, vemos um monastério. A terra ao redor é alaranjada e pedregosa. Mais sinos tocam lá de manhã e à noite.

O calor é total, como uma toalha de rosto quente estendida sobre tudo. Está tão quente que é difícil pensar, e somos constantemente picados por mosquitos. Nas manhãs saímos em trajes de banho e sentamos à sombra do abrigo ao lado da piscina, tomando café e observando as cinco crianças pulando na água. De vez em quando passamos protetor solar e repelente nelas. O ar parece brilhar. Mais tarde podemos espremer todos no carro e andar aos solavancos pela rua esburacada para chegar à estrada principal a caminho do mercado local ou de uma praia. À noite, os quatro adultos sentam para beber vinho ou se revezam no cuidado das crianças, enquanto o outro casal vai a um restaurante local. Leio muitos livros. Um dia visitamos uma praia realmente linda, com areia suave e branca sob pinheiros enormes. Levo Hannah até o mar e ela nada com uma boia rosa-choque ao redor dela, rindo, completamente despreocupada, de um modo que nunca pode ficar quando seu irmão está por perto. Na *villa*, vejo Ben mergulhar na piscina com a filha mais velha dos nossos amigos, competindo um com o outro para ver quem pega mais garrafas plásticas de água mineral que afundamos para eles. Ele também ri, feliz, despreocupado. Estamos todos relaxados. E, no meio de tudo isso, sinto uma ausência, um buraco enorme, uma dor persistente. Meus amigos têm três filhos e eu também. Um deles, porém, não está aqui.

Ao longo dos anos eu me pergunto várias vezes se não falhei com o irmão e a irmã de Jonny. Tentei protegê-los da violência, dar-lhes espaços em que seu irmão não estivesse, oferecer-lhes tempo e atenção. Vi irmãos de outras famílias com raiva e ressentidos porque seus pais não podiam ou não queriam buscar a assistência social, e pensei que estávamos superando os obstáculos. Mas talvez houvesse simplesmente forças demais em jogo. A pior coisa de cuidar de alguém é que você tem muito pouco tempo ou energia para pensar. É como correr em uma esteira com pouco espaço para refletir. Você fica exausto o tempo todo, com níveis muito altos de estresse. Eu sei que passei perturbada e deprimida uma parte do tempo. Sentia-me isolada, muito, muito sozinha, dominada por uma sensação de fracasso. Eu lembro do que aconteceu e me pergunto se não poderia ter feito algo melhor. Com certeza é difícil ser o irmão ou a irmã de uma criança deficiente.

Tento ler livros a respeito, embora seja difícil manter meus olhos abertos às vezes. Eu entendo, acho, quais serão os problemas. Crianças são egocêntricas. Tudo no mundo tem a ver com elas. Se algo está errado, elas *sentem* mais do que *pensam* que é provavelmente sua culpa. E assim como sobreviventes de guerras ou de campos de concentração sentem-se culpados por aqueles que não sobreviveram; irmãos e irmãs de crianças deficientes sentem culpa por sua própria saúde e capacidades. Culpa pela deficiência de seu irmão, culpa por sua própria capacidade. Isso para não falar da rivalidade entre irmãos. Irmãos e irmãs estão em um estado de competição natural entre si. Há momentos em que se odeiam, muitas vezes querem ganhar um do outro. Mas o que acontece quando você se sente assim a respeito de um irmão que não é capaz de competir? Você entra em conflito com seus sentimentos — a culpa surge em grande parte ao lado do desejo de competir. E quando há dois como você? Então, talvez, um elo anormalmente forte se formará. Estão em um clube de dois. Ninguém mais compreende a sua situação ou seus sentimentos de conflito.

É um lindo sábado de primavera e todas as crianças estão no jardim. Eu olho para fora de tempos em tempos, mas elas estão bem. Por sorte, nosso jardim não tem entrada nos fundos. O solo se eleva ao final do jardim onde nossa macieira, cheia de flores rosadas, surge contra um muro de pedra. No topo do muro, sarças crescem, quase escondendo um barracão de ferro velho, esverdeado, enrugado. Atrás do barracão há uma cerca e, além da cerca, a terra de ninguém e o caminho de sirga do canal. Não conseguimos ver o canal da casa ou do jardim, e as pessoas do caminho não conseguem nos ver. Jonny não consegue sair do jardim porque a casa fica escalonada. O único jeito de sair é pela porta da frente. Em muitas ocasiões fico realmente feliz com isso.

Hoje o dia está ameno, e as crianças estão vestidas em jeans velhos e moletons. Brincam com um jogo de construir que ganharam de Natal. Consiste em peças de plástico grandes e brilhosas — tubos azuis e quadrados amarelos, rodas pretas e juntas. Com essas peças, todo tipo de coisas — escorregadores, torres e carros — podem ser construídas. Ben passa a manhã fazendo um *kart* e Hannah o motiva entusiasmada. Ela tenta adicionar uma peça ou outra, as quais ele discretamente retira ou coloca no lugar certo para ela. Consigo ouvir os gritos de excitação quando o *kart* fica pronto. Jonny está sentado no balanço pendurado na macieira, mastigando a corda. Ele segura seu barquinho com peixe de plástico na mão.

— Olha, Jonny! Olha o que a gente tá fazendo. Você pode montar nele depois!

Hannah quer que ele admire a obra, mas ele não responde, exceto para abanar o barquinho um pouco mais rápido. Alguns minutos depois, porém, ouço gritos excitados ao sair para o jardim e ver. As três crianças estão no *kart* — Hannah na frente, Ben atrás e Jonny no meio. Ben segura o *kart* com firmeza no topo do jardim e depois entra.

— Prontos? — ele pergunta.

— Pronto, pronto, Ben, vai! — Hannah grita.

Jonny está sentado com os dedos nos ouvidos, e de algum modo ainda consegue abanar o barquinho cada vez mais rápido.

— Pronto, lá vai! — Ben grita e solta o *kart*. Ele roda para baixo do declive até atingir uma pequena cerca no fundo. Todos eles caem para fora, rindo.

— De novo, de novo! — Hannah grita. — Vamos, Jonny, e ela o puxa pela mão.

Juntos eles correm para cima do declive, e o irmão mais velho segura o kart enquanto todos entram.

Declives no jardim são um dos traços de nossa vida nesta cidade de relevo acidentado. Eles têm vantagens e desvantagens. Nossa piscina, na qual Jonny e Hannah ficam sentados nos meses de verão — ela despejando água sobre uma roda de moinho ou empurrando bonecos em um barquinho e ele despejando água repetitivamente com uma embalagem de iogurte —, tem uma parte "funda" e uma "rasa". Nós nos mudamos, por fim, para uma casa grande e isolada em uma vila fora da cidade. Sob muitos aspectos é uma mudança louca. Ben quer sair com os amigos e, mais tarde, Hannah também. Táxis são caros e ônibus não são confiáveis, especialmente aqueles que deveriam levar as crianças para a escola. Por anos, nós as transportamos para lá e para cá ao longo da rodovia de pista dupla até a cidade. Mas a paz e o isolamento fazem bem ao Jonny.

Em um lindo dia ensolarado nas férias de verão, Hannah convida para vir à nossa casa uma colega de classe particularmente irritante. Essa menina não estuda há muito tempo na escola — ela vem de uma família que se muda muito. Tem um punhado de cachos louros e sua voz é muito alta. Ela e Hannah brincam no trepa-trepa em nosso jardim. Ela é muito confiante para uma menina de sete anos. Confiança é bom, acho, ouvindo da cozinha as suas declarações estridentes sobre como devem brincar, quem deve ser quem, o que devem fazer e quem deve dizer o quê. Imagino que, se você tem de mudar de escola várias vezes, precisa desenvolver uma "pele grossa" ou será dominado pelos outros. Eu prometi à mãe dessa menina que ela poderia ficar aqui o dia todo, e imagino quanto tempo a paciência de Hannah vai durar. Expliquei para a mãe sobre o Jonny, disse que ele estaria aqui, e ela não tinha nenhum problema com isso, foi tolerante e educada.

Eu levo as duas para um piquenique no gramado. Estão de vestido e ocupadas. A voz de Virginia não para nunca.

— Certo, Hannah, você fica aqui. Não, aqui. Agora você me convida para ir à sua casa e tomar chá com você. Convida o meu bebê. Vai.

Ela está segurando uma das bonecas de Hannah — sua favorita, na verdade. Estou surpresa que ela tenha permitido isso. Ela olha para mim, um pouco infeliz, eu acho, mas ela queria muito que essa menina viesse nos visitar.

— Ela pode vir, mamãe, pode?

— Sim, claro que pode. Vou falar com a mãe dela.

Mas os recreios da escola são muito curtos, e essa sessão de agora já está entrando na segunda hora.

— Aqui está o piquenique — eu digo, estendendo uma toalha para elas. — Cuidado com o jarro. Não derrubem.

— Ok, Hannah, você senta lá. Não, eu fico com o bebê. — A voz dela é aguda, irritante, insistente. Bem, talvez da próxima vez a gente não a convide para passar o dia todo. A mãe dela queria fazer compras.

Jonny parece concentrado em uma de suas brincadeiras favoritas. Hannah tem uma casinha de madeira com um teto inclinado, ao lado do trepa-trepa. Jonny consegue se divertir por alguns minutos jogando uma bola para cima do telhado e deixando que role de volta. Eu tenho que ficar de olho, porque se achar que não tem ninguém vendo, ele joga a bola e qualquer outra coisa por perto por cima da cerca do jardim do vizinho. Ele parece não tomar consciência da presença das duas meninas, embora elas tenham sitiado o trepa-trepa, cobrindo-o com um lençol para fazer outra casinha. Imagino quanto tempo, porém, ele vai tolerar essa mudança no seu lugar de brincar favorito. Fico sentada no jardim enquanto elas fazem o piquenique, certificando-me de que tudo esteja bem. Jonny senta ao meu lado na mesa de plástico na varanda e come o lanche — primeiro todo o pão, depois o presunto, depois o pepino —, metódico, sem levantar o olhar.

— Bebida — ele diz, e eu julgo que provavelmente não haverá problema se eu entrar e pegar outra bebida para ele. Não vai demorar, e ele está sentado longe das meninas.

— Rápido, Hannah — nós ouvimos. — Não, não é pra comer tudo. Vai, é minha vez de entrar na casinha.

Sinto vontade de tapar meus ouvidos com os dedos. Nosso jardim é geralmente tão quieto, distante da rua, enorme e privado. Olho para o relógio; mais duas horas.

Estou na frente da pia na cozinha, enchendo de suco de laranja o copo de Jonny, quando ouço. Percebo que um silêncio súbito se fez de repente, seguido por uma gritaria. Corro para o jardim e vejo Virginia de pé ao lado do trepa-trepa, segurando o rosto. Uma mancha crua e rosada aparece por baixo dos seus dedos. Ela está gritando, lágrimas escorrendo pelo rosto.

— O que houve? — eu falo para Hannah, por baixo dos gritos.

Jonny ainda está sentado na mesa, completamente indiferente. Está bebendo o suco que eu lhe dei ao sair correndo. Hannah aponta para ele.

— Jonny bateu nela — ela responde.

Minha mão cobre minha boca.

— Ela ainda estava falando?

— Sim.

Ela tenta não rir, e eu desvio o olhar. Ligamos para a mãe de Virginia, que vem correndo buscá-la.

— Desculpe, eu não sei o que deu nele — minto.

— Deixa pra lá, ele não pôde evitar, com certeza — ela diz, fechando a porta do carro. Mãe e filha vão embora rápido.

— Não está uma delícia e quietinho? — diz Hannah, quando Virginia se vai, ainda falando engraçado, seu rosto vermelho. Ela se senta na frente da televisão. Mais tarde, toma banho com o irmão.

— Tudo bem, Jonny — ela diz. — Você pode ficar com o melhor despejador. — Ela sorri para ele com carinho.

Em uma outra noite de verão, a casa está movimentada. É aquele momento do dia em que as famílias se agitam — todos em casa, tomando chá, vendo televisão e, nessa noite de sexta-feira, as amigas de Hannah e os amigos de Ben estão conosco. Os dois estão em seus quartos com os amigos respectivos, divertindo-se com jogos de computador ou bonecas e vestidos. Cada visitante recebeu um rolo de papel higiênico ao entrar na casa.

— Não deixem no banheiro — eu ouço o Ben dizer. — Lembrem-se: guardem com vocês.

Os amigos aceitam essa advertência estranha sem questionar ou discordar, como se fosse a coisa mais normal do mundo. Jonny está no banho. Vai ficar brincando um pouco mais antes de ir para a cama.

— Vai bora — ele me diz quando eu abro a porta.

Quer ficar sozinho para despejar água em paz. Então eu desço para o andar de baixo para lavar as coisas. Vou ao corredor de vez em quando para ouvi-lo sair. Mas tudo está quieto. Nós colocamos vinil resistente no piso do banheiro, selado até os cantos da banheira e da privada. Tantas inundações pelo teto nos ensinaram que devemos fazer isso toda vez que nos mudamos. Então ouço a voz do Ben em cima da escada.

— Alerta do menino pelado. Alerta do menino pelado.

Corro escada acima. As portas dos quartos estão fechadas, mas Ben está no patamar da escada certificando-se de que ninguém saia, especialmente as meninas no quarto de Hannah. Jonny já é um adolescente. Está de pé fora do banheiro, nu, pingando. Eu enrolo nele uma toalha e o levo para seu quarto. O rosto de Hannah aparece na porta.

— Tudo bem agora? — ela pergunta. — Rosie precisa usar o banheiro.

— Só um minuto — eu digo —, a não ser que ela queira ir lá embaixo? — Eu entro no banheiro e limpo o piso. — Ok, pode vir — eu digo.

— Tudo bem agora — Ben grita.

Rosie sai do quarto e olha ao redor.

— Não vou demorar, Hannah — ela diz.

Tenho orgulho das minhas crianças, da maneira como levam a vida em família apesar das dificuldades com que têm de lidar, de seu humor permanente em face do comportamento estranho e não raro difícil do irmão. Na nossa primeira casa tínhamos um canapé velho na sala de jantar, que era também a sala de brincar. As crianças desdobravam esse canapé regularmente para fazer uma cama e deitar para ver televisão. Certo sábado de uma manhã invernal, saio da cozinha, vou à sala limpar as coisas do café da manhã e vejo as três crianças deitadas no canapé, lado a lado, todos de barriga para baixo com seus queixos apoiados nas mãos, assistindo aos desenhos animados.

Alguns anos depois, já estamos morando no chalé. Havia lá uma escada na sala de jantar antiga, com um fogão a lenha na lareira grande de pedra. A lareira não está acesa porque é verão, embora a sala esteja fresca, como geralmente está. As três crianças estão sentadas na escada, uma acima da outra, todas de uniforme escolar e sentadas em silêncio, completamente concentradas em chupar seus picolés. Mais tarde, após o chá e o banho, Jonny está na cama, segurando seu barquinho. Ben está sentado no banquinho ao lado da cama, lendo para ele uma história, parando de vez em quando para fazer com que ele repita uma palavra ou diga a que vem depois. Hannah está deitada do outro lado da cama, ouvindo também.

— Não, deixa o Jonny dizer, Hannah. É a historinha dele.

— Odeio aquela porcaria de filme — diz Hannah ao entrar na cozinha com Ben.

— O quê? — Estou ocupada cozinhando, absorta em pensamentos, sem ouvir.

— É — Ben concorda. — As pessoas adoram porque ele consegue dizer qual é o dia de qualquer data de qualquer ano.

— Ah, *Rain Man* — eu digo.

— Sim, *Rain Man* — Hannah confirma. — Odeio. Estou farta de as pessoas me perguntarem qual é o talento especial do Jonny.

Ben concorda.

— Todo mundo acha que o Jonny deve ser incrível.

Síndrome de Savant. A ideia atrai a imaginação. As pessoas adoram. Nunca viram como é, a não ser na televisão, mas sabem que as pessoas autistas às vezes têm talentos especiais — tocam piano brilhantemente, desenham paisagens de memória após vê-las uma única vez, fazem cálculos incríveis de cabeça.

— Eu disse para eles que ele consegue ficar invisível — Ben diz.

— O quê?

— Eu disse que o meu irmão é autista e eles disseram: "Oh, e qual é o talento especial dele?", então eu disse: "Ele consegue ficar invisível quando quiser. É realmente irritante. A gente nunca sabe onde ele está".

Os dois riem ao sair da cozinha.

Síndrome de Savant. É muito, muito rara. E considere o seguinte: se alguém é capaz de desenhar nos mínimos detalhes uma paisagem que só viu uma única vez, mas não consegue desenhar nada a partir da imaginação; se pode calcular o dia em que cai o aniversário de alguém, mas não é capaz de distinguir um rosto triste de um rosto feliz, serão esses talentos especiais? Ou um defeito do cérebro em grande escala? Não seria uma das coisas mais tristes que você já ouviu?

Com o passar dos anos, minhas crianças não autistas, que por instinto evitam atrair atenção para si, se tornam defensoras ferozes do direito de uma pessoa ser diferente, do direito de igualdade. Tornam-se eloquentes de repente — inflamadas pela raiva — quando veem alguma injustiça, especialmente se relacionada a pessoas deficientes. Elas próprias são tranquilas e tolerantes com respeito aos outros. Sabem o que realmente importa. Têm um senso de humor enorme — assim como o do irmão —, apesar de a vida deles muitas vezes ser perturbada e permeada de ansiedade. Quando vejo Jonny ignorar os presentes que elas escolheram e embrulharam com tanto carinho para ele, meu coração sangra. Mas também tenho um enorme orgulho de ambos pela força que não sabem que têm, por sua bondade.

Ben está na universidade, mas o resto de nós faz compras em um supermercado enorme. Jonny se recupera da operação nas unhas do pé, então pegamos uma cadeira de rodas para ele. Ele se delicia, pois odeia ter de ficar em pé ou andar se poderia sentar. Prevejo problemas quando viermos da próxima vez. Mas, por enquanto, nós o empurramos na cadeira de rodas, enchendo nosso carrinho de compras. As pessoas sorriem simpaticamente para nós. Como todas elas lidam bem! Como esse menino deve ser corajoso. É incrível o modo como uma suposta deficiência física provoca essa reação benigna nas pessoas. Mas se Jonny é apenas autista, a vida não é nem de perto tão bondosa, e na fila do caixa ele nos decepciona. De repente descobre que ficar de pé no apoio dos pés da cadeira de rodas e se inclinar para a frente é bem divertido. Ele faz isso uma vez e nós o ignoramos. A mulher do caixa parece surpresa, mas desvia o olhar. Jonny, todavia, acha a peripécia hilariante. Ri e ri, me olhando com o canto do olho. Ele se levanta várias vezes, e as pessoas ao redor começam a resmungar e olhar para nós. Isso já é muito mais normal. Quero que as pessoas da frente andem rápido para que a gente possa empacotar as compras e voltar para o carro.

    Mas então eu ouço:

    — É um milagre! — e tenho de rir.

    Hannah, minha filha quietinha, está olhando ao redor para os espectadores.

    — É um milagre! — ela exclama. — O Jonny está andando!

    No caminho de volta para o carro, nós rimos e rimos. E Jonny sorri com orgulho do seu truque esperto.

    Ben e Hannah sonham que Jonny fala com eles. É estranho. Todos nós sonhamos com isso. Estamos à mesa, comendo nosso jantar. Jonny está na escola. Ben e Hannah praticam sua conversa espirituosa de sempre. Dou tanta risada que corro o risco de me engasgar. Então, de repente:

    — Eu sonhei que o Jonny conseguia falar ontem à noite.

    — Como era a voz dele? Eu sonho isso também, mas eu nunca me lembro de manhã.

VIVENDO COM JONATHAN

— Não, eu não lembro.
— Do que ele estava falando?
— Ah, a gente só estava falando da TV, do que estava passando. A gente só estava andando por aí, sendo normal.

É claro que Jonny nunca foi "normal" em toda a sua vida. Mas a tristeza é terrível quando sonho que Jonny fala e depois acordo. Percebo que estava sonhando, que é uma fantasia, algo que não é verdade. A linda conversa que tenho com meu filho, uma conversa normal, o relacionamento que temos nesses sonhos, nunca acontecerá. Nunca teremos uma conversa assim enquanto vivermos.

Acabamos de chegar ao restaurante. Jonny o conhece bem. Viemos aqui muitas vezes ao longo dos anos. Os garçons italianos são adoráveis, sempre prestativos e gentis com a gente. Jonny veio passar o fim de semana e volta hoje. Hannah está com a gente, Ben e sua namorada vieram de Londres e vão nos encontrar aqui. Sentamos e esperamos por eles. Tomara que não por muito tempo, pois Jonny não é bom em esperar. Pergunto a Jonny se ele quer massa ou *pizza*. Ele diz algo que parece "massa", mas não tenho certeza. Pedimos limonada para ele e vinho para nós, assim que os outros chegam. Muitos abraços e exclamações de alegria.

— Olá, Jonny — diz Ben.
— Olá, Jonny — diz Kirsty.

Jonny sorri, mas não para eles.

— Massa — eu acho que ele diz.
— Ok, vamos comer.

Todos nós escolhemos nossos pratos. Eu peço uma *pizza*, de modo que, se não acertei o pedido de Jonny, podemos trocar. Os outros ficam papeando. De vez em quando, Jonny diz:

— Vai bora.
— Ele quer que a gente vá? — Ben pergunta, parecendo magoado.
— Não — eu digo —, ele está muito feliz de ver todos vocês. Ele só está achando o papo um pouco demais.

Eles ficam quietos por alguns segundos, mas depois inevitavelmente começam a falar e a rir de novo, discutindo um programa de TV a que assistem regularmente. Jonny sorri para a namorada de Ben. Seu sorriso é lateral — nunca direto. Ele repete "vai bora" periodicamente. Mas nós o ignoramos, e ele não se importa. Quando a massa chega, ele a devora.

— Devagar, Jonny — eu digo.

Ele me ignora como sempre, mas eu continuo repetindo de tempos em tempos. Ele termina bem antes de todo mundo.

— Leva bora — ele diz.

— Eles vão levar daqui a pouco — eu digo.

— Leva bora.

Ele está ficando agitado. Eu peço para um dos garçons levarem o prato dele e tento explicar que "não, os outros não terminaram ainda". Mas aproveitamos a refeição. Os outros voltam para casa, mas eu vou levar Jonny para a casa dele. O carro está estacionado por perto, sobre uma linha amarela. Tenho um cartão de estacionamento para deficientes por causa dele. Ao sairmos, Jonny mira-os com um olhar significativo. Seu sorriso é para eles e somente para eles. Ele ama todos. Quando saímos do estacionamento, ele diz: "Ben".

Em sua casa, ele assiste a vídeos da família várias vezes. Eu faço um novo para ele todo aniversário e todo Natal. Também faço álbuns de fotos — dele e da família. Ele ama esses álbuns. Às vezes, me dizem na sua casa como é difícil arrancar dele esses álbuns e conseguir que ele faça outras coisas. Ele realmente ama sentar e assistir a esses vídeos. Às vezes ele chora. Às vezes ele diz nossos nomes. Às vezes ele diz "casa". Mas esta é a casa dele agora. Seu irmão mais velho cresceu e foi embora, e ele também. É isso que digo às pessoas, mas sei o que Jonny pensa. Ele sabe qual é a sua casa de verdade. É aquela em que sua família está. Da minha parte, eu sei que todos nós precisamos de um tempo sem ele. Sei que tenho de levá-lo de volta para que eu possa aproveitar a companhia das minhas outras crianças, e para que todos os outros possam aproveitar a si mesmos também.

    A terapeuta da família, que me ajudou tanto, ainda me recebe de tempos em tempos. Peço sua ajuda com meu casamento, e ela tenta ajudar. Mas não tem jeito. Estou confusa e exausta. Sinto-me solitária, como se tentasse manter à tona sozinha um navio que está afundando. As minhas outras crianças não falam palavrões comigo, nem discutem, batem portas ou fazem gestos de desdém. Eu sei que não é um comportamento normal para adolescentes, mas não consigo evitar ficar aliviada por causa disso. Há um quê de estranhamento, mas estou exausta demais para falar sobre isso. Manter a família unida tem sido minha obsessão prioritária, mesmo tentando demais proteger todo mundo de todo o mal, só consigo mesmo dar a impressão de que é normal deixar tudo para a mamãe. Ela consegue lidar com tudo; na verdade, elas têm muito com que lidar, minhas crianças, e talvez eu não devesse esperar mais. Sozinha comigo mais uma vez, a terapeuta diz que eu deveria procurar ajuda. Eu não entendo.

    — Como assim? — eu pergunto. — Você ajuda. Nós temos assistência social. O que mais poderia haver?

    — Você faz tudo — ela diz. — Lava, cozinha, cuida da casa, tudo. A família deveria ajudá-la.

    Eu tento.

    — Venham me ajudar com o jantar, por favor — eu peço.

    Meu filho inteligente, concentrado no computador fazendo animações, olha para mim como se eu estivesse falando uma língua estrangeira; depois, olha de volta para o computador.

    — Só me ajude a pôr a mesa — eu digo.

    Ele me ignora. Toda noite repetimos esse ritual. Quando chega o sábado, faço como a terapeuta recomendou e digo que não vai ter mesada. Ele olha para mim como se eu estivesse brava. Mais tarde, seu pai lhe passa uma nota de cinco. Quando a avó nos visita, então, vai até trinta libras. Eu desisto, cansada e sem saber se estou certa. As crianças já têm tanto com que lidar.

Só fui descobrir muitos anos depois que o filho mais velho da família que levava Jonny para uma noite aqui e ali — "Apoio Familiar", era como se chamava, uma extensão da assistência social que já recebíamos — provocava o Ben na escola. Ele imitava Jonny na frente dos colegas de Ben. Acho que há muitas coisas que nunca me contaram, com as quais lidaram sozinhos. Eu sei, porém, que uma professora particularmente desagradável na escola de Hannah, uma professora que aterroriza crianças e faz com que chorem quando entra na sala de aula de manhã, nos rotulou como uma "família-problema". Em certa ocasião, ela levou minha filha às lágrimas por não saber como soletrar uma palavra bem incomum. Decido falar com ela e ela me diz o seguinte: que somos uma família-problema. Quando eu pergunto por que ela pensa isso de nós, ela parece perplexa. Nenhum motivo, exceto nosso filho autista, ela explica, como se nenhuma outra explicação fosse necessária.

Sinto-me absolutamente exausta. Jonny está em casa há duas semanas por conta das férias de verão e eu sinto a tensão. Também estou preocupada — muito ansiosa e estressada, não só em decorrência das atividades constantes, da limpeza aparentemente incessante, das noites interrompidas. Estou preocupada porque vamos a um casamento. Meu irmão se casa no fim de semana e todos nós vamos à cerimônia. Eu preferia que Jonny estivesse na escola, mas a cerimônia acontece durante as férias, e a assistência social noturna não está mais disponível agora que ele estuda no internato. Então iremos até Hertfordshire, participaremos do casamento e depois voltaremos para casa. Não quero arriscar um hotel com Jonny, tampouco ficar com familiares. Costumávamos ficar com familiares; regularmente passávamos finais de semanas com eles para ver todo mundo. Quando Ben e Jonny eram bebês, isso era praticável. Cansativo, mas tudo bem. Depois que o Jonny cresceu e o autismo tornou-se mais pronunciado, as coisas começaram a ficar cada vez mais difíceis. Quando Hannah nasceu, Jonny tinha quatro anos e ainda usava fraldas noturnas. Ficamos na casa de um amigo em Brighton. Nos divertimos bastante, mas quando tirei Jonny do banho no sábado à noite, olhei para as fezes boiando na água e pensei: "Não vamos poder fazer isso por muito mais tempo". Mais ou menos um ano depois, estávamos na casa do meu pai. Bob tirava Jonny do banheiro enquanto eu conversava com a minha família. Ele me chamou e corri escada acima, imaginando que novo desastre poderia ter ocorrido.

— Pode me ajudar? Ele derrubou a grade do boxe.

Meu coração doeu. Juntos, conseguimos levantar o boxe de novo, mas foi difícil. Tão difícil quanto a constante vigilância, a retirada de objetos que podem ser quebrados, a prevenção de desastres antes que se tornem realidade. Na viagem de volta para casa, eu digo:

— Não podemos mais fazer isso. É difícil demais para Jonny, é difícil demais para nós.

— Sim, eu sei.

— Ele precisa ficar em casa, onde conseguimos manter tudo sob controle.

— Bom, eles vão ter que nos visitar.

— Hmmm...

Com o tempo, deixamos de receber visitas quando Jonny está em casa. O resto da família o vê muito raramente, anos e anos se passam sem um encontro. Não consigo me concentrar no que precisa ser feito quando as pessoas vêm nos visitar. Não posso dar a Jonny — ou a mais ninguém — atenção suficiente.

Mas nós iremos ao casamento. Sei que Jonny não ficará feliz por ter de permanecer sentado durante toda a cerimônia, e é bem possível que fique grasnando ou sinta-se angustiado no meio dos serviços. Ou talvez comece a rir sem parar. Nada disso seria bom em um casamento — um evento no qual muitos dos presentes não o conhecem.

SHEILA BARTON

É tudo muito imprevisível. Pode ser que não aconteça nada, porém podem ocorrer coisas terríveis. Então decidimos que vamos todos ao cartório de registro civil, em suas lindas dependências, e lá encontraremos a família. Depois vou ao casamento com as duas crianças enquanto Bob leva Jonny para passear de carro. Depois do casamento vamos todos à recepção, que será em uma grande tenda ao ar livre no jardim da casa do meu irmão. Não tenho certeza da roupa com que devo vestir Jonny. Ele já é um adolescente, e muito difícil com roupas. Ele usa apenas calças confortáveis, tênis de corrida, uma camiseta e um moletom. Ele nunca vestiu uma camisa social, ele certamente insistiria em abotoar todos os botões até o pescoço. E é preciso muito para convencê-lo a tirar o moletom em dias quentes. Ocasionalmente, veste sandálias e *short*. À noite, sempre um pijama de corpo inteiro, mesmo nos dias mais quentes. Por fim eu compro uma bela camisa polo, calças novas e uma jaqueta casual. Nós experimentamos as roupas nele para não parecerem tão novas no dia do casamento e ele as veste com alegria. Ele não abre a jaqueta, porém, e deixa a gola virada para cima. Espero que não faça muito calor — e não faz.

É uma viagem de três horas, mas chegamos lá com tempo de sobra. Cumprimentamos a família e tiramos fotos. Conseguimos tirar algumas fotos das três crianças juntas, todas elegantes. Então chega a hora da cerimônia e há uma comoção geral em direção ao prédio. Eu olho para Bob.

— Vamos passear, Jonny? — ele diz.

Jonny adora andar de carro com música *pop* tocando. Muitas vezes é difícil fazê-lo sair quando chegamos ao destino. Por isso, todos ficamos surpresos quando ele nos segue resolutamente até o salão onde o casamento será realizado. Ben e Hannah olham para nós — estão um pouco preocupados que as coisas não estão indo de acordo com o plano.

— Vamos passear de carro, Jonny? Um passeio com música? Seria legal. Vamos lá — diz o pai.

165

VIVENDO COM JONATHAN

Mas Jonny entra com todo mundo e se senta na última fileira.

— Ele vai ficar bem, mamãe? — Ben está ansioso, com medo de que seu irmão faça algo chocante no meio do casamento. Eu dou de ombros. Não faço ideia. Mas certamente não vou arriscar tentando persuadi-lo ou dizer a ele que faça algo agora que a cerimônia está começando. Vamos ter de cruzar os dedos.

— Você não acha que a gente devia tirá-lo daqui? — Ben me pergunta.

— Não, ele decidiu vir ao casamento, e é isso que ele vai fazer. Vai ser muito pior se tentarmos tirá-lo daqui agora.

Uma música está tocando quando meu irmão e sua noiva entram no salão. Eles sorriem, assim como todos os presentes, de pé para saudar o casal. Sua filhinha entra junto com eles e corre até os braços da avó. Dou uma olhada discreta em Jonny. Ele está de pé junto com todo mundo. Sem barulhos, sem cacoetes. A cerimônia é curta e tudo vai muito bem. Minha sobrinha provoca risos em todos quando decide que vai sentar com a mamãe e o papai enquanto eles se casam. Jonny fica sentado, perfeitamente quieto. Senta quando todo mundo senta. Levanta quando todo mundo levanta. Não comete um erro sequer. Ele me surpreende, como já ocorreu tantas vezes. Fica olhando à distância, sua cabeça é uma massa de cachos emoldurando seus lindos olhos azuis. Puxou o zíper da jaqueta o máximo possível. Comporta-se impecavelmente.

Após a cerimônia, vamos até o rio nas dependências do lugar, que outrora fora o palácio de um bispo. Muitas fotos são tiradas. Minha sobrinha parece confusa, mas está muito linda. As pessoas sorriem, crianças correm ao redor.

— Eu achei que o Jonny ia passear — minha mãe diz.

— Sim, eu também — eu sorrio. — Todos nós achamos, menos o Jonny! Ele decidiu que vinha ao casamento como todo mundo. Ele queria ver seu tio se casar.

Ela se volta para ele.

— Você queria vir ao casamento como todo mundo, é?
— Com certeza ele queria.
— Bom, você foi muito bem, Jonny.
— Com certeza foi.

Então vamos para a recepção. Jonny senta-se à nossa mesa e sorri. Ele não mantém contato visual com ninguém, mas obviamente está feliz. Eu o levo até a mesa do bufê para escolher a comida e ele coloca bastante coisa no prato. Tiro fotos dos meus irmãos com suas famílias e fico maravilhada com meu filho. Não é a primeira vez, tampouco a última, que ele se mostra tão absolutamente à altura da ocasião.

Muitos anos mais tarde, Jonny vai a outro casamento. Tenho 55 anos quando me caso pela segunda vez. Na noite anterior à cerimônia, meu noivo, Will, hospeda-se em um hotel enquanto Hannah e eu nos aconchegamos com uma garrafa de vinho para assistir a um de nossos filmes favoritos. Apesar disso, eu durmo muito pouco; acordo cedo para tomar um banho e passar maquiagem sob os olhos para parecer que dormi bem. As últimas semanas foram realmente caóticas. Meu noivo veio morar conosco. Hannah fez os exames finais e se formou. Ben está noivo. Eu fui diagnosticada com artrite reumatoide e sinto-me cansada o tempo todo. E houve um casamento para organizar. Será um casamento na igreja, e um velho amigo dos meus dias de teologia em Cambridge vai ministrar a cerimônia em uma linda igrejinha escondida em uma estrada em Bath. Vestirei um vestido de seda feito para mim por uma costureira local.

Alguns meses antes, acompanhei meu noivo em uma viagem de pesquisa à China. Está muito frio, úmido e nevando quando uma das nossas amigas chinesas vai comigo ao mercado de seda em Hangzhou. Visto um casaco forrado com capuz, várias camadas termais e duas blusas. A neve não chega a se condensar por muito tempo, vai derretendo em poças sujas na rua, mas ainda assim está muito frio. Durante duas horas lutamos com os guarda-chuvas, segurando uma à outra para não escorregarmos, entrando e saindo de lojas e barracas cobertas alinhadas na rua. Minha amiga pechincha gentilmente com os lojistas pelas lindas coisas que nós queremos comprar. Eu não entendo uma palavra sequer, embora repita meu "obrigado" em chinês várias vezes. Em uma loja, compro uma jaqueta azul-pavão. É absolutamente linda. Levei uma fita métrica, então sei que a jaqueta GG que escolhi vai caber em mim. Mas eles balançam a cabeça — não posso ser assim tão grande, eles pensam. Apesar de ter um metro e cinquenta e três e vestir tamanho dez, o número na fita métrica que mostrei a eles parece-lhes grande demais. Então tiro meu casaco forrado e o comerciante se apressa em me oferecer uma garrafa de água quente para segurar enquanto eles desembrulham a jaqueta. Devolvo a garrafa de água quente ao vestir a jaqueta, e eles riem afavelmente quando percebem que serve perfeitamente. Ocidentais — eles são enormes! Ao fim da manhã, no final da rua, minha amiga e eu sentamos em um bar. Dois pratos deliciosos de macarrão, cada um custando menos de uma libra, são fritos no óleo fervente na frente da loja e depois servidos para nós enquanto uma jovem varre continuamente as poças de neve derretida do chão. Nós rimos. Em uma cadeira ao lado, as sacolas com os artigos de seda que compramos — presentes em comemoração ao Ano-Novo chinês para a família dela, presentes para minhas crianças, a jaqueta azul-pavão, um lindo par de sapatos bordados e uma pedaço de seda de uma "cor auspiciosa" que se tornará meu vestido de casamento.

    Planejamos a cerimônia, escolhemos poemas e música, convidamos nossos amigos e familiares, encomendamos flores, carros e uma recepção em um hotel. Agora, tudo o que resta nesta manhã de julho é casar. Decidi de antemão que gostaria que meus três filhos me levassem ao altar — Ben e Jonny de um lado, Hannah de dama de honra. Espero que Jonny esteja feliz e calmo, por isso, semanas antes do casamento nós nos preparamos. Jonny fica com a gente durante a noite em um fim de semana e, no sábado, nós o levamos à igreja com

Hannah. Sentamos por um tempo nos bancos, depois mostramos a Jonny onde Hannah ficará para ler, onde Will e eu ficaremos para declarar os votos de casamento, onde seus avós e primos ficarão. Depois todos vamos ao Parque Parade Gardens para um piquenique; sentamo-nos nas cadeiras de praia às margens do rio comendo pãezinhos e salsichas. Tiramos fotos na igreja e fazemos um livrinho sobre tudo o que vai acontecer no dia para Jonny levar.

Nessa época ele está sob os cuidados de duas maravilhosas assistentes — duas jovens a quem ele adora. Elas nos ajudam como podem. Decidimos que elas levarão Jonny a Bath no aniversário de Hannah, algumas semanas antes do casamento. Passaremos outro dia mostrando-lhe a igreja e o hotel, explicando calma e repetidamente o que acontecerá no dia. Eles chegam de trem — de longe o método de transporte preferido de Jonny. Combinamos de encontrar Jonny, Jan e Sîan na estação, que está cheia de gente. As pessoas perambulam de um lado para o outro, táxis lutam por lugares para estacionar com os carros de quem foi até lá buscar conhecidos ou familiares. Sentamos no carro, observando as pessoas que saem da estação e logo assumem expressões de choque no rosto. Elas viajaram para passar o dia nesta cidade georgiana e, saindo da estação, dão de cara com um enorme canteiro de obras. Há guindastes e escavadeiras, cercas em volta de grandes buracos no chão e um sistema de mão única tortuoso que causa enormes engarrafamentos onde um *shopping center* feioso dos anos setenta está finalmente sendo demolido para abrir caminho a algo mais apropriado a um ponto turístico de primeira ordem.

Finalmente, vejo Sîan e Jan trazendo um Jonny muito excitado para fora.

— Oi, Jonny! — chamamos, acenando para chamar a sua atenção.

— Carro depois, carro depois — ele diz ao nos alcançar.

— Entra então, vamos para a igreja. Ben e Hannah vão nos encontrar lá — respondo.

Nós nos espremos dentro do carro e partimos. O verão tem sido terrível, mas parece que a chuva resolveu esperar um pouco antes de desabar. A igreja não fica longe da estação. Logo paramos em uma colina vasta e coberta de folhas e tocamos a sineta da porta embutida no muro. Uma mulher aparece, sorri e nos dá um molho de chaves. Seguimos mais adiante, viramos em uma rua estreita e depois estacionamos perto do muro de uma mansão senhorial. À nossa direita, a terra se inclina, e nessa inclinação fica uma linda igrejinha. Há lápides relvadas em gramados suspensos, sobrepostos por árvores de ambos os lados da trilha até a porta. Há flores nos túmulos, entre outros arbustos florescendo. Em meio à vegetação, as colinas cobertas de árvores que surgem em todos os lados de Bath podem ser avistadas. Está ventando, e de vez em quando um vislumbre da luz do Sol passa através daquelas colinas distantes.

— Eles devem chegar a qualquer instante — eu digo. — Ben e Hannah estão chegando, Jonny. Todos nós vamos visitar a igreja. Você pode dar mais uma olhada no lugar onde vai sentar e Ben e Hannah podem ver onde vão ficar de pé para fazer as leituras. Depois todos nós iremos ao hotel em que vamos almoçar no dia do casamento. Por fim vamos para o bar e então todos vamos jantar hoje.

— Carro depois.

— Sim, carro depois.

— Carro depois.

Em algum momento dos anos de Jonny sob assistência, ele aprendeu a acrescentar a palavra "depois" aos seus pedidos, ecoando a resposta padrão de alguém que trabalhou com ele anos atrás. Ele não quer dizer realmente "depois", nós achamos. Acreditamos que ele queira voltar ao carro imediatamente. Mal deu tempo de ele ouvir uma música inteira de Blondie na curta viagem da estação até a igreja.

— Olha eles aí — Will diz. Ben estaciona seu carro e ele e Hannah saem.

— Oi, Jonny, oi, todo mundo — eles dizem.

A cabeça de Jonny está abaixada, mas ele olha para cima e sorri. Ele sempre fica muito feliz de ver seu irmão e sua irmã.

— Toca aí, Jonny. — Ben levanta a mão para encontrar a de Jonny, depois eles fazem um círculo com os indicadores e polegares e os juntam.

Will abre o portão da igreja. Seguro o braço de Ben e tento segurar o de Jonny.

— Nós vamos entrar de braços dados — eu digo, mas ele se afasta.

Ainda assim, acho que ele entendeu e provavelmente se sairá bem no dia. Destrancamos as portas pesadas e entramos. É uma igrejinha linda, construída em 1490, quando esta era apenas uma vila nos arredores de Bath e não uma área popular da cidade para professores universitários morarem. Dentro da igreja está escuro e nós tateamos desajeitadamente até achar um painel de interruptores. Poças brilhantes de cores se formam no chão e nos assentos quando clarões caóticos de luz do Sol entram pelos vitrais e depois somem. Todas as janelas retratam plantas e flores — não há figuras. A igreja mal comporta noventa pessoas, então nossos convidados caberão direitinho. Jonny senta-se imediatamente no assento que sabe ser o seu, Sîan e Jan entram e sentam-se junto a ele. O resto de nós sai explorando. Will e eu já estivemos aqui algumas vezes, mas nenhum de nós já teve a liberdade de abrir uma igreja e tê-la toda para nós. Tiramos algumas fotos. Jonny não sai do assento. De vez em quando ouvimos "carro depois" e respondemos: "Sim, carro depois".

Após explorarmos a pequena sacristia na qual assinaremos o registro, Ben e Hannah ensaiam onde vão ficar para as leituras e memorizamos onde fica o banheiro para que o Jonny possa ir em caso de necessidade. Depois, voltamos aos dois carros e nos arrastamos pelo trânsito de sábado de manhã em Bath até o hotel em que a recepção será realizada. Eles se preparam para outro casamento, mas são amigáveis e prestativos. Ben determina onde seu teclado ficará — ele vai tocar um repertório de *jazz* para nós no dia do casamento — e Jonny se senta em uma mesa, preparada com uma toalha branca e talheres de prata. Depois Sîan lhe entrega um pacote, que ele dá para Hannah, sorrindo. Dentro há um cartão de aniversário, que ele rabiscou para mostrar que é dele, e um lindo bracelete de prata. É um presente de aniversário maravilhoso. Jonny fica feliz de ver a alegria de Hannah.

— Ele mesmo escolheu — Jan diz. — Ele vai gostar de vê-la com o bracelete.

— É lindo, Jonny — Hannah diz —, realmente lindo.

E de fato é. Então vamos até um bar para almoçar. Jonny sorri muito. Depois, levo todos eles de volta para a estação, sentindo-me muito cansada.

Deixo a cargo de Jan encontrar as roupas para ele vestir no casamento. Ela é tão, tão boa com ele. Fico em dúvida quanto à possibilidade de ele vestir um terno, e digo a ela que o deixe confortável e relaxado. Nas próximas semanas, aviso ao padre, ao organista, ao coro e a meus amigos próximos que Jonny talvez precise ir ao banheiro durante a cerimônia, que ele pode eventualmente emitir ruídos, se comportar de modo estranho, mas que é extremamente importante para mim que ele participe e que eu quero que todos fiquem calmos e aceitem isso normalmente. Todos mostram-se fantasticamente compreensivos, mas à medida que o dia se aproxima eu fico cada vez mais preocupada.

Tenho certeza de que Jonny vai se mostrar à altura da ocasião e interpretar bem o seu papel. Mas há sempre aquela mínima possibilidade, aquela vozinha chata no fundo da mente dizendo que algo vai dar terrivelmente errado. Jonny pode ser violento e é difícil de controlar quando está perturbado. Nessa época particular de sua vida ele adquiriu o hábito de quebrar lâmpadas quando fica transtornado. Isso tudo me preocupa — será que estou pedindo demais a ele? Meu amigo, o padre, garante por e-mail que vai continuar a cerimônia aconteça o que acontecer, a não ser que eu peça para parar. O organista me diz que ele é diretor de uma escola primária muito inclusiva em uma área desprivilegiada. Está acostumado a todo tipo de ruídos — isso não o incomodará. Todos são muito bondosos. Meu noivo e minha filha me tranquilizam, assim como meus amigos. Jonny terá duas pessoas com ele cuja única tarefa é assegurar que ele se sinta seguro e feliz (e poderão levá-lo para fora caso não se sinta assim). Pelo menos desta vez, todos me dizem, não será minha responsabilidade cuidar de Jonny. Minha responsabilidade será desfrutar meu casamento.

— O casamento vai ser divertido — diz minha filha.

Quando o dia chega, embora tenha dormido muito pouco, estou completamente calma e tão feliz quanto poderia estar. Choveu e choveu nas semanas anteriores ao casamento, e enquanto tomo um banho de banheira pela manhã, a água bate sem parar na vidraça da janela. Mas já no meio da manhã a chuva para e um Sol aguado aparece no meio do céu azul-pálido. Seco meu cabelo e me visto. As flores chegam, três pequenos botões branco-creme de lapela e dois buquês empacotados em uma caixa. Gotas d'água brilham sobre pétalas suaves como veludo. Hannah se levanta e se veste. Ela está tão, tão linda. Ben e Kirsty chegam, colocam seus botões de lapela e dizem que os carros do casamento já estão estacionados na rua. Penso em talvez ligar para Jan e Sîan quando ouço a campainha. São elas.

Jonny está magnífico de calças cinzas, uma camisa sem colarinho e colete preto. Quero abraçar Jan, que o levou para fazer compras e o persuadiu a experimentar as roupas até que servissem. Também estava muito inspirada para pensar nessa solução para os colarinhos virados que Jonny insiste em usar quando veste camisas normais. Elas trouxeram de presente um grande pote de vidro com uma rosa trepadeira, escrito "Dia do Casamento". Hannah percebe de repente que está com fome e prepara torradas. Oferece algumas para Jonny e todos ficamos olhando pra ele enquanto come. O casamento é ao meio-dia e o almoço será servido bem tarde. Com alguma hesitação, mostro para o Jonny seu botão de lapela — uma rosa creme. Digo que os outros vão usar uma como aquele e ele pode usar também se quiser, ou não, se preferir. Ele fica perfeitamente calmo quando fixo a rosa no seu colete — e a deixa ali o dia todo.

VIVENDO COM JONATHAN

    Abrimos a porta da frente e saímos de casa, indo até os carros. Entro no primeiro com Hannah. Ao dirigirmos pela cidade, as pessoas param para olhar e tenho certeza de que imaginam que ela é a noiva — vinte e um anos e tão linda em seu vestido creme. No pulso dela está o bracelete de prata que Jonny lhe deu. Os outros nos seguem no segundo carro, exceto por Jan, que vem atrás com Jonny, de modo que seu carro fique próximo e eles possam ir embora se ele não conseguir lidar com tudo. Na igreja, nós todos saímos e o fotógrafo começa a tirar fotos. A chuva continua mantendo distância.

    Duas amigas minhas cantam em um pequeno coro muito bom e oito dos seus membros virão cantar para nós hoje. Uma delas saiu por um momento e, ao voltar para dentro da igreja, diz a todos que estou linda. Engancho meus braços nos de Jonny e Ben e depois andamos através do portão, Hannah logo atrás. Jonny tem um chaveiro com fotos preso à fivela de sua calça. Nelas ilustra-se como o dia inteiro se passará, na sequência exata, para que ele sempre saiba o que vai acontecer depois. Ele está se concentrando muito, incrivelmente focado, segurando meu braço como eu esperava que fizesse. Meu amigo espera à porta, magnífico de batina branca e estola amarelo-dourado. Jonny começa a se irritar com o fotógrafo que nos pede para virar logo quando entraríamos na igreja. Jonny tem um trabalho a fazer e precisa levá-lo adiante. O órgão começa a tocar a peça magnífica de Bach que escolhi, e nós quatro entramos na igreja. Eu não poderia sorrir mais. Sinto-me como se pudesse flutuar até o teto, tão inflada de felicidade que estou. Jonny, Ben e Hannah vão para seus respectivos assentos e a cerimônia começa. Prossegue com música, poesia, hinos, orações e risos. Atrás de nós e ao nosso redor, sentimos um maremoto de amor. Todos sorriem. Durante a cerimônia, Jonny faz alguns ruídos, pede "carro depois" algumas vezes, mas de resto só espera e assiste.

    Em uma linda praça de Bath, ao lado do hotel em que faremos a recepção, tiramos fotos e cumprimentamos todos os convidados. Meu sobrinho e minha sobrinha jogam confete. Jonny espera pacientemente para tirar as fotos conosco. Depois ele se senta na ponta da mesa principal, comendo bem e permanecendo calmo. Fica sentado durante os discursos e a música. Depois da refeição, Hannah se inclina e dá um beijo nele. Jonny sorri, Ben tira uma foto. Mais tarde, me contam, ele tira o botão da lapela ao voltar para casa onde mora. Porém, chegando lá, coloca de novo para mostrar às pessoas. No dia seguinte, Jan o leva para ver um musical para manter o barato que ele está curtindo.

As pessoas começam a sair da recepção, eu troco de roupa e eu e meu marido entramos no táxi que chamamos. Somos beijados e abraçados.

— Foi o casamento mais lindo a que já fui — disseram quatro convidados diferentes ao sair.

Em nossa lua-de-mel em Roma, sob um céu de azul brilhante, reproduzo em minha mente aquele dia várias e várias vezes, especialmente a parte em que meus dois filhos e minha filha me levaram até o altar, com todos os nossos amigos sorrindo e meu futuro marido olhando para mim com todo o amor do mundo em seus olhos.

Pessoas autistas muitas vezes perambulam ou fogem. Jonny faz isso ocasionalmente. Não é um grande problema para nós, mas causa tal ansiedade que é o bastante para que sejamos muito rigorosos em trancar a porta da frente da nossa casa grande na vila. Jonny, que na maioria das vezes se move dolorosamente devagar ou se senta na calçada quando não está mais a fim de andar, consegue correr surpreendentemente rápido quando quer. No corredor nós temos um armário para casacos e, dentro dele, ganchos para chaves. Todos devem trancar a porta ao entrar e pendurar a chave no gancho do armário. Às vezes eu fico acordada durante noite e me preocupo com incêndios. Mas todo mundo sabe onde estão as chaves — exceto Jonny, é claro. Destrancada, a porta se abre tão facilmente que às vezes se escancara sozinha em dias de ventania.

VIVENDO COM JONATHAN

Jonny está sentado quietinho na cadeira do corredor, como frequentemente faz. A cadeira fica embaixo da escada, ao lado do telefone. Ele fecha a porta da cozinha, o que é irritante, porque não consigo ver o que ele está fazendo, e não me deixa abrir. Jonny sempre fecha as portas, mesmo se as pessoas estiverem passando por elas. Estamos todos em casa, na cozinha, conversando, cozinhando.

— O que é isso?
— O quê?
— Parece o Jonny. Parece que ele está ficando transtornado.

Meu coração dói.

— Ele deve estar com fome. Ponha a mesa, Ok?

Eu abro a porta da cozinha. Jonny está agitado por causa de alguma coisa, resmungando confusamente.

— O que foi, amor? — Ruídos indistintos.
— Está com fome? — Mais ruídos, mais altos, mas ainda indistintos.

Ele vai até a porta da frente.

— Nós vamos jantar agora. Podemos sair depois.

Ele está de pé à frente da porta, sem dizer nada. Não consigo ouvir o que é, mas ele está ficando cada vez mais frustrado. Os outros vêm olhar.

— O que ele quer?
— Não faço ideia.
— Ele quer sair?
— Talvez. Mas a porta está trancada É hora do jantar agora, Jonny.

A voz de Jonny está ficando cada vez mais alta. Ele olha para nós, frustrado. Então, vai até o armário e abre a porta. Ele olha para a fileira de ganchos, pega a chave certa, destranca a porta da frente e sai.

É um dia excitante. Ben logo vai se formar na Royal College of Art (Universidade Real de Arte). Adoro a sensação de estacionar bem ao lado da Royal College of Music (Universidade Real de Música) nesta noite linda de verão e caminhar ao longo das varandas imponentes para ir até a feira de talentos. Os estudantes daqui são tão talentosos, tão inventivos. O prédio em si não é impressionante, considerando a grandeza do que o cerca, o Albert Hall praticamente ao lado, e o próprio Albert, em seu Memorial, brilhando à luz quente da noite, tendo ao fundo as árvores do parque do outro lado da rua movimentada.

A universidade borbulha de vida. Há pessoas por todos os lados, estudantes na faixa dos vinte ou trinta anos com cabelos vermelhos, malhas listradas, chapéus ou vestidos bacanas e pais e amigos que vão desde o ultraconservador até o mais perfeito exemplo da última moda. A maioria das pessoas segura copos de plástico, tomando vinhos. Acenamos quando vemos Ben e Kirsty e nos aconchegamos. Há roupas, cerâmicas, pinturas, filmes e instalações para apreciar no caminho até o espaço de Ben. Lá fazemos uma pausa para ver seus filmes mais recentes, olhar para o modo como ele usou gravuras e ler seu livro.

Para sua apresentação de mestrado, Ben atualizou um livro que escrevera sobre Jonny à época de seu bacharelado. Chama-se *Eu não tenho nenhuma opinião sobre Nova York, dissipando alguns mitos sobre o autismo*. Ben está vestindo uma camiseta com o slogan impresso. Sento-me à beira da mesa branca à qual o livro está amarrado para que não possa ser roubado e o leio. O barulho ao meu redor parece desaparecer enquanto uma onda de orgulho cresce dentro de mim. Ben é estudante de design gráfico e usou uma combinação de imagens e palavras para pintar um retrato do autismo. O livro é absolutamente brilhante. A necessidade autista de organizar é mostrada com uma página replicada em ordem alfabética; o conteúdo é o mesmo, mas o significado foi sacrificado pela ordem. A sensação de repetição é alcançada pela impressão de uma mesma página inúmeras vezes. Há placas de trânsito indicando sempre a direção de "um lugar ao qual já fui" e uma reprodução do folheto com os procedimentos de segurança de um avião, indicando como uma brincadeira deve ser repetitiva. Diversas pessoas leem esse livro durante a semana da feira e muitas delas, especialmente aquelas que conhecem alguém com autismo ou que trabalham com pessoas autistas, pedem uma cópia. Não temos meios de reproduzir essas cópias para elas, porém. Mas a leitura leva apenas quinze minutos e, quando você termina, sabe mais sobre como é ser autista do que saberia se lesse pilhas de livros especializados.

Meu marido Will e eu acabamos de pegar Jonny em sua casa. É uma manhã brilhante de outono e pretendemos passar o dia em trens. Jonny recentemente reviveu seu amor por trens, como descobri ao pegar Will na estação com ele no carro um dia desses. Ele disse "trem" muito claramente. Nós tentamos recompensar os momentos de fala com algum resultado advindo deles, dando a Jonny a sensação de que às vezes ele é capaz de ter controle sobre seu mundo. Ele tem vinte e cinco anos, afinal, uma época na vida da maioria das pessoas em que elas já escolhem por si só como passar um sábado ensolarado.

Jonny está ótimo de calça cinza e blusa. Sorri bastante, e após a rotina de apagar as luzes, fechar as portas e se abaixar para enfiar os dedos na poça de água que se forma em uma das coberturas do ralo, nós chegamos ao carro. Quando Jonny entra, ele diz: "Cito de segurança". Quando estamos com os cintos, ele diz "chocolates", e eu explico que vamos à loja de doces agora. Depois, ele diz "música", eu coloco um CD que Hannah gravou para ele e ligo o motor. Doces vozes agudas de mulheres sussurram em harmonia e Jonny vira a cabeça e bate palmas de alegria. *Johnny Angel, Johnny Angel, Johnny Angel, Johnny Angel...*

E então começa o solo: *Johnny Angel, how I love him. He's got something that I can't resist*[1]... E vamos até a loja de doces.

---

1 - Johnny Angel, como eu o amo. Ele tem algo que eu não posso resistir. (N.E.)

CAPÍTULO SEIS
TERAPIAS

Houve muita publicidade a respeito. Programas na televisão, um livro, artigos em revistas, suplementos nos jornais de domingo. Era tudo baseado em uma ideia boba — a velha ideia frustrante, cruel — de que o autismo é causado por retração, por dificuldades nos relacionamentos familiares. Que se trata de um problema psicológico. E, é claro, com essas ideias vêm as pessoas que inventam curas milagreiras e acham um público cativo, cheio de culpa, exausto, desesperado por suas ideias excêntricas. Mas fazer o quê?

O que se pode fazer — e foi o que eu fiz — é tentar. "Segurar", é como se chama. Fiquei em dúvida, mas é difícil explicar o grau da minha culpa e do meu desespero naqueles dias, minha confusão e isolamento. A ideia do "segurar" é esta: crianças perturbadas que não conseguem se relacionar com outras pessoas podem ter passado por traumas de nascimento e, assim, podem não ter criado um vínculo com suas mães. Para neutralizar isso, você deve segurar sua criança autista bem perto de você, forçando-a a ficar nessa posição mesmo que se mostre claramente infeliz. Você deve segurar a criança assim até que ele ou ela faça contato visual com você. Isso pode levar horas. Se a criança ficar com raiva ou sentir-se angustiada, isso pode ser bom; pode levar a uma catarse, que seria um "renascimento". E então o vínculo adequado — entre mãe e criança — pode ocorrer.

Puxa vida. É fácil ver agora como tudo isso é bobo, como é abusivo e angustiante para crianças autistas. Mas foi inventado por uma psiquiatra atuante, e ela foi capaz de introduzir esse método no que era então um mundo muito diferente para as famílias com crianças autistas. Hoje em dia, ainda existem terapias milagreiras, talvez envolvendo cães ou música ou, talvez, em uma época em que a intolerância à lactose ou ao glúten é tão comum, dietas especiais para evitar certos alimentos. Existe tratamentos que envolvem eliminação de drogas e outros que propõe administração de drogas — algumas muito perigosas.

Na época, como ainda hoje, muitas das curas milagrosas eram surpreendentemente abusivas. Um desses esquemas consistia em isolar a criança, mantendo todos longe dela exceto um dos pais, amigo ou terapeuta que trabalhasse sem parar, sozinho com a criança, para estimular a interação. As pessoas mandavam construir extensões em suas casas e empregavam "estimuladores" por vinte e quatro horas para que a criança pudesse ter essa experiência. Ideias sobre certos tipos de alimento serem causadores de autismo são mais fortes agora, mas já eram promovidas desde então, quando as pessoas começaram a perceber que poderia ser o corante artificial nos doces das crianças que causava sua hiperatividade ou comportamento difícil.

Depois de um publicar um artigo em um jornal de circulação nacional sobre minhas experiências com Jonny, recebi um certo número de cartas. Uma delas alegava que uma dieta especial faria milagres, uma dieta em que alguns alimentos básicos, dotados de nutrientes considerados essenciais para o desenvolvimento saudável de crianças, eram deixados de fora. A mulher que escreveu a carta tinha obrigado sua criança a fazer essa dieta. Ela tinha sido avisada de que poderia causar problemas no fígado, mas, ela explicou, preferia que a criança corresse esse risco a continuar autista.

No fim da tarde, o quarto de Jonny, que fica na frente da casa, recebe toda a luz do Sol. Há uma cama pequena, um armário vermelho e uma pia; há livros e brinquedos no armário. As paredes estão cheias de figuras e fotos — pôsteres de trens, assim como desenhos feitos para ele por seu irmão. Ele já jantou e tomou banho. É uma noite quente e ele está apenas de fralda, a fralda que não deveria usar, segundo as professoras. Mas ele está com ela. Cansei-me de trocar lençóis cinco vezes por noite, de recolher suas fezes do chão, de colocar meu filho para dormir em um quarto que cheira mal e vê-lo cada dia mais e mais abatido de cansaço.

Eu me sento na cama dele, em cima do edredom da locomotiva Thomas, e o coloco no meu colo. Ele fica quieto; seus cachos adoráveis estão contra o meu peito e cheiram docemente a xampu. Ele não se importa de ficar sentadinho comigo — provavelmente acha que vou ler uma história para ele. Não é sempre que Jonny fica feliz quando recebe afeto, mas muitas vezes ele permanece tranquilo. Para ser sincera, o seu contato visual não é tão deficiente também. Ocorre de acordo com seus próprios termos, e ele certamente tem aquela obliquidade que é tão tipicamente autista. Mas muitas vezes a sensação que você tem é de que alguma coisa não está exatamente certa nas reações dele, em vez de uma consciência clara de que ele não está olhando nos seus olhos. Eu levanto um pouco o queixo dele para que possamos olhar um para o outro, mas ele não quer e desvia o olhar imediatamente. Ainda tem aquele seu leve olhar semicerrado nessa fase, embora menos pronunciado do que já foi. Eu movo meu rosto para lá e para cá, tentando forçar um contato visual. Mas ele se vira resolutamente e então começa a se contorcer. Quer sair do meu colo, ir para a cama. Quer que sua rotina noturna continue, com as mesmas histórias que sempre lemos, com o "Boa noite, durma bem. Não deixa os percevejos...", faço uma pausa e então: "morder!". Tento fazer com que ele fale o máximo possível — deixando muitas frases para ele terminar —, não importa o quanto as palavras saiam confusas. Mas hoje à noite eu não vou seguir a rotina. Em vez disso, eu o seguro, determinada a tentar a terapia de "segurar". Ele se afasta, mas eu seguro com força. Então ele começa a rosnar.

— Tória, tória, cama, suco ranja.

Ele empurra meus braços e tenta livrar-se do meu abraço, repetindo um fluxo de palavras malformadas. A luta fica mais intensa à medida que ele se retorce e puxa, tentando sair do meu colo. Eu continuo segurando. Ele fica com marcas vermelhas no braço, e eu continuo segurando com mais força. Eu simplesmente não consigo fazer com que ele me olhe nos olhos. Como diabos forçar alguém a olhar para você? Tento segurar o rosto dele, mas ele vira a boca para a minha mão e me morde. Está agitado e angustiado. Logo antes de dormir.

Por fim acabamos os dois chorando. Faço mais algumas tentativas desanimadas esperando que ele olhe para mim. E depois, tenho orgulho de dizer agora, embora me sentisse culpada pela minha falta de dedicação à época, desisto e o coloco na cama. Ele se contorce um pouco e se joga por um tempo de um lado para o outro. Leva algum tempo até que se acalme. Ele se sente afrontado — e com boa razão — pelo que fiz. Mas por fim se ajeita e calmamente eu começo a ler a história.

— Vamos caçar um urso... — Minha voz está trêmula, mas faço um esforço tremendo para mantê-la firme. — Vamos apanhar um grandão. Que dia lindo. Não estamos assustados. — No começo ele não olha para o livro, se contorcendo para longe de mim e continuando a rosnar. Mas finalmente se acalma e olha para as figuras.

— Não estamos... — Por um momento ele não responde, não termina a frase como geralmente faz.

Mas por fim resmunga:

— Sustados.

Isso é tão melhor. Isso é o que somos, como somos, por bem ou por mal, fazendo o melhor que podemos um pelo outro. Que coisa terrível eu tentei fazer com meu menino, coitadinho!

SHEILA BARTON

Tempos depois, leio relatos de pessoas com autismo — autobiografias escritas com auxílio de terceiros. São obras cuja leitura é maravilhosa e esclarecedora para pessoas como eu, para pais cujas crianças se comportam de uma maneira tão diferente das outras, crianças que não são capazes de falar e de nos dizer como estão vivenciando o mundo. Eu leio nesses relatos sobre a "tortura do toque", sobre os sentimentos opressivos que ele gera se não for regulado e controlado, da sensação de sufoco ao ser obrigado a fazer algo aterrorizante, que é causada simplesmente por uma mão tocando um braço. Assisto a filmes, leio artigos, começo a ouvir falar pela primeira vez não sobre "mães-geladeiras" ou sobre crianças intencionalmente isoladas, sobre bodes expiatórios familiares e pressão intolerável para ser bem-sucedido, mas sobre sons que sobem e descem — alguns altos demais para tolerar, outros tão baixos que mal podem ser ouvidos; sobre ruídos que saltam e outros que se evaporam, tornando a compreensão praticamente impossível. Ouço falar sobre o sentido da visão, que faz com que algumas cores ou objetos pareçam pavorosamente enormes, sobre gostos fortes demais, sobre o toque que é excessivo.

Começo a entender por que o meu filho enfia os dedos nos ouvidos tantas vezes; por que ele às vezes faz isso quando todos estão falando baixo, mas ri com alegria em parques de diversões barulhentos ou com o movimento de trens. Começo a entender por que ele olha para as coisas de lado, por que estica os dedos na frente dos olhos para moderar a visão das coisas. E, é claro, compreendo o quanto a terapia de "segurar" é totalmente abusiva, compreendo como as sessões que fiz com crianças do primário sobre como ninguém tem o direito de tocá-las de um modo que elas achem perturbador se aplica ao meu filho também, que o corpo de cada pessoa lhe pertence e que ser tocado ou segurado de um modo que cause agonia é um abuso aos direitos humanos.

VIVENDO COM JONATHAN

Há outras atividades que me sugeriram experimentar, muitas delas mais tranquilas e em voga, que mais tarde percebo ser completamente inapropriadas e muito perturbadoras para Jonny. "Dar um tempo" é uma prática recomendada para crianças incapazes de controlar o comportamento, que sejam difíceis ou violentas. Sou estimulada a tentar e o faço. A ideia por trás disso é que o mau comportamento é uma forma de chamar a atenção, de modo que não se deve recompensá-lo com castigo ou irritação, mas sim com indiferença. Ainda se recomenda essa técnica a crianças que são genuinamente perturbadas ou cujo comportamento é difícil de controlar. Acho que não é de muito valor para crianças autistas, porque é muito difícil para elas controlarem suas reações. Elas não querem chamar a atenção quando seu comportamento é difícil. Geralmente estão angustiadas ou assustadas pelo que está acontecendo ou por aquilo que sentem. Não há como eu saber se Jonny está se sentindo mal. Se ele está com dor de garganta ou ficando doente, ele não é capaz de me indicar e não entenderá tampouco que é um sentimento temporário, que há coisas que podemos fazer para aliviar o desconforto. O que está acontecendo agora acontecerá para sempre em crianças autistas. O passado e o futuro não existem. Mas eu fui estimulada a tentar "dar um tempo". Quando o comportamento de Jonny fica difícil ou violento, sugerem-me que eu tente não reagir, mas devo fazer com que ele vá para seu quarto. E lá ele deve ficar sozinho por um certo período de tempo. Jonny não vai para o quarto, claro, então eu acabo levantando e o arrastando para lá. Depois eu me sento atrás da porta ou coloco algo pesado contra ela, porque ele vai tentar sair de novo imediatamente.

É um dia ameno em nosso chalé isolado, e Jonny joga o prato de cereal na parede e morde seu irmão. Eu o levo para o quarto, onde ele grita e joga coisas na parede por um tempo. Fico sentada contra a porta, o coração martelando, exausta, com raiva, preocupada, até que o barulho acabe. Ele parece quieto, então eu vou junto com Bob para a varanda tomar um café.

— Tudo bem? — ele pergunta.

Dou de ombros.

— Não sei. Está mais quieto pelo menos.

Sento à mesa de plástico e folheio o suplemento colorido do jornal de domingo enquanto tomo meu café, tremendo, incapaz de me concentrar, meus ouvidos focados no gemido baixo que emana do quarto acima. Ouço objetos batendo na parede de novo, mas Jonny não tentou sair do quarto. De repente Bob me empurra e grita:

— Cuidado!

Eu pulo para longe da mesa quando uma janela cai do céu. Ela despenca no chão e se quebra em pedaços. Jonny empurrou a janela com tanta força que ela caiu. Se a mesa tivesse sido colocada alguns centímetros mais para a frente, um de nós poderia ter ficado seriamente ferido ou até morrido.

A verdade é que, se a determinação curasse o autismo, Jonny já seria uma nova criança há muito tempo. A energia e o comprometimento que gasto tentando ajudá-lo com seus problemas são extraordinários. Mas, é claro, não é uma questão de determinação. O autismo não tem cura. O que qualquer pessoa pode fazer é tentar lidar com ele, tentar compreendê-lo, tentar tornar a vida da criança, da família e a sua própria vida mais fáceis de suportar. Depois de um tempo eu começo a compreender. Desisto das tentativas de forçar Jonny a deixar de ser autista, de ser ele mesmo. Renuncio às tentativas de forçá-lo a ficar seco à noite, a largar objetos para abanar, a parar de colocar os dedos nos ouvidos, a deixar seus comportamentos repetitivos de lado. Começo a compreender que este é o seu mundo e precisamos aprender a lidar com ele.

Gradualmente, começamos a entender o que ele acha assustador, o que ele precisa reprimir, como impõe ordem ao seu mundo caótico. Começamos a respeitá-lo como ele é e entender como é difícil para ele lidar com tudo isso. Um dia, quando começa a ficar violento e estou com medo de levar uma cabeçada, chego perto o bastante para sentir a batida do seu coração. E finalmente compreendo. Por mais que eu me sinta mal, por mais difícil que seja para seu irmão e sua irmã lidar com tudo, por mais que seus professores e assistentes fiquem alarmados, nada jamais chegará perto do terror que ele sente. O comportamento de Jonny pode fazer com que nos preocupemos ou tenhamos medo, mas, para ele, praticamente tudo o que vivencia é inacreditavelmente difícil. O mundo é um lugar assustador para ele, e todos os nossos esforços devem ser canalizados na tentativa de diminuir seu terror, dar-lhe apoio para lidar com esse lugar aterrorizante.

Começo a experimentar terapias mais brandas, que funcionam a partir da perspectiva de Jonny e trabalham a partir disso. Faço isso em vez de agir motivada por ideias ridículas daqueles que sabem muito pouco sobre pessoas autistas e não têm nenhum respeito por elas. Acabo me envolvendo muito com a Associação Nacional do Autismo e sou eleita para sua junta executiva. Assim conheço um número de pais, alguns dos quais têm não um, mas dois filhos autistas, e começo a ouvir como pessoas normais lidam com uma criança autista na vida familiar. Vou a reuniões e ouço educadores e psicólogos dedicados a pessoas autistas falando sobre suas pesquisas, sobre o que aprenderam a respeito do modo como as pessoas autistas veem o mundo e suas ideias para ajudar a tornar as coisas melhores para todas as nossas crianças.

É uma tarde ensolarada, mas eu fechei as cortinas do nosso quarto. É um quarto grande com vigas, que dá para o grande jardim. No chão eu estendo um edredom e travesseiros. Ao lado deles há um rádio. Jonny adora música e eu gravei para ele um CD com alguns temas que, penso eu, ele achará reconfortantes. Começa com uma das suas peças favoritas — o *Canon*, de Pachelbel. Depois vêm alguns movimentos lentos — do *Concerto do Imperador* de Beethoven, um concerto de piano de Shostakovich, música antiga de coral e o *Concerto para flauta e harpa* de Mozart. Tentarei o relaxamento condicionado. O plano é que, quando ele estiver calmo e feliz, deitemos juntos para ouvir essas músicas. Se ele permitir, vou acariciar seu braço e sua cabeça. A esperança é que associe a música a sentimentos de paz e felicidade. Então, devo tentar entender o que desencadeia os momentos de angústia de Jonny. Quando percebo que ele está começando um episódio violento, tento recriar os sentimentos de relaxamento e calma tocando a música e deitando com ele.

Trago Jonny para o quarto e falo baixinho:

— Vamos deitar, Jonny, e ouvir algumas músicas lindas.

— Bub!

Ele não está a fim. Mas eu persevero. Deito e ligo o rádio.

— Vamos, Jonny, deita comigo. Vai ser bacana.

Ele não deita e se dirige até porta, então eu o puxo gentilmente para deitar. São três horas de uma tarde ensolarada, e ele está perturbado por causa dessa situação estranha.

— Docinho, docinho, massa, pão.

Às vezes essa lista de comidas é um prelúdio da angústia. Porém, desta vez não se agravou, e por um curto período de tempo ele se deita, enquanto eu deixo tocar um pouco de música. Eu acaricio seu braço durante os poucos minutos que permanecemos deitados e sinto que é um bom início.

— Muito bem, Jonny.

Ele range os dentes e empurra o rosto contra o meu. Às vezes Jonny acha os elogios insuportáveis, então eu o levo para o andar de baixo e lhe dou uma tigelinha de doces. Ele os devora e corre para fora.

— Como foi?

Dou de ombros.

— Nada mau, acho. Vou tentar de novo amanhã.

VIVENDO COM JONATHAN

Tento mais algumas vezes. Às vezes ele se deita por alguns segundos, às vezes por alguns minutos. Não sei dizer se isso é um grande sucesso. Assim que Jonny fica seriamente transtornado e começa a gritar, a música não pode mais ser ouvida. Além disso, muitas vezes não tenho o rádio comigo quando isso acontece. Reconhecer os motivos que causam esses episódios também é difícil. Eles mudam muitas vezes e não são tão óbvios. Nenhuma das minhas tentativas de acabar com os transtornos de Jonny funciona realmente — eles parecem ter vida própria —, mas pelo menos eu começo a tentar ver o mundo de sua perspectiva, a compreender seu medo e a sentir compaixão, em vez de tentar forçá-lo a ser alguém que ele nunca poderia ser. Faço com que se deite e ouça parte do CD, e toco quando acho que ele está começando a ficar agitado. Não sei se fez qualquer diferença algum dia. Com certeza não piorou as coisas, e talvez simplesmente essa mudança de atitude, de querer ajudá-lo a lutar contra os seus demônios em vez de opor minha vontade contra algo que é uma parte essencial dele, comece a transformar nossa vida juntos.

Os períodos de transtorno de Jonny, começo a pensar, duram o quanto têm de durar, e devo esperar que acabem. Mais tarde, explico para as pessoas que sentei-me com Jonny durante muitas, muitas horas de gritaria e terror violento, e, embora minhas reações possam prolongar essas sessões, nada fará com que elas sejam mais curtas do que seriam. O melhor é deixar acontecer e reduzir o sofrimento que geram para todos os envolvidos, especialmente para ele mesmo.

Depois disso, tudo vai ficando um pouco melhor. Não dou ouvidos às pessoas que querem me culpar pela deficiência do meu filho. Não estou tentando mais forçá-lo a ser alguém que ele não é capaz de ser. Começo a trabalhar como treinadora de igualdade de oportunidades e, ao fazer isso, conheço o Movimento pelos Direitos das Pessoas Deficientes. Fico sabendo que os veteranos que voltaram do Vietnã com ferimentos graves e não podiam mais entrar em lojas ou cinemas, que de repente se viram não como os heróis que esperavam, mas como homens invisíveis, não estavam preparados para tolerar tal situação. Iniciaram um protesto que foi ficando cada vez mais forte e mais sofisticado e depois atravessou o Atlântico. Leio sobre modelos médicos e sociais de deficiência, sobre o modo como a sociedade vê as pessoas deficientes, a sua necessidade de curá-las ou ignorá-las.

Muitas das minhas experiências com Jonny passam a fazer sentido. Começo a ver por que os médicos perderam o interesse quando perceberam que meu filho tinha uma condição para a qual não somente não havia cura, mas também muito pouca compreensão da sua causa ou dos antecedentes. Começo a acreditar com muita convicção que as acusações de que fora uma incapacidade da minha parte não permitir que Jonny crescesse e que a afirmação de que é possível forçá-lo a deixar de ser autista — como se de alguma maneira estejamos fazendo isso de propósito — são absurdamente injustas; que as tentativas de me culpar ou de tornar Jonny um caso patológico são uma afronta às ideias de justiça ou igualdade. Começo a acreditar veementemente em seu direito de ser a pessoa que ele é, mesmo com o autismo, e em seu direito de experimentar uma qualidade de vida como tal pessoa, em vez de suportar tentativas incessantes de forçá-lo a ser alguém que ele nunca poderia ser. Em vez de ler livros, observo meu filho e ouço o que ele tem a dizer. Aprendo com ele o que lhe causa angústia, o que é difícil. E, por outro lado, o que pode ajudá-lo a encontrar sentido no mundo.

Observando e ouvindo, aprendo que Jonny se beneficia de uma estimulação sensória que seja mantida no mínimo possível. Aprendo que, se eu observar e ouvir com cuidado, ele vai me mostrar como é difícil para ele interpretar as coisas. Aprendo que quando ele está transtornado, o toque, as palavras e até mesmo o contato visual são insuportáveis. Entendo que ele já está oprimido pela emoção, que seus sentidos já estão aguçados a um grau insuportável. Percebo que o dia a dia é quase impossivelmente estressante para ele, e um dos seus desafios mais difíceis é a incerteza sobre o que vai acontecer depois. Então eu começo a usar fotos e vídeos para ajudá-lo a prever e a lidar com o que virá depois, e como ele participa de tudo. No início do dia eu repasso, em uma linguagem bem simples, o que vai acontecer — a sucessão dos acontecimentos — e começo a ensiná-lo a lidar com as experiências. Vamos ao supermercado e, devagar e com cuidado, falo com ele durante as compras. Fazemos a mesma coisa sempre e, depois de um tempo, o rosto de Jonny se acende de alegria quando entramos no supermercado. Dá para perceber em sua expressão o alívio enorme e o prazer que ele tem quando pensa: "Eu sei o que vai acontecer".

De vez em quando, algo ou alguém me mostra que estamos vencendo a batalha. Vamos ao supermercado e estou fazendo o que geralmente faço, me concentrando nele e na sua irmã, sem olhar para cima, evitando contato visual com as outras pessoas. É um mau hábito, mas ao longo dos anos isso se tornou uma norma para mim. É o meu jeito de lidar com o embaraço, de lidar com os olhares e comentários indelicados sobre o comportamento do meu filho. Ele está indo bem hoje. Ao longo dos anos aprendeu a lidar com supermercados, sabe o que deve fazer, que guloseimas se pode conseguir. Ele fica ao lado de uma vitrine de bolos, esperando, me olhando de lado.

— Sim, pode comer um — eu digo. — Escolha.

Ele sorri e escolhe um boneco de gengibre, me olhando pra saber se está tudo bem.

— Coloca na bolsa, então — eu digo. — Você tem que esperar até pagarmos antes de comer. Pega um saquinho para ele, Hannah? Você quer um também?

Ela ajuda Jonny a colocar o boneco de gengibre no saquinho e escolhe um sonho para ela. Jonny emite alguns ruídos estranhos, mas está contente.

— Você pode pegar uma caixa de sucrilhos, amor? — eu digo, e ele tira uma caixa da prateleira cuidadosamente. — Coloca no carrinho — peço, e ele coloca. — Muito bem.

Uma jovem se aproxima de nós. Minha cabeça está baixa e eu não a noto até ela começar a falar.

— Desculpe. Desculpe interromper, mas o seu filho é autista?

— Sim. — Já estou na defensiva, esperando para reagir às críticas de como eu não deveria permitir que ele saísse. Ou pode ser apenas curiosidade espalhafatosa, eles viram isso na TV. Ele não é bonitinho? Que pena, mas ele tem algum talento especial?

Ela sorri.

— Meu filho é autista — ela diz. — Ele só tem cinco anos, porém. Eu jamais pensaria em trazê-lo para um lugar assim. Ver vocês realmente me dá esperança. Ele se comporta tão bem, né?

— Sim — eu digo. — Sim, tenho muito orgulho dele.

Restaurantes, piscinas, parques e feiras se tornam aceitáveis para Jonny da mesma maneira — com preparação cuidadosa para reduzir a sua incerteza sobre o que vai acontecer. O fascínio de Jonny por fotos dele mesmo e da família não tem limites, então eu tiro proveito desse fascínio para fazer álbuns e vídeos de eventos que aconteceram e dos eventos que ainda virão. Quando vamos sair de férias, eu faço um álbum — Jonny na praia, Ben no mar, Hannah em um carrossel. Preparo legendas para cada foto e leio o álbum toda noite para Jonny. Há fotos da casa em que ficaremos, das dunas nas quais ele brincará, das mesas ao lado do quebra-mar em que faremos piqueniques.

— O que é isso, Jonny?

— Férias. Férias. — Ele vira as páginas rapidamente, procurando fotos do mar, barcos, riachos, água em todas as suas formas.

— Quem é essa, Jonny?

— Vannah. Vannah. — Ele continua achando palavras que começam com "h" muito difíceis, então este é o seu jeito de chamar a irmã. Às vezes ele não fala, mas olha atentamente para as fotos de sua vida, tão fascinado quanto qualquer um de nós por sua própria existência.

VIVENDO COM JONATHAN

À medida que o tempo vai passando, a natureza agressiva do cuidado e da educação de Jonny desaparece, e ele passa mais e mais tempo com pessoas que genuinamente se importam com ele, que o amam e querem ajudá-lo. Cada vez mais as "terapias" se baseiam no desejo de ajudá-lo a lidar com seus altos níveis de estresse. Ele recebe massagens nos pés e na cabeça. Não consigo entender como esses jovens, homens e mulheres que muitas vezes não foram muito bem na escola, conseguem fazer com que ele se sente quietinho enquanto fazem essas massagens. Tenho muito admiração por eles, pois ainda não sou capaz de fazer com que Jonny me deixe tocar sua cabeça ou seus pés. Ele pratica aromaterapia e descobre os quartos Snoezelen, os quais adora.

A assistente coloca o dedo nos lábios.

— Vem com calma — ela sussurra —, ele está aqui. É maravilhoso!

Vou até a porta do quarto na ponta dos pés. Há uma pequena janela na porta, e espero conseguir olhar sem que a pessoa lá dentro saiba que estou olhando. Não importa o que estiver acontecendo ali dentro, vai acabar se ele souber que está sendo observado. A música que ouço é muito Nova Era, semelhante aos sons do mar e aos suaves ragas hindus que ouço quando recebo uma massagem. No começo, a luz é muito tênue para que eu consiga distinguir a figura deitada nas almofadas do chão. Mas aos poucos meus olhos se acostumam à luz baixa e eu o vejo. Em volta das almofadas, enroladas em volta da luminária e das fotos do mar e dos bosques tranquilos, há luzes de fibra óptica, oscilando languidamente do roxo para o rosa, para o azul e para o branco; há uma lâmpada de lava acesa no canto. Uma música suave está tocando, nem alto nem baixo demais, mas de forma constante e tranquila. E sobre as almofadas está Jonny, deitado, quase dormindo, fascinado pela música e pelas luzes, quieto e relaxado. Ela dá um passo ou dois para trás.

— A gente tenta trazê-lo para cá antes de ir para casa — ela diz. — Às vezes, antes das refeições também, se ele não estiver com muita fome. Ele fica tão calmo. — Ela sorri muito. — Ele adora isso.

CAPÍTULO SETE
TRENS, BARCOS E AVIÕES

São quatro horas da manhã e o despertador toca. Saio de um sono profundo e por um breve momento me pergunto onde estou e o que está acontecendo. Então eu me lembro. Vamos sair de férias e preciso levantar. Ainda está escuro, mas depois de tomar banho e um pouco de café, uma linha rósea aparece no horizonte e a luz começa a surgir no céu. Eu me visto e vou acordar as crianças. Pensei e repensei esta manhã várias e várias vezes. Jonny será o último, e com um pouco de sorte eu conseguirei tirar sua fralda de incontinência, vesti-lo e colocá-lo no carro antes que ele perceba o que está acontecendo. O café da manhã já está embrulhado — eles podem comê-lo no caminho. Eu disse a ele que vamos sair de férias, e ele adora férias. Ainda assim, há sempre uma chance de encontrar raiva e violência. Não será fácil para ele entender por que foi acordado tão cedo de um sono profundo. Vamos para a França. Viajaremos de carro até Portsmouth, pegaremos a balsa, depois haverá mais uma jornada de carro até a Britânia e chegamos.

No quarto de Hannah eu a sacudo de leve e ela acorda. Fica confusa por um segundo, mas depois levanta-se rápido da cama. Eu a ajudo com suas roupas e acordo seu irmão mais velho. Bob leva os dois para o carro. Coloquei travesseiros nos assentos para eles, mas já estão conversando animadamente — ele no assento da frente e ela no de trás, no qual vou me aconchegar entre ela e Jonny, sob um edredom.

— Nós vamos para a França francesa!

— Eu sei, Ben. Nós vamos pegar um barco bem grande.

As malas estão feitas. Bolsas de praia, baldinhos e pazinhas, protetor solar, *shorts*, camisetas e maiôs, assim como dinheiro francês, passaportes e dicionários. Eu lavo as canecas de café e vou até o quarto de Jonny nervosamente. Sua cabeça não aparece, apenas uma protuberância sob o edredom. O som da sua respiração profunda indica sono pesado. Não tem jeito, porém. Não podemos arriscar perder a balsa.

É surpreendentemente fácil. Encosto minha mão de leve na protuberância.

— Jonny, amor. Hora das férias. Você só tem que se levantar, depois pode dormir no carro.

A protuberância se mexe um pouco e eu puxo o edredom. Ele abre os olhos. Está entorpecido de sono, mas eu repito o que dissera: "Jonny, amor. Hora das férias. Você só tem que se levantar, depois pode dormir no carro". Ele se levanta e sai da cama imediatamente. Eu tiro a fralda sem nenhum problema, lavo-o e troco suas roupas. Ele não geme nem reclama. Em vez disso, sorri, inclinando a cabeça de lado três vezes. Suas mãos estão abanando do lado do rosto quando lhe dou as roupas e o ajudo a se virar com elas.

— Nós vamos de carro e depois pegaremos um barco grande, Jonny.

— Barco grande!

Ele me surpreende constantemente, como quando de repente ele consegue andar tão bem no momento em que estamos indo à piscina. Jonny é capaz de acordar de um sono profundo e se vestir rapidamente quando um barco grande espera por ele.

Depois de meia hora olhando a estrada pela janela à espera do barco, Jonny e os outros dois, estes de tanto conversar, caem no sono.

Quando acordam, dou-lhes sanduíches e bebidas. Logo estamos na longa fila de carros esperando para entrar na balsa. Ainda é cedo e o céu está nublado, mas além das nuvens há um brilho. O mar parece calmo atrás dos barcos enormes atracados ao nosso lado. Quando começamos a achar que nada vai acontecer, homens de uniforme chegam e começam a agilizar a fila. As pessoas que já tinham saído dos carros — pais de Surrey calçando mocassins e com blusas de casimira enroladas no pescoço, suas crianças educadas vestindo camisetas desbotadas e correndo entre os automóveis de uma maneira que eu nunca permitiria — voltam para seus Saabs e Volvos. A fila começa a se mover quando os motores são ligados. Logo chega a nossa vez, o carro sobe a rampa e rapidamente somos conduzidos para dentro da balsa. Os homens de uniformes balançam os dois braços. "Para trás, para a frente, pare, mais alguns centímetros", depois "pare" de novo, até que estamos todos metidos em vagas apertadas de estacionamento. Os homens nos dizem para deixar o freio de mão puxado, sair do carro rapidamente e ir para o convés de passageiros. Saímos e passamos entre os outros carros até chegar ao convés, subindo a escada de metal. Somos avisados de que não poderemos descer de novo, então temos de levar tudo de que precisarmos conosco. Jonny sai, quietinho, com os outros dois. Eu seguro sua mão com força, mas ele faz tudo que tem de fazer.

— Cuidado — eu digo quando chegamos no topo da escada. — Segura o corrimão. Levanta o pé. — Eu seguro o braço de Jonny quando todos chegamos à beirada e olhamos para trás vendo todos os carros. Há muitas pessoas e nós vamos nos misturando, nossos passos ressoando no piso de metal. Jonny nos segue, quietinho, segurando seu barquinho.

Nós reservamos uma cabine, embora seja uma travessia diurna, só para o caso de as coisas não irem bem. Não há escotilha, mas é equipada com dois beliches e espaço de sobra para deixarmos as bolsas com os brinquedos, comidas, bebidas e uma muda de roupas para o Jonny. Temos também nosso próprio banheiro, pia e chuveiro. As crianças sobem nos beliches, Ben jogando um *videogame* portátil, Hannah segurando seu ursinho e Jonny abanando o peixe no barquinho perto do rosto. Mas logo eles ficam entediados, então vestimos os agasalhos e vamos até o convés. Seguro Jonny com força, apesar das suas tentativas de se soltar de mim. O clima está frio, mas estimulante, quando a balsa parte. As crianças se seguram com força no parapeito, que têm manchas de ferrugem e gotas d'água. Quando partimos, a sirene de neblina ressoa bem alto, e Ben e Hannah tapam os ouvidos. Rindo, Jonny abana o barquinho e treme de excitação, observando o mar fatiado por ondas brancas em cada lado da balsa. Caminhamos pelo convés e compramos bebidas, que tomamos sentados em cadeiras de plástico com o vento soprando em nossos cabelos. Depois voltamos à cabine por um tempo antes de almoçar — frango e *pizzas*, seguido de maravilhosas tortas de frutas —, espremidos em uma cafeteria cheia de gente. Há muito barulho e muitas crianças excitadas a bordo, por isso, Jonny não chama a atenção de nenhuma forma. As quatro horas passam rápido, e logo avistamos a costa francesa no horizonte. Aportamos em Caen e nos juntamos às multidões que fazem fila para descer ao convés dos veículos. Entramos no carro e somos conduzidos para sair. A prancha de desembarque bate aos solavancos quando passamos sobre ela e finalmente desembarcamos em solo francês.

— É a França, Ben, é a França francesa!

Atravessamos a fila de carros até chegarmos à estrada principal e partimos para as nossas férias.

Meus olhos ardem de cansaço agora, mas sinto-me extasiada por termos ido tão bem. Férias em família com todas as minhas crianças! Férias em família envolvendo um início bem cedinho, uma viagem de balsa e duas semanas na França. Fecho meus olhos por um segundo e torço fervorosamente para que tudo fique bem.

SHEILA BARTON

O Sol está brilhando agora, e canções infantis são reproduzidas no rádio. Estou coberta de migalhas de biscoito e sinto cãibras enquanto sirvo suco de frutas em copos de plástico. Ao deixarmos para trás a cidade, nos vemos dirigindo surpreendentemente rápido na estrada silenciosa, alinhada por álamos nas margens, cercada de campos vastos e casas com aparência de prosperidade, com telhados elevados e pontiagudos, balanços de crianças e escorregadores nos jardins. Passamos por vilas de casas com janelas cheias de gerânios e por cafeterias cujas vitrines são enfeitadas com arabescos e anúncios do refrigerante Orangina. O Sol já está se pondo novamente quando chegamos ao acampamento e encontramos o *trailer* que alugamos dos amigos de amigos nossos. Estacionamos ao lado e saímos do carro. Jonny caiu no sono de novo, então eu o deixo no banco de trás com a porta aberta e pego as chaves que recebemos pelo correio. Abrimos a porta do *trailer* e entramos. Todos ficamos quietos. É bem decepcionante. Pagamos mais do que tínhamos condições de pagar, ou do que esperávamos pagar para amigos de amigos. Não esperávamos luxo, mas certamente algo melhor que aquilo. Eu sorrio resolutamente.

— Tudo bem, nós nos viramos. Vamos lá, desfazer as malas.

Falar é fácil. Não há praticamente nenhum espaço no armário nesse interior marrom ordinário. Ao colocar lençóis nas "camas" de Ben e Hannah, pergunto-me como eles poderão dormir nesses estrados duros. Decidimos que Jonny ficará com o outro quarto para ele e eu cubro o colchão frágil com uma capa de plástico. Nós vamos dormir na sala de estar, no que foi descrito como uma cama retrátil, mas que na verdade nada mais é do que as duas almofadas velhas, fedidas e um tanto finas que cobrem o assento comum.

Desfazemos as malas como podemos, a maioria das coisas terá de ficar nas malas mesmo, que terão de ser tiradas da frente sempre que quisermos sentar, e muitas mais terão que ficar no porta-malas do carro.

VIVENDO COM JONATHAN

Depois voltamos para o carro e seguimos as placas indicando a direção de "La Mer". É tarde demais para brincar por muito tempo, mas sento-me à beira do mar em uma esteira com Jonny, que ainda parece contente, enquanto os outros dois jogam pedras na água.

— Vai dar tudo certo — eu penso. — Não vamos passar muito tempo no *trailer* mesmo. Isto aqui é lindo. — Tento não ficar com raiva dos amigos de amigos que nos enrolaram. Espero que todos possamos nos divertir.

Trouxe alguma comida caseira congelada de casa — uma torta de carne e batata de que todos gostam —, que foi descongelando ao longo da viagem e será fácil de esquentar. Nós nos esprememos em volta da mesinha para comer. Depois Ben e Hannah pedem permissão para sair e explorar. Eu deixo, sob a condição de que não se afastem para muito longe. Dou um banho em Jonny na banheirinha e percebo que ele está confuso e desorientado com toda a experiência. Mas eu continuo, colocando seu pijama e a fralda de incontinência e lendo uma história para ele.

— Estamos de férias, Jonny. Amanhã, vamos passar o dia todo na praia e você poderá brincar.

Eu coloco a música para tocar e ele cai no sono rapidamente. Ben e Hannah voltam de repente.

— Acabamos de conhecer os vizinhos do lado! Eles são legais — gritam.

— Shhh, o Jonny acabou de dormir.

— Desculpa, desculpa. Nós vamos lá de novo.

Olho pela janela e vejo-os correndo com três crianças, uma menina e dois meninos gêmeos. Eles acenam, alegres, e eu relaxo um pouco.

Mais tarde, as crianças estão na cama e nós bebemos vinho e lemos. Estou tão cansada, é difícil diminuir o ritmo e relaxar. Tento, como sempre, não ficar preocupada com o que vai acontecer, se Jonny vai saber lidar com a situação, se *eu* vou saber lidar se ele ficar transtornado. As crianças aceitaram suas camas horríveis com um estoicismo magnífico. Jonny é o único que ficou razoavelmente confortável. Ben escorrega da sua minúscula "prateleira" toda noite. Justamente quando começo a sentir-me mais confortável na minha almofada no chão, ouço o gemido que me faz tremer de medo vindo do quarto de Jonny. Ele acordou aterrorizado.

— Ele provavelmente não sabe onde está — eu penso — e não ter tomado um banho de verdade não ajudou muito. — Tento manter a calma, mas não consigo. Quando os gemidos ficam mais altos e as batidas já podem ser ouvidas nas paredes do quarto, ele está socando as paredes finas, e eu entro em pânico.

— Não consigo lidar com isso — eu penso —, não hoje. As pessoas vão ouvir. Os amigos das crianças vão manter distância delas.

Entro no quarto, e a cama preenche quase todo o ambiente. Simplesmente não há mais espaço para nada.

— Tudo bem, Jonny — eu digo —, estamos de férias, lembra? Vai ficar tudo bem.

O gemido vira um grito e ele tenta me desferir uma cabeçada. Eu desvio a tempo, mas bato a cabeça na porta e sinto lágrimas ardendo em meus olhos cansados, tão cansados. Jonny continua gritando e começa a bater a cabeça na parede. Sinto uma onda de terror e raiva passar sobre mim e tento acalmar-me, dizer a mim mesma que vai passar, mas não consigo controlar o medo, alimentado pela exaustão, que sinto crescer em mim.

— Para com isso — eu grito. — Para agora!

Eu sei que não vai dar certo, que só vai tornar as coisas piores. Sei que serei dominada pela culpa durante dias. Os gritos tornam-se mais altos e mais frequentes, e Jonny se joga para cima de mim, enterrando os dentes no meu braço. Eu o empurro de volta e ele bate na parede.

— Para com isso — eu grito de novo. Fecho a porta e saio. — Vou levá-lo para casa amanhã — eu choro. — Eu deveria saber que não ia dar certo. Amanhã você nos leva até a balsa e eu vou para casa com ele.

Repito a mesma coisa diversas vezes até que, duas horas depois, a gritaria acaba e todos nós conseguimos dormir.

— Você vai levar o Jonny pra casa?

Sou acordada pelo rosto preocupado da minha filha de cinco anos sobre mim. Por um momento, não sei onde estou nem por que estou dormindo no chão. Então eu me lembro e olho para o relógio: nove e meia!

— Cadê o Jonny? Cadê todo mundo?

Ela olha para a porta e eu vejo a mesa coberta pelos restos do café da manhã. Ouço a voz do Ben lá fora.

— Não volta pra casa — ela diz, vindo para debaixo das cobertas comigo.

— Não, não se preocupe — eu digo. — Eu não vou. Desculpe. Eu estava cansada e preocupada. Os seus amigos disseram alguma coisa sobre o Jonny?

— Não, eles nem ouviram.

— Ele está bem?

— Sim. Nós podemos ir para a praia logo?

— Sim, só me deixa tomar um café.

Nossos vizinhos são ótima gente. Sentamos na sua salinha de estar, muito mais confortável do que nossa, e conversamos.

— O *trailer* é de vocês? — pergunto.

— Deus, não. Nada me levaria a fazer esse tipo de viagem mais de uma vez. É dos pais do Joe. Eles acharam que seria uma maneira barata de passar as férias, mas eu não aguento ficar em um lugar tão apertado. Nunca mais!

O *trailer* é dez vezes melhor do que o nosso. Eles são assistentes sociais em Manchester e suas crianças brincam alegremente com as nossas por duas semanas inteiras. Ninguém faz qualquer menção à noite transtornada de Jonny, embora eu não acredite que eles não tenham ouvido nada. São pessoas boas, compassivas, e Jonny fica sossegado durante a maior parte do tempo. Nossos vizinhos nos dizem onde ficam as melhores praias e passamos nelas alguns dias muito felizes. Toda noite uma van chega ao acampamento para vender fritas e quase sempre fazemos filas para comprar. Ben e Hannah descobrem os balanços com seus amigos e se divertem muito.

Chegamos à praia, como de costume, quando muitas pessoas já estão indo embora para almoçar. Quando eu já consegui acordar todo mundo, ajeitar o Jonny, preparar, tomar e limpar o café da manhã naquele espaço impossivelmente apertado, sempre parece que já estamos perto do meio-dia. Mas levamos nossas baguetes, nossas esteiras, toalhas, baldinhos, pazinhas e bichos infláveis, então podemos nos ajeitar com alegria na areia. A praia é enorme, a areia é branca, tem rochas, "piscinas" e o mais azul dos mares se estendendo no horizonte.
— Vem, Hannah, corre!
Ben corre para sua piscina favorita e salta dentro dela. Hannah, tentando o melhor que pode, mas ficando para trás, grita:
— Espera por mim! Espera por mim!
Ela senta em uma pedra enorme com seu maiô azul, chinelos de plástico rosa e boia na cintura, esperando o irmão ajudá-la a entrar. Eu acho uma piscina rasa para Jonny e lhe dou seu baldinho e pazinha. Sua barriguinha gordinha salta por cima da sunga da locomotiva Thomas, enquanto ele se inclina por cima da piscina e solta várias pedrinhas sobre a água. Depois de um tempo ele passa para uma nova (mas igualmente repetitiva) atividade: cavoucar com a pazinha e lançar a areia molhada em uma rajada lamacenta. Ele parece bem, mas eu me sento mais perto quando um menino e sua mãe francesa glamourosa, toda de cachos brilhantes e biquíni pequeno, passam por ele e param. Estão catando mariscos das rochas com uma faquinha preocupantemente afiada. Obviamente, são muito experientes nisso, eles trabalham juntos. O menino aponta, a mãe glamourosa corta — *snick* — e o marisco cai dentro do balde. O menino para e olha fixamente para Jonny com a pazinha na mão, seus olhos azuis arregalados

e fascinados pelo ato repetitivo com a areia molhada. Provavelmente o menino francês não pode fazer esse tipo de coisa. Sua mãe, educada, sabe que ele não deve olhar assim fixamente para os outros.

— Allez! — ela diz, puxando o menino gentilmente. Enquanto se afastam, eu a ouço explicar. — C'est un petit idiot.[2]

Nas imediações, há outra praia maravilhosa. Nela, andamos por uma "ponte" de madeira para ir do estacionamento até a praia. Mais uma vez, a areia se estende branca e brilhante até onde o olho alcança. O mar também tem uma coloração profundamente azul, salpicado de franjas brancas. A praia está repleta de famílias, mas há bastante espaço para espalharmos nossas esteiras e brinquedos. Jonny, de sunga e segurando sua pazinha, anda de lá pra cá à beira da água, enquanto os outros dois tentam se equilibrar em cima de um crocodilo inflável. De vez em quando eu entro no mar para ajudar Hannah a se equilibrar por uns momentos sobre esse monstro. Quando eu a solto, ela inevitavelmente cai na água depois de tremular por alguns minutos. Viemos a esta praia algumas vezes, parando no meio do caminho em uma cidadezinha linda para comprar crepes com açúcar, os quais comemos sentados no degrau ao pé da cruz do mercado. Tudo para adiar ao máximo a volta ao *trailer* horrendo. Na verdade, tivemos sorte com o clima. Houve apenas dois dias de chuva, nos quais as crianças correram ao redor com suas capas de chuva, saindo e entrando dos *trailers*. Então, na maior parte do tempo pudemos ficar fora, dispondo da mesinha de piquenique para o almoço e o jantar.

Neste dia, todas as crianças parecem contentes na praia. Faço uma pausa em minha leitura de vez em quando e levanto os olhos para ver se Jonny está bem, se não desapareceu como naquela praia enorme em Devon. Ele está muito concentrado, porém, limpando a praia! Eu o observo por algum tempo, andando para lá e para cá, jogando algas

---

2 - "Vamos! É só um pequeno idiota." (N.T.)

no mar. Parece perfeitamente contente e completamente desligado da presença de qualquer outra pessoa. De vez em quando, as algas atingem alguém quando ele as atira ao mar. Observo um homem francês bonito, em boa forma e bronzeado, com uma sunga apertada, que segura a filha enquanto ela salta as ondas. Ele se vira para olhar, com uma expressão intrigada no rosto. Quem está jogando alga nele? Ele examina a beira do mar. Que estranho! Não há ninguém correndo ou rindo, ninguém com expressão de culpado no rosto. Ninguém lhe vira as costas. Só há aquele menino de cachos dourados, brincando com a pazinha, completamente despreocupado!

De volta ao acampamento, abrimos o carro. Eu enxáguo as roupas de banho e começo a preparar o chá. Nossa vaga de *trailer* é separada por uma cerquinha dos canteiros para barracas mais abaixo e Jonny parece muito contente, jogando galhos por cima da cerquinha.

"Ele não pode causar muitos danos com esses galhinhos", eu penso, e isso o deixa ocupado enquanto eu cozinho no fogãozinho Calor Gás ao lado da porta aberta do *trailer*. Quando já estou pronta para servir, saio para chamar as crianças e vejo Bob segurando a mão de Jonny com força, falando seriamente com um homem que está claramente muito irritado. Ben e Hannah ficam um pouco atrás, ouvindo. Parecem um pouco preocupados.

— Olá — eu digo, chegando perto dos dois homens. — Hora do chá. Vamos.

— Você tem certeza? — ouço o estranho dizer.

Não gosto do jeito dele, com sua corrente de ouro e os modos arrogantes.

— É um TR7, não gosto que joguem pedras nele. — Ele olha com desprezo para o nosso velho Ford.

— Desculpe — Bob diz. — Você deve estar enganado. Nossos filhos estão brincando aqui, quietinhos.

— Fica de olho — ele diz, se virando. — Vou ficar de olho em vocês.

VIVENDO COM JONATHAN

Bob levanta as sobrancelhas, olha para mim e solta a mão de Jonny, que parece completamente despreocupado, abanando o barquinho. Ben sussurra:

— Jonny estava jogando pedras por cima da cerquinha.

— Ah, deixa pra lá — eu digo com tranquilidade. — Não faz mal. Hora do chá!

Enquanto nos dirigimos de volta para a balsa ao final das duas semanas, sinto que foram um sucesso. Estou extremamente cansada, mas o transtorno de Jonny se limitou àquela primeira noite. Conseguimos dar a ele e aos outros dois boas férias de verão à beira-mar, visitamos algumas cidades lindas, vimos o mar quebrando violentamente em recifes, soltamos pipas em colinas com muito vento, fizemos compras em mercados franceses e comemos fora algumas vezes. Estamos felizes, porém, de largar o *trailer* e não vemos a hora de voltar para nossas camas de verdade. Pegamos uma cabine na balsa de novo; deixamos nela as nossas coisas e damos uma caminhada pelo convés. Ouço a conversa de Ben e Hannah sem prestar muita atenção enquanto seguro a mão de Jonny. Ele está puxando, tentando se livrar, e por alguns minutos eu decido soltar. Ele parece observar o mar atentamente, sem planos de tentar fugir ou subir no parapeito. De repente, quando olho para Hannah por um momento, sinto algo ser jogado no ar ao meu lado.

— O sapato do Jonny! — minha filha grita, e eu me viro bem a tempo de ver uma das suas sandálias Clarks novinhas desaparecer sob a espuma.

Por algum motivo, eu agarro o outro calçado antes que ele jogue. Ufa, salvei um!

— Pega de volta, pega de volta — Jonny está dizendo.

— Não podemos pegar de volta, amor — eu digo.

— Pega de volta, pega de volta — ele está falando mais alto agora. Bob chega.

— Jonny jogou o sapato no mar! — as outras crianças dizem em coro.

— Menino bobo, Jonny — Ben diz, com uma voz afável.

— Shhh — eu digo. — Não o deixe chateado.

— Não podemos entrar no carro — Bob diz, e acho que eu trouxe uma muda de roupas para ele, mas não uma muda de sapatos.

— Ele não pode andar por aí de meias!

O senso de Jonny a respeito do que ele deve usar para estar propriamente vestido é muito aguçado. Qualquer desvio da norma vai causar problemas.

— Você tem que ir lá pedir para eles e explicar o que houve — eu digo, me virando para levar as crianças de volta para a cabine e esperar. Não tenho muita esperança, eles são sempre muito estritos quanto a não voltar para o convés dos carros durante a travessia. Parece que esperamos por eras, entrecortadas por pedidos de "Pega de volta, pega de volta! Sapato. Sapato!" perfurando o silêncio.

Os outros dois se entreolham. Que irmão! Algas atiradas nas costas dos outros e calçados novos jogados no mar! A porta da cabine se abre e Bob entra, brandindo outros sapatos para Jonny.

— Eles foram ótimos — ele diz — quando eu expliquei. Foram comigo até lá e me deixaram pegar os sapatos.

Não tentamos voltar à Europa continental novamente com o Jonny por um bom tempo. Balsas, tudo bem; aviões, definitivamente não. Então, alguns anos depois, quando sinto que Ben logo vai nos deixar, alugamos um *gîte*[3] em Poitou Charentes para nossa última temporada de férias em família. Como Ben quis que sua namorada viesse junto, acabamos dirigindo dois carros pelo interior da França durante as quatro horas que levamos para chegar à nossa vila. Jonny, agora com dezesseis anos, senta-se alegremente conosco no convés

---

3 — Uma casa mobiliada para temporada de férias na França. (N.T.)

da balsa — não alugamos cabine desta vez — enquanto jogamos cartas e comemos doces franceses.

O *gîte* fica em uma vilazinha nos arredores de algumas cidades lindas, em uma região que definitivamente estará ensolarada nessa época do ano. Dirijo o segundo carro com Jonny no banco de trás, enquanto os outros estão todos juntos no carro maior. Chegamos ao pôr do Sol, abrimos os portões e estacionamos. Encontramos o fazendeiro que é o dono do *gîte* e mora na casa ao lado preocupado com o atraso da nossa chegada, e muito incrédulo diante do fato de uma mulher — eu — ter dirigido por tamanha distância em um país estrangeiro!

O *gîte* tem uma sala de estar grande, decorada em um estilo rural francês desconcertador, com peles de muitos animais penduradas nas paredes. Tem três quartos e um mezanino estranho em forma de varanda com vista para a sala de estar. A cozinha é ampla e o jardim grande, com sua piscina redonda, desce para os campos. Tem barris de flores na varanda linda e, sob a copa de um matagal de pinheiros, fica uma velha mesa, que nos convida a sentar e comer sob o Sol matizado.

Como de costume, pensei muito em como fazer a estadia dar certo. Tenho certeza de que se houver uma piscina para nós, Jonny ficará feliz. Desta vez, ele achou a piscina não aquecida meio que um choque e só entra nela de vez em quando, saindo logo depois. Ele não entende que se acostumaria ao frio inicial se esperasse alguns minutos até que a água se tornasse confortável. Já é um adolescente agora — não mais uma criança inconsciente da frieza da água. Mas o Sol está brilhando e ele fica calmo com o calor, sentado por horas à beira da piscina olhando os outros nadando, brincando e boiando na água. Eu também passo um bom tempo à deriva na piscina, em um colchão inflável, ou lendo alguma coisa na beirada. A namorada do Ben aprende a nadar. Ela, Ben e Hannah brincam de charadas, fazem passos de dança, andam de bicicleta e riem muito. Nós visitamos o mercado local, vagamos pela vila, comemos fora. É uma temporada de férias bem-sucedida.

Certa manhã, acordamos pontualmente. Lavo os lençóis e o pijama de Jonny e penduro tudo no varal, sabendo que estarão secos em uma hora à luz do Sol. Nos espremmos dentro do carro maior, uma perua. Vou no porta-malas para que não precisemos usar os dois carros e partimos. Em algumas horas, chegamos ao nosso destino — um parque temático tecnológico chamado Futuroscope. O dia está quente e ensolarado, como sempre, e no parque temático há jardins, prédios prateados, pontes, arquitetura moderna e um enorme palco localizado na base de um anfiteatro — ao estilo do Hollywood Bowl. Como eu geralmente detesto passar meu tempo em parques temáticos — embora espere que as crianças jamais percebam isso —, todas essas atrações me causam uma surpresa muito agradável. Recebemos mapas do parque e, depois do almoço na varanda de uma cafeteria com riachos de ambos os lados, Bob e eu levamos Jonny para explorar, enquanto os outros experimentam juntos as atrações que escolheram. Jonny anda rápido — algo raro — e resoluto. Está muito feliz. Vestindo bermuda e camiseta azul ele vai andando, parando de vez em quando. É como um paraíso para ele. A água é o tema permanente. Enormes prédios modernistas surgem brilhando à luz do Sol, com água passando entre eles.

— É assim que o Jonny gostaria que o mundo inteiro fosse — eu digo, e nós rimos.

Encontramos o que estávamos procurando: um simulador que recria uma cena famosa de perseguição de carros de um filme. Alguns anos depois, quando levamos Jonny para o parque temático da Disney em Paris, eu me organizo e levo seu cartão de estacionamento para deficientes, que nos garante prioridade nas filas. Mas desta vez não vim preparada e me preocupo quanto à capacidade dele de esperar na fila durante os quarenta minutos que levará para chegar a nossa vez, segundo os avisos na linha divisória sinuosa. Sei que Jonny gosta de simuladores porque já os experimentou antes, mas pegar fila — essa não é sua atividade favorita! E mais uma vez ele nos surpreende.

VIVENDO COM JONATHAN

— Temos que entrar na fila — eu digo. — Temos que ficar de pé aqui por algum tempo antes de entrar no simulador.

Ele espera pacientemente. Quando chega a nossa vez, entramos em um salão grande. Há vários carrinhos com dois assentos, todos de frente para uma tela enorme. Eu entro em um deles com Jonny e afivelo o seu cinto de segurança, como é exigido. Ele me deixa fazer isso — e eu fico totalmente pasma.

— É pra gente ficar seguro, Jonny. Vai ser uma corrida e tanto.

De repente, a tela enorme, tão larga quanto o salão, se acende. As luzes se apagam aos poucos, vagarosamente, e nos vemos nos bancos da frente de um velho Citroën, correndo pelas ruas estreitas e pavimentadas com pedras de uma vila francesa. Os assentos em que estamos se mexem, dão guinadas, vibram e saltam aos solavancos, em sincronia perfeita com o filme. Eu sei que é apenas um truque inteligente, mas a sensação de andar em alta velocidade, virando e girando, evitando colisões por um fio de cabelo em cada esquina, é um tanto espantosa. Eu acredito que realmente estou lá. O corredor ecoa com gritos e gargalhadas, e eu olho nervosamente para Jonny. Mas ele está sorrindo, seu rosto cheio de felicidade; não está assustado, está completamente extasiado.

Depois disso o levamos a outro simulador, um filme de borboletas nas montanhas — no qual nós *somos* as borboletas, pousando em flores, voando na brisa, no meio de uma confusão e em um barco no lago. As mãos dele tremem, apoiadas nos lados da cabeça, a qual ele contorce uma, duas, três vezes para cada experiência prazerosa. Encontramo-nos com os outros e comemos de novo, antes de ir até o anfiteatro esperar pelo *show* de luzes do dia. Guardamos assentos para os outros três, que foram aproveitar mais algumas atrações. Estamos cansados e contentes de poder sentar com Jonny, vendo uma enorme fonte surgir e desaparecer, mudando de cor de tempos em tempos. Quando a noite chega, os assentos começam a ser preenchidos e eu fico olhando ao redor ansiosamente, esperando pelos outros três. De repente eles aparecem acenando, felizes.

— Foi ótimo! — dizem em coro.
— Sentem agora — eu digo. — Vai começar.

As fontes começam a surgir de novo, mas agora as cores e as sequências mudam em sincronia com uma música, e de repente vemos figuras na água ou passando na superfície do lago. Elas se movem rápido, mudam e dançam. Eu sei que é uma ilusão, que as figuras são projetadas nas fontes, mas é uma ilusão inteligente. O *show* é todo falado em francês, mas não faz diferença para nós. As imagens são mágicas, sedutoras, internacionais. Olho para Jonny, com medo de que o tédio surja antes que tudo acabe, mas não precisava ter me preocupado. Ele abana as mãos, gira a cabeça e grita de alegria. Seus gritos de admiração se misturam aos "ohs" e "ahs" da plateia. Quando o último brilho das luzes projetadas se apaga e as fontes ficam em silêncio, os fogos de artifício começam atrás do lago. Durante quinze minutos, os fogos cintilam, fluem pelo céu, explodem e caem em cascata, em combinações cada vez mais fantásticas. A excitação de Jonny, se é que é possível, aumenta ainda mais com esse espetáculo dos seus amados fogos de artifício. Por fim eles param, a multidão começa a ir embora e, quando o movimento diminui, nós nos levantamos também. No carro, Jonny e os outros caem no sono. Eu fico chacoalhando no porta-malas, incrivelmente cansada e totalmente triunfante.

Vamos passar o dia na praia com o Jonny, enquanto os outros ficam vadiando na piscina. Visitamos La Rochelle, vagando entre os barcos atracados e as barracas que vendem joias e lembranças. Ficamos até o anoitecer e compramos bastões luminosos para acenar no escuro do porto iluminado. Compramos bolsas e colares de vendedores africanos, ouvimos músicos de rua e percussionistas, comemos crepes ou sacos de fritas sentados no quebra-mar ou em bancos ao longo do calçadão da praia. Subimos os degraus até o castelo. Quando retornamos de todas as nossas excursões, Jonny dorme em um quarto comigo e com Bob. Ele se acomoda rapidamente e dorme a noite toda. Durante o dia, procuro por ele e, como não o encontro, caminho pelo jardim até chegar a um banco à sombra de um hibisco e um arbusto de jasmim. Muito raramente conseguimos persuadi-lo a tirar a camiseta, então ele encontrou esse lugarzinho quieto para deitar e se refrescar. Todos nós almoçamos à mesa sob as árvores. Jonny senta-se quietinho, aproveita a comida, sorri para seu irmão, sua irmã e para a namorada do irmão. Pela manhã, sobe na minha cama para ganhar um carinho. É uma das épocas mais felizes da nossa vida familiar.

Pouco antes desses dias, em um domingo frio e ensolarado de novembro, acredito que achei para nós o destino perfeito para as próximas férias. Ben não está conosco, está ocupado tirando a carteira de motorista, tocando em *shows* com sua banda, estudando, curtindo e passando tempo com os amigos antes que todos se dispersem de novo para trabalhar ou voltar à universidade. Mas o resto de nós vai até o litoral de Devon passar o dia. Está frio, mas eu trouxe guloseimas para um piquenique e brinquedos para brincar na praia de cascalho, com seus penhascos de terra vermelha por trás, tudo em uma baía estonteantemente linda. Estamos a sós na praia, observando as ondas enormes com cristas brancas quebrando nas pedras espalhadas pela praia. Nos abrigamos atrás de uma rocha particularmente grande, Hannah brinca com suas bonecas e eu dou uma pipa para Jonny empinar, segurando minha mão com firmeza sobre a dele no cabo de plástico da linha.

— Posso comer biscoito, mamãe?

— Sanduíches primeiro — eu respondo e, ignorando sua expressão de contrariedade, dou a Hannah um sanduíche pequeno de presunto. — Quer suco de frutas?

— Sim, por favor.

Ela veste uma velha parca vermelha, comprada em um bazar da igreja, e seus longos cachos caem sobre o rosto ao vento. Pego um elástico de cabelo na minha bolsa e amarro os cabelos para ela. A parca de Jonny é azul. Ele está comendo à farta, sem resistência aos sanduíches, com as mãos abanando de prazer com a comida, o vento e o mar. Eu sirvo bebidas para eles em copos de plástico. Jonny engole todo o suco de uma vez só e me devolve o copo.

— Guarda — ele diz, e fica me olhando para se certificar de que vou guardar o copo na bolsa de piquenique e fechar o zíper completamente.

Não importa que precisemos abri-la de novo em um minuto para tirar os bolos, as batatinhas e mais bebida. Tem de ser fechada corretamente toda vez. Eu como meu sanduíche rapidamente. Não é o modo adequado de comer, mas finalmente tenho uma chance de olhar ao meu redor calmamente e noto os chalés de madeira de pinho ao longo da base do penhasco. Na verdade, os chalés invadem a praia em algumas partes; em outras, projetam-se por cima ou foram erguidos embutidos no penhasco. Todos têm varandas magníficas e uma vista intacta do mar magnífico. Eu caminho até uma loja e pergunto sobre os chalés.

— Ah, sim, são nossos. Ficam fechados durante o inverno, como agora. Nós alugamos no período que vai da Páscoa até outubro. Todos têm aquecedores, mas seria frio demais depois de outubro. Pense rápido se você gostou deles! Há pessoas que alugam todos os anos, já reservam para o ano seguinte assim que partem.

A mulher é rechonchuda e está agasalhada com um chapéu de lã e um cachecol, seu cabelo com permanente escapa pelos lados. Fico me perguntando se vale a pena abrir a loja, que também é um restaurante, em um dia como hoje, embora eu possa ver, pelo velho depositário de carvão, lindamente restaurado — só Deus sabe como eles conseguiram desembarcar nesses mares ferozes —, que deve ser um local muito próspero no verão. É um destino popular para quem faz viagens de um dia também. A trilha do litoral é estonteante e a pesca, muito produtiva. Eu agradeço pelo panfleto que ela me dá e volto, com doces e café em copos de papel para os outros.

— Olha — eu digo para Bob —, acho que seria perfeito para nós, com o Jonny. Parecem bem resistentes e simples, e ele poderia sair direto para o mar. Seria fácil cuidar das crianças. Imagina abrir as janelas toda manhã para ver esse lugar!

Algumas semanas depois, ligo para eles e reservo um chalé para uma semana no verão.

Estamos muito empolgados quando chegamos, após ter zanzado pelo longo vale estreito e através da vila, passando pela igreja da qual uma revoada de pombos voa do pombal, suas asas brancas refletindo a luz do Sol, passando pelo bar, pelo ferreiro ainda aberto, por uma rua cada vez mais estreita com cercas altas e vislumbres súbitos do mar. O carro está abarrotado com toda a tralha de que precisaremos para passar as férias de uma semana — roupas, toalhas, bolas, livros, uma TV e muitos, muitos brinquedos de praia, incluindo um barquinho inflável com remos. Tivemos de trazer as roupas de cama — muitas para Jonny — e compramos comida em um supermercado da cidade mais próxima, a alguns quilômetros de distância, que de alguma maneira conseguimos empilhar em nosso colo durante o último trecho da viagem. Estacionamos e vamos até o pequeno escritório anunciar nossa chegada. Logo depois, um trator estaciona atrás do nosso carro. Com a ajuda do motorista do trator, carregamos nossas coisas antes de segui-lo pelo cascalho a pé. Passamos pelo barco virado, pelo riacho que corre até o mar, por famílias em suas esteiras de praia, nossos pés afundando no cascalho, sentindo o repuxo em nossas coxas, até chegarmos ao nosso chalé. Fica sobre um montículo relvado a cerca de um metro acima da praia. Conseguimos descer facilmente e, durante a semana, Jonny começa a escalar a cerca da varanda e pular na praia. Também é perfeito no interior — paredes de madeira, com uma banheira em vez de chuveiro, uma sala de estar com uma pequena cozinha embutida no canto e janelas francesas que se abrem sobre a maior parte da sala para uma varanda espaçosa. Há dois quartos pequenos — um com duas camas de solteiro e o outro com uma cama de casal e uma arara com cabides. Há uma mesa de café e uma bancada que podem ser usados como camas para mais pessoas, além de um aquecedor. As paredes são simples e sólidas. Não há ornamentos, nada que possa ser quebrado, não temos com o que nos preocupar.

O ar brilha — a luz reflete no oceano e no azul do céu — e o som do mar está sempre presente. Durante o dia, pessoas curiosas passam na frente do chalé enquanto se arrastam pelo cascalho e ocasionalmente pedem para olhar o interior. Mas à medida que a noite cai e o céu fica matizado de luzes rosa e alaranjadas, os turistas que vieram somente passar o dia deixam o mar, o céu e a magnífica extensão da baía apenas para nós. É maravilhoso. Jonny brinca com pedras e água, com as suas pazinhas, fica sentado olhando o mar. Toma banho alegremente e não importa se molha todo o chão. Tomamos café da manhã na varanda e nos sentamos lá à noite observando uma trilha de prata se movendo no mar.

Os chalés são idênticos e chegamos à conclusão, depois de Jonny ter entrado no chalé de um dos nossos vizinhos, de que deveríamos colocar a biruta com as cores do arco-íris que nossos amigos lhe deram de aniversário na nossa varanda. Ela oscila ao vento constante e indica às crianças qual é a nossa casa.

— Hora de nadar! — Jonny diz, e eu o ajudo a tirar a camiseta e o *short* para colocar a sunga.

Troco de roupa também e pego o barco inflável para eles. Empurro o barquinho com Jonny nele pra lá e pra cá, depois sua irmã, até me cansar. Há ondas enormes quase todos os dias, quebrando na costa e criando muralhas enormes de espuma branca. O leito do mar sofre um declive acentuado, espelhando os íngremes declives na praia, nos quais as crianças deslizam ou rolam. Aqui elas podem se respingar de água e observar as ondas quebrando, ou assistir à TV, brincar, comprar sorvetes na loja, empinar pipas e jogar bola. Nós voltamos a esse lugar de vez em quando — tanto no outono quanto no verão.

VIVENDO COM JONATHAN

Sou despertada de um sono profundo por ruídos inesperados. Minha filha está me chamando, mas ela não parece estar no seu quarto. Acho que ela está na porta do nosso quarto. Com os olhos embaçados, eu me levanto, abro a porta e olho para a sala de estar. A luz transborda da porta do quarto das crianças, que está aberta. Hannah, que tem pouco mais de cinco anos, ainda pisca por ter sido acordada de repente, e parece confusa e desorientada. Está sentada no colchão, que está no chão — como se tivesse sido jogado junto com a roupa de cama —, cercada por suas bonecas Barbie e fitas, às quais se acrescentam, aos poucos, seus brinquedos, roupas e o edredom.

— Jonny — eu grito. — O que você está fazendo? Para com isso já!

Ele caminha decididamente em seu pijama azul, pra lá e pra cá no quarto, empilhando mais e mais coisas de Hannah em volta dela no chão da sala de estar.

— Vai bora, vai bora — ele diz.

— Não, Jonny, para agora, AGORA. — Eu o agarro e tiro uma pilha de livros da Hannah de suas mãos. — Volta pra cama, AGORA!

Ele parece surpreso, mas fica parado. Um grito de choro irrompe da sua irmã quando o pai dela aparece.

— Que diabos está acontecendo? São duas da manhã. Por que a Hannah tá na sala?

— Ele provavelmente a pegou enquanto ela dormia e a tirou do quarto.

Não é nem um pouco engraçado, mas eu sinto minha boca fazendo um esforço para não sorrir.

— Pra cama, Jonny, agora. Você tem que dividir esse quarto com a Hannah enquanto estamos de férias aqui. Não se atreva a fazer isso de novo. Vem, amor. — Eu pego Hannah no colo e indico o colchão dela no chão com o queixo. — Coloca a cama dela no lugar? — e o meu marido sonolento faz isso.

Ambos voltam para a cama antes que tenham tempo de reagir e eu fico sentada na sala por um tempo enquanto um CD de historinha toca, até que ouço a respiração uniforme dos dois.

SHEILA BARTON

De manhã, Hannah pergunta:
— Eu sonhei aquilo?
— Não — eu digo. — Jonny acha que o quarto deveria ser só dele!
— Ele vai fazer de novo?
— Não, acho que não — respondo, com os dedos cruzados. E ele não faz.

Portanto, apesar de tudo, conseguimos passar uma impressão de "normalidade". Temos férias de veraneio à beira-mar e travessias de balsa, atrações de parques de diversões, sorvetes, *playgrounds*, passeios de barco e máquinas caça-níqueis. Cada evento encerra uma qualidade própria — algo bem diferente do que a maioria das pessoas experimenta —, mas nós estamos lá, visíveis, tirando férias como os outros. Conseguimos viajar de avião uma vez, quando Jonny ainda era pequeno — grudado em mim com um cinto de segurança de bebê —, antes de o autismo tornar-se óbvio, antes de nos transformar em um tipo diferente de família. Voamos para Ibiza com nossos dois filhos e aproveitamos uma semana de Sol. Jonny ainda não aprendeu a andar e passa o tempo cavoucando areia com um balde, sentadinho na praia, ou balançando os braços e as pernas quando está no carrinho, olhando seu irmão nadar. Mas, depois disso, nunca mais tentamos um avião. Não haveria lugar para levar Jonny se ficasse transtornado — e quando a pressão do ar incomodasse os seus ouvidos, tenho quase certeza de que isso aconteceria. Não temos recursos para tirar esse tipo de férias de qualquer modo, então voltamos ano após ano a esses lugares em Devon que reclamamos como nossos.

Pouco antes, na casa ao norte de Devon que alugamos todo ano, acordamos com um dia ligeiramente nebuloso e decidimos visitar uma das nossas atrações favoritas. Levamos um certo tempo para tomar o café da manhã e entrar no carro. Nesse ínterim, o Sol se vai e nuvens cinzentas tenebrosas se acumulam no céu. Mas colocamos um

CD de contos de fada no som do carro e partimos mesmo assim. No banco de trás, as três crianças comem biscoitos e Jonny, com a cabeça contra uma janela, abana seu barquinho. Viajamos ao longo de uma estrada de alta velocidade, com ranchos em ambos os lados, colinas na distância e, depois de meia hora, paramos o carro no estacionamento da fazenda turística que visitamos todo ano. Eu saio e abro as portas de trás, que possuem tranca à prova de crianças e saídas não autorizadas. Gostamos desse lugar — é a mistura perfeita de fazenda e *playground* para nós. Hannah e Ben saltam do banco de trás.

— Vamos, vamos. A gente pode ver as ovelhas?

— Sim — respondo —, vejamos a que horas elas serão alimentadas. Vamos, Jonny.

O rosto dele ainda pressiona a janela, agora embaçada. Parece estar a quilômetros de distância. Abro sua porta com cuidado, o que parece acordá-lo do seu transe. Os outros dois correm pra lá e pra cá, mas Jonny está devagar esta manhã. Solto o cinto de segurança e o puxo para fora gentilmente.

— Chegamos, amor. Vamos lá procurar os cordeirinhos?

Ele permite que uma mão seja segurada por mim e abana o barquinho com a outra. Bob retorna — eu estava muito concentrada prestando atenção em Jonny para notar que ele havia saído.

— Rápido. Estão alimentando os cordeiros agora.

Os outros dois correm com ele e Jonny puxa sua mão da minha. Ele veste agasalho azul e uma camiseta creme. Com oito anos, ainda adora animais. Mais tarde passa a ter medo de cachorros e até dos seus amados cavalos, mas nessa época ainda existe afinidade com seres com os quais não existe necessidade de conversar e nenhum receio de ser incompreendido ao responder. Essa comunicação silenciosa é exatamente o que lhe cai bem. Embora ele tenha soltado a minha mão, caminha comigo em volta dos currais onde os cordeiros são mantidos. Sob um teto alto e ondulado, sentadas em um círculo de feno, crianças excitadas aguardam. Um homem aparece com um balde cheio de mamadeiras e as entrega para elas. Eu sento com o Jonny enquanto observamos os cordeirinhos sendo trazidos. Hannah é a primeira, e ela ri ao segurar a mamadeira, puxada e empurrada pelo cordeirinho que mama. Seus cachos caem sobre o seu rosto, eu pego um elástico da minha bolsa e me inclino para amarrar o cabelo dela. Jonny olha de lado para a diversão. Não há qualquer expressão em seu rosto, mas está abanando o barquinho cada vez mais rápido.

Ben é o próximo, depois Jonny; eu me sento junto com ele quando nos trazem o cordeirinho. Ele se retrai quando o animal chega perto e o cuidador olha para mim.

— Ele vai ficar bem?

— Sim, daqui a pouquinho. Leva um pouco de tempo para ele se acostumar. Ele já fez isso uma vez. — Eu pego a mamadeira e a coloco nas mãos de Jonny, segurando as minhas mãos sobre as dele. Ele não resiste, embora ainda esteja desviando o olhar. — Olha pra ele, amor. — Eu digo, com calma — Olha para o cordeirinho. Ele quer leitinho.

Eu direciono a mamadeira para a boca do cordeirinho e de repente Jonny está olhando, ainda de lado, mas atentamente. Ele empurra a minha mão e por um momento alimenta o cordeiro muito bem. Depois solta a mamadeira e eu deixo que ele se vá, enquanto olho ao redor procurando a próxima criança na fila.

Vamos para a cafeteria comer um bolo e beber algo.

— Foi legal, não foi, Ben? — Hannah diz. — O cordeirinho tomou todo o leite.

— Sim, Hannah.

Eles comem as suas fatias de bolo e me perguntam:

— A gente pode ir no balanço de corda?

— É, pode?

Eu olho para fora em dúvida, o céu parece cada vez mais nublado.

— Melhor ir agora, então — eu digo —, vai chover logo.

O balanço de corda está amarrado a uma árvore, e as crianças podem se balançar por cima de uma pequena vala. Fica no trajeto de uma trilha natural através de alguns campos e eu me certifico de que trouxe a bolsa com as capas de chuva. Mas a chuva mantém distância e Ben chega ao balanço primeiro. Está balançando pra lá e pra cá quando chego com Jonny.

— Minha vez, minha vez — diz Hannah, e seu pai a levanta.

— Pronta? — ele pergunta.

— Sim, vamos, vamos! — ela grita e lá vai ela, balançando, toda corajosa e animada.

— Agora é a vez do Jonny — eu digo. Ele está parado fazendo ruídos e abanando, mas não corre até a corda. — Vamos, Jonny. Segura com força. — Eu o levanto, tiro o barquinho das mãos dele e as coloco na corda. — Você tem que segurar com força. Não solta.

— Será que ele vai ficar bem? — Ben, como de costume, teme pela segurança do irmão.

— Sim — eu digo, com uma autoconfiança que não sinto realmente. Mas não quero que Jonny perca essas experiências, e ele já conseguiu fazer isso. Ele balança pra lá e pra cá com sucesso, gritando, e depois solta as mãos. Eu puxo a corda bem a tempo de evitar que ele caia na vala.

Quando voltamos, as primeiras gotas de chuvas começam a cair.

— Cama elástica, cama elástica! — Hannah cantarola.

— Está começando a chover — eu digo, em dúvida. — Vai ficar escorregadio.

— Não faz mal, a gente vai ficar bem.

Os dois saltam na cama elástica azul e redonda, agarrando um ao outro e rindo. Depois descem, os cabelos molhados grudando na cabeça. Penso em voltarmos para casa agora, mas Jonny sobe na cama elástica decididamente. Tiro seus sapatos e meias e ele salta, perdido na felicidade, para cima e para baixo, para cima e para baixo, seu barquinho abanando na mão, sem se dar conta da chuva que cai.

No dia seguinte, o tempo melhora e nós saltamos a cerca de gado na reserva natural que dá na praia em que Jonny uma vez se perdeu. Enterramos as hastes do quebra-ventos na areia da praia com a ajuda de um dos pedregulhos que formam a imensa serra que cerca essa área. Fixamos o quebra-ventos com mais pedregulhos e nos sentamos. A chuva parou, mas ainda venta. Nuvens brancas passam pelo céu e uma camada fina de areia continuamente em redemoinho paira sobre a praia frisada. À medida que o dia progride, o vento para um pouco e o Sol fica mais forte. Ben e Hannah constroem um castelo, pegam ondas, comem sanduíches, jogam bola e conversam. Ficamos lá por quatro horas e, durante todo esse tempo, com apenas poucos minutos de intervalo para comer algumas salsichas e alguns pãezinhos, Jonny permanece sentado a uma certa distância de nós, ao lado de uma "piscina", soltando pedrinha após pedrinha na água.

— O Jonny tá bem, mamãe?

— Sim, acho que sim. É isso que ele quer fazer.

— O Jonny nunca quer brincar! — ela choraminga.

— Pra ele aquilo ali é brincar — eu respondo. — Ele observa o respingo da água toda vez que a pedra cai na poça.

A cada meia hora mais ou menos, eu me sento ao lado de Jonny e pergunto com a voz calma:

— Jonny? Você quer ir lá no mar? Quer ir com a mamãe e ver as ondas grandes?

Ele me ignora completamente e continua fazendo o que quer. Pega uma pedrinha, segura bem alto por cima da água por alguns segundos, solta e olha o respingo. Repete. Está completamente absorto nessa atividade, sem levantar o olhar durante o ritual. Eu passo nele um pouco de protetor solar regularmente e faço o melhor que posso para espalhá-lo nas suas costas, na barriga e braços, enquanto ele tenta me afastar. Ao fim da tarde, começo a guardar as coisas e digo para os outros dois que se vistam e peguem as coisas. Quando estamos prontos para ir e já dei a Jonny os avisos de dez minutos, cinco minutos e um minutos de antecedência de que estamos indo embora, eu o arranco da areia, tiro sua sunga, coloco seu *short*, camiseta e sandálias e o pego pela mão, pronta para voltar para o carro. Ao vesti-lo, noto que ele está vermelho do lado de um braço, do rosto e do estômago. O outro lado está completamente branco.

A grande atração do Parque Safari Longleat para a nossa família — muito melhor que os leões e o lago para passeios a barco, o labirinto e as estufas, superando até mesmo o brilhante *playground* de aventura (bem, ao menos para uma das crianças) — é a exposição do Doctor Who[4]. O quarto de Ben é todo decorado; seu edredom e suas fronhas, suas camisetas e seus moletons: tudo tem figuras de personagens e monstros do seriado. Ele desenha, faz modelos e filmes de seu aventureiro favorito, e nós regularmente visitamos essa atração no parque temático mais próximo. Já vimos as exposições e jogamos os jogos interativos em várias ocasiões. Jonny é paciente, considerando as circunstâncias. Ele tem apenas sete anos e adora as passarelas elevadas, escorregadores do *playground*, o trenzinho e o sorvete que tomamos em frente ao lago. Mas ele consegue tolerar a fila lenta em volta da exposição. Isto é, até que algumas crianças excitadas demais na nossa frente, que saíram com seu pai, param por muito tempo na frente da TARDIS. Jonny fica impaciente e as empurra para que continuem andando. Elas se viram e olham para ele, depois olham para o pai. Eu me desculpo como posso.

— Oh, desculpe. Ele não machucou você, machucou? Jonny, não é pra empurrar, você vai machucar os outros. — Eu olho para o pai.
— Desculpe, meu filho é autista. Ele não entende que não se deve empurrar.
— Então ele não devia sair de casa — ele diz, com um forte sotaque irlandês. — Você deveria deixá-lo em casa se ele não sabe como se comportar.

---

[4] — *Doctor Who* é um seriado britânico de ficção científica, no qual um "doutor" alienígena assume uma forma humana e viaja no tempo por meio de uma cabine telefônica, chamada "TARDIS". O arqui-inimigo recorrente de Doctor Who é uma raça de alienígenas robóticos, os Daleks, que buscam exterminar todas as formas de vida. (N.T.)

Levo Jonny para fora, nos sentamos e esperamos pelos outros antes de seguir adiante, aliviados, para o *playground* de aventura. As pessoas nos olham muito. Às vezes fazem "tsc-tsc". Na piscina, que Jonny adora e à qual o levo regularmente, toda visita é uma batalha de vontades entre alguns dos presentes e mim. Ele gosta de ficar perto de uma das escadinhas na parte rasa e saltar várias vezes na água. Sua alegria não tem limites por submergir várias vezes seguidas, a água cascateando sobre seu corpo. Ele não parece sentir o desconforto de mergulhar que incomoda tanto seu irmão e sua irmã. Não há gritos de aflição quando a água entra em seu nariz ou em seus ouvidos. Jonny e a água formam um todo indivisível, um perfeito matrimônio de duas metades que se atraem entre si. Eu fico por perto, perguntando se alguém quer usar os degraus para entrar na piscina. Ele é bonzinho, embora a impaciência por ter seu ritual interrompido seja clara, e espera que eu diga que ele pode continuar. Não está machucando ninguém, eu acho, e é bom para ele aprender a esperar as outras pessoas entrarem.

Mas é sempre a mesma coisa. Depois de um certo tempo, algum visitante sempre vem falar com a gente. Eu acho que sei o que está acontecendo. Eles ficam perturbados com a estranheza da brincadeira — não porque ele esteja fazendo algo mais perigoso ou mais antissocial do que as outras crianças e adolescentes na piscina. Apenas o fato de ser estranho é que os perturba. Acho que não pensam em mais nada além disso. Vejo um jovem com o uniforme do centro de lazer se aproximando.

— Você pode pedir para ele parar de fazer isso, por favor?
— Por quê?
Ele parece surpreso que perguntei.
— Porque é perigoso.
— Perigoso como? Ele só está pulando na água. — Olho ao meu redor e mostro com as mãos. — Várias outras crianças estão pulando também.

VIVENDO COM JONATHAN

Ele olha para mim em dúvida e hesita por um momento antes de responder.

— As pessoas podem querer usar os degraus.

— Ele para sempre que alguém quer entrar pelos degraus.

— Você tem que pedir para ele parar, sinto muito. Eu acho que é perigoso e não posso garantir a segurança dele a não ser que você faça com que ele pare.

Porém, geralmente as pessoas são gentis. Algumas fazem todo o possível para vir e falar com Jonny, embora ele geralmente as ignore. Em uma viagem de navio para Bath, ele é dispensado de pagar a passagem e todos o ajudam a entrar e a sair com muita sensibilidade. No Center Parcs da floresta Longleat eles ficam de olho nele, mas não o interrompem quando está subindo nos degraus da piscina para pular na água, nem o incomodam de qualquer outra maneira. O apito é soprado frequentemente para avisar às outras crianças que saiam das pedras ao lado da piscina, mas ele nunca chega perto delas, e é um alívio ver os filhos de outras pessoas serem advertidos para que deixem de fazer algo, e não o meu menino. No *resort* de Weston-super-Mare, o dono de um barco na forma da locomotiva Thomas espera pacientemente enquanto Jonny demonstra sua hesitação ritual antes de subir a bordo. Na abadia de Tintern, as pessoas sorriem quando esse rapaz de vinte e cinco anos satisfaz sua atividade favorita: pular em poças d'água.

— Você gosta de poças, então?

Silêncio.

— Ele gosta de poças. — Dizem para mim.

— Sim, ele gosta. Adora, não é, Jonny?

Ele me ignora, sorrindo muito, e o estranho e eu sorrimos educadamente um para o outro antes de seguirmos nossos caminhos.

Em restaurantes, outros clientes perguntam a ele:

— Está gostando do seu prato?

Eu respondo por ele, mas é bom saber que as pessoas são gentis.

É um dia fresco de fevereiro, Hannah e Jonny estão de férias. Jonny tem quinze anos e Hannah, dez. Bob viajou para algum lugar e a semana tem se arrastado. Andei me perguntando — repassando várias vezes em minha mente — se consigo levar os dois de trem para Londres sozinha. Estou nervosa. Se Jonny ficar transtornado, pode ser muito problemático se não houver outro adulto para ajudar ou levar Hannah para longe do problema, e isso pode acabar sendo muito difícil para ela. Fico remoendo na minha cabeça por alguns dias, incapaz de tomar uma decisão, até que a minha filha diz:

— Vai, mamãe, vamos tentar.

Então, tentamos. Faço sanduíches para levar no trem, falo com Jonny sobre o que vamos fazer, verifico se o Aquário de Londres estará aberto, estudo o mapa do metrô, me certifico de que o cartão de estacionamento para deficientes está no carro e acordo Jonny e Hannah cedo para ter bastante tempo de dirigir até a cidade, estacionar o carro e comprar as passagens de trem. Chego com bastante antecedência para ter tempo de encontrar uma vaga para estacionar, mas achamos uma imediatamente; a antecedência serviria também para compensar o tempo que Jonny leva em sua hesitação para sair do carro, mas ele sai imediatamente. A sedução dos trens! Considero o tempo na fila para comprar as passagens, mas só há algumas poucas pessoas na fila e, então, sobra bastante tempo para subirmos a escada até a plataforma. Jonny pegou o ritmo agora e já sobe a escada rapidamente. Por fim, acabamos tomando um trem que sai mais cedo.

— Está chegando, Jonny. O trem está quase aqui.

Ele abana a embalagem de um pacote de doces, olhando para cima e para os lados, a cabeça rígida, excitado, depois rasga a embalagem em pedacinhos e me dá. Fica chateado porque coloquei tudo no meu bolso — pois, na verdade, deveria ser jogado no lixo, ele sabe a regra. Porém, como o trem está chegando e parando, ele aceita que devemos esperar para jogar fora corretamente. A porta do trem se abre, eu seguro o braço de Jonny e lhe digo para entrar. Nós subimos no último degrau do trem e eu me viro para dar a mão para Hannah. A estação está cheia de crianças e pais, mas nós conseguimos entrar sem incidentes e encontramos lugares para sentarmos juntos.

— Tudo bem, amor?

— Sim, mamãe, estou ótima.

Quando o trem parte passamos rapidamente por um túnel e chegamos à zona rural. Tiro a jaqueta de Jonny, subo no meu assento para alcançar o compartimento em que coloquei todos os nossos casacos e pego os sanduíches e o suco de uva. Seguro a garrafa com cuidado para encher os copos e o trem continua acelerando. Hannah tira da mochila algumas bonecas para brincar e Jonny, depois de se assegurar de que guardei todas as coisas do lanche corretamente, coloca o rosto contra a janela e um círculo embaçado logo se forma.

Chegamos a Paddington e eu deixo que as outras pessoas saiam e se amontoem na porta de saída antes de dizer para o meu filho relutante que é hora de descer. Na plataforma, Jonny olha para o alto e vê a abóbada de vidro acima dele, de onde vêm os sons dos alto-falantes da estação, os apitos dos guardas, os bipes dos caminhões e a chamada de passageiros, tudo girando e ecoando. Andamos devagar ao longo da plataforma. Um trem parte e Jonny o observa atentamente, parado. Minha filha olha ansiosamente para mim, mas eu digo:

— Ele só está excitado com o trem. Não se preocupe. Tá tudo bem. Jonny está tendo um dia lindo.

Escondo minha ansiedade quanto ao metrô. Não acho que Jonny terá algum problema com ele. Uma vez eu o levei ao Hospital Maudsley para uma consulta com um médico que era especialista em autismo e depois passamos o dia todo juntos sem nenhum contratempo. Jonny tinha gostado dos trens do metrô, exceto por um momento, quando alguns pombos voaram para dentro do vagão. Ele está bem maior agora, porém. Na época, eu ainda poderia colocá-lo no carrinho de bebê se ele ficasse cansado. Se algum problema mais sério ocorresse, era só pegá-lo no colo. Agora, eu teria de negociar, e há momentos com Jonny muito distantes de qualquer possibilidade de negociação. Hannah, sim, sempre fica nervosa no metrô, e ela parece um pouco estressada quando nós descemos novamente para pegá-lo após uma breve parada na loja do Ursinho Paddington na estação. Mas ela se sai bem, assim como Jonny, que sobe e desce bem quietinho das escadas rolantes, entra e sai dos trens sem problemas até chegarmos à ponte de Westminster.

Aqui, o tráfego de carros flui rápido e, olhando para o Big Ben que se projeta sobre nós e as embarcações fluviais abaixo, estamos todos excitados. Ainda está nublado e frio, mas não chove, e à medida que atravessamos a ponte eu percebo que há poucas crianças de férias por aqui. As multidões que eu esperava encontrar no aquário, com seus gritos e risadas e pedidos de doces, me deixaram um pouco preocupada. Mas quando chegamos, após uma breve caminhada pela ponte e muitas paradas para olhar os barcos, o aquário está quase deserto. As férias em Londres acabaram uma semana antes. Que sorte! Pegamos uma fila muito pequena, mas um atendente se aproxima de nós e Hannah e eu olhamos nervosamente para Jonny, esperando que algo dê errado depois dessa viagem tranquila. Mas trata-se de um homem adorável, londrino, que diz:

— Venham por aqui, queridas. Deficientes têm prioridade. Precisam de alguma ajuda?

— Eu acho que tenho que levá-lo ao banheiro. Vocês têm um banheiro para deficientes aqui neste andar?

— Bem aqui, querida. Vou abrir para você. Você e o seu irmão estão preparados para o dia? — ele pergunta para Hannah, e ela faz que sim.

Depois de ir ao banheiro, entramos no aquário e passamos as duas horas mais mágicas que se poderia imaginar. Está quase tudo deserto — nenhuma multidão, nenhum grito, nenhuma dificuldade para se ver tudo. Podemos ficar o tempo que quisermos em cada tanque ou passar rápido se algo não nos interessar. Jonny está muito, muito feliz.

Percebo que o aquário tem tanques enormes que descem pelo prédio e cada andar foi concebido em volta do mesmo tanque, de modo que a gente pode ver as mesmas coisas várias vezes de ângulos e alturas diferentes. Sentamos na semiescuridão em um dos andares e observamos tubarões chegarem várias vezes bem perto do vidro e esfregarem o nariz. Hannah aperta minha mão da primeira vez, mas ri aliviada quando percebe o que está acontecendo. Jonny olha e olha — as bolhas, algas, peixes e tubarões. Ele pode sentar-se no chão se quiser, ou ficar com o rosto colado no vidro sem incomodar ninguém. Em um tanque pequeno simula-se o movimento das ondas e, depois de algum tempo por ali, pergunto-me se conseguiremos ir embora de lá. O rosto de Jonny, encostado na parte do tanque em que as ondas quebram contra o vidro e se transformam em espuma branca, demonstra uma alegria sem limites. Por fim, conseguimos sair e, andando sob a abóbada de um tanque iluminado, olhando para cima e vendo as partes de baixo das arraias e dos tubarõezinhos ele para, fascinado pela luz, pela água e pelo movimento. Fica sentado quietinho em um banco enquanto Hannah alimenta outro cardume de arraias em um tanque aberto enorme e circular, em que a equipe do aquário descreve os peixes, como vivem, que os "olhos" não são olhos, mas um mecanismo para assustar os predadores.

Na cafeteria, sentamos à uma mesa e eles comem panquecas com suco enquanto eu tomo café.

— Gostou? — Pergunto a Hannah.

— Foi ótimo, e o Jonny tá sendo brilhante — ela responde.

— Sim, temos sorte que as férias das crianças de Londres acabaram semana passada. O Jonny está se divertindo muito. Obrigada por me fazer vir.

Ela parece feliz, mas não responde. Na loja eu compro um livro e um peixe de plástico para ela, e depois saímos do aquário no meio da tarde. Andamos ao longo da barragem e atravessamos a ponte de Charing Cross. Nosso ritmo é mais vagaroso agora. Os dois estão cansados. Mas chegamos à praça Trafalgar e observamos por algum tempo as fontes e as pessoas alimentando pombos. De repente, percebo que estou exausta e que os dois parecem abatidos.

Penso que já é o suficiente e, em um momento inusitadamente esbanjador, chamo um táxi e entramos. O motorista é outro senhor extremamente bondoso.

— Espera, querida, vou te dar uma mão. — Ele estende o braço para Hannah, coloca nossa bolsa no assento e me ajuda com Jonny.

No trem de volta para casa, que está muito mais cheio de gente, encontramos nosso primeiro estraga-prazeres do dia. Só consegui encontrar uma mesa com três assentos livres e uma mulher jovem já ocupa o quarto. Embora haja vários assentos individuais livres, Hannah tem que se sentar ao lado dela. E, na nossa frente, ela fica bufando de irritação para cada um dos movimentos, caretas e ruídos que Jonny faz, até que, felizmente, ela desce em Swindon. As outras pessoas olham de soslaio quando ela suspira alto e levanta as sobrancelhas. Quero pedir a ela que pare de franzir o cenho para Jonny toda vez que ele faz um barulho estranho ou rasga algum papel, mas não me importo realmente. Desde que consigamos percorrer esse último trajeto da volta sem incidentes, nosso dia feliz terá corrido sem problemas — um feito de proporções consideráveis, dadas as circunstâncias.

Vários meses depois, no exame de Jonny no internato, conto para as pessoas presentes sobre nossa viagem.

— Você levou Jonny para Londres e para o aquário em um trem sozinha? — pergunta um psicólogo educacional incrédulo.

— Não sozinha, minha filha me ajudou — eu respondo.

O Center Parcs é bom para Jonny. Os casarões são robustos e não têm decorações. Embora sejam dispostos lado a lado, foram projetados para ser privados. À medida que Jonny vai ficando mais velho, passa a adorar o canal de televisão em que são tocados vídeos musicais. Ele fica sentado assistindo enquanto eu preparo os lanches de piquenique. Depois sentamos, mais ou menos no mesmo lugar durante a maior parte do dia, e comemos, olhando a máquina de ondas e curtindo a água. Jonny visita o Parc mais próximo durante muitos anos, com combinações diferentes de pessoas. Quando é jovem, ainda sai para as piscinas aquecidas, mesmo à noite, mesmo quando está nevando. À medida que vai ficando mais velho, torna-se mais sóbrio, menos aventureiro, mais passivo e mais fixado em suas rotinas.

Hannah e eu o levamos de novo ao Parcs, ele está com vinte e quatro anos de idade. Quando entramos de carro, seus olhos se acendem e ele diz em voz baixa:

— Feriado.

Dentro do casarão, desfazemos as malas e comemos nossa primeira refeição. Ainda dá tempo de ir até a piscina para nossa primeira sessão e Jonny, muito bonito de jaqueta de couro, anda sob as árvores escuras ao longo da trilha com luzes nas beiradas, evitando adultos e crianças de bicicletas, até que alcançamos a cúpula. Trocamos de roupas nos cubículos apertados, enfiamos nossas roupas nos armários do vestiário, inserimos as moedas que eu me certifiquei de trazer e lavamos os pés. Achamos uma mesa de plástico com cadeiras bem ao lado da piscina e sentamos. A escuridão fora da cúpula de vidro contrasta com as luzes debaixo da água e dos lados da piscina, transformando o teto em um enorme espelho côncavo. Jonny quer ficar sentado e observar, mas Hannah e eu nos afundamos na água quente e boiamos, olhando para cima, para o retrato mágico do nosso mundo abaixo, água azul, folhas verdes enormes, rochas e luzes.

Quando Jonny era mais jovem, ele entraria imediatamente, mas é fácil ficar de olho agora que ele está mais velho. Eu saio da água e me sento ao lado dele. Ele está sorrindo, calmo, observando. Pego um livro e leio em paz. Uma sirene toca, e o rosto de Jonny se ilumina ainda mais.

— Ondas, Jonny — eu digo —, quer entrar?

Ele não quer, mas observa cada vez mais excitado quando a máquina de ondas começa a funcionar. A tranquilidade desse horário, quando as crianças menores já estão na cama, é interrompida por pessoas que saem das rampas, das piscinas menores, das cafeterias, das mesas e cadeiras de praia para pular nas ondas. Hannah decide sair. A piscina está muito cheia, então sentamos e ficamos observando.

— Ele não quer entrar?

— Não, parece que não. Talvez ele esteja um pouco cansado. Está gostando de ficar olhando, não é, Jonny?

Disso não há dúvida. A máquina de ondas solta curvas de água maiores e mais rápidas em nossa direção, quebrando contra as paredes da piscina e envolvendo crianças nas correntes de água. Apesar dos gritos e risos da molecada, Jonny fica cada vez mais excitado, está se divertindo muito, até que, de repente, a máquina para tão rapidamente quanto começou e as pessoas se afastam.

— Bolhas — ele diz. — Mamãe.

Esse amor por banheiras de hidromassagem nunca passou. Levantamos e vamos até lá, à sombra das árvores. Descemos os degraus, segurando a corda. As crianças olham para Jonny, mas ele está muito concentrado. Vamos para o lado e sentamos no banco de pedra dentro dessa piscina pequena, circular. A água está bem quente — quase estraga a sensação da outra piscina, mas eu sei que vamos ficar aqui por muito tempo. A água está parada e a piscina, vazia.

— Bolhas.

— Elas vão começar daqui a pouco — eu digo.

Ao soar de um ronco sob a água, Jonny olha para baixo excitado. Engole um pouco de água e cospe.

— Não faz isso — eu sussurro, mas ele está distraído agora.

As bolhas sobem do fundo da piscina e se espalham pelo círculo, tornando-se maiores e maiores. Mais pessoas entram, mas eu resisto às tentativas de fazer com que nos apertemos. Evito contato visual e mantenho nosso espaço. Jonny está muito feliz. Eu me afundo no mar de bolhas, deslocada do meu assento por conta de sua força. Vejo Hannah aparecer no topo dos degraus e fazer um gesto indicando que vai tirar fotografias. Ela acena com a cabeça e pega a câmera. Posiciona-se sobre nós e tira várias fotos de Jonny, concentrado e sorrindo, cercado pelo movimento branco das bolhas.

Hannah entra com a gente quando as bolhas cessam e esperamos novamente na calmaria de alguns minutos antes que comecem de novo.

— Bolhas. Logo.

Ele enche a boca de água, olhando para mim e esperando uma reação.

— Não faz isso — eu digo, sem confiança. Ele não faz. Depois de uma hora eu olho para as minhas mãos. Estão enrugadas de tanto ficar na água. — Vamos sair logo, Jonny? — pergunto.

— Bolhas depois.

— Vamos voltar para o casarão. O Ben vai chegar amanhã.

De volta ao casarão, Jonny entra novamente na água. Apesar de ter passado uma hora mais ou menos na banheira de hidromassagem, ele ainda quer tomar o seu banho. Mas é fácil aqui, com o banheiro vazio, sem nada para jogar na privada, que fica em outro lugar de qualquer modo. Radiadores na parede secam as roupas de banho e as toalhas. Depois do banho eu leio para ele, e então me aconchego com minha filha e um agradável copo de vinho na mão.

De manhã, sou arrancada do sono pelo som de movimentos no quarto de Jonny. Nenhum som no quarto de Hannah. Faço café e sento na cama com a porta aberta, esperando quando ele estiver pronto para aparecer. Depois de meia hora de espera — tempo para ele se lavar e se vestir —, ele aparece. Eu trouxe, como sempre trago, seu edredom à prova d'água e muitos pijamas. Porém, Jonny dormiu a noite toda — um novo avanço, que me traz muito alívio. Eu ainda durmo, como meu segundo marido me diz alguns anos depois, com um olho aberto, pronta para entrar em ação.

O fedor, quando ele aparece, é terrível. Eu o coloco na banheira o mais rápido possível, depois de enfiar os lençóis e as roupas de cama fedidas (as quais Jonny assiduamente remove antes de pensar em ir ao banheiro) em uma tina de plástico comprada com esse objetivo e deixado no corredor. O banheiro é ladrilhado e serve-nos muito bem. Após o banho, eu o ajudo a se vestir e sirvo o café da manhã para ele. Depois encho a banheira com um detergente forte e lavo os lençóis. Lavo e enxáguo, depois tiro tudo para fora e coloco ao lado dos radiadores maravilhosos. A essa altura, Hannah já levantou e se vestiu. Enquanto isso, eu preparo o piquenique do dia e Jonny olha garotas seminuas pulando e se esfregando com música *pop* no canal de vídeos. Ele sorri.

— Meu Deus, ele adora isso, não é? — Hannah diz. — É horrível!
— Sim e sim.

Depois de algumas horas no mesmo lugar da piscina, pontuadas pelo lanche com sanduíches e batatinhas e seguidas ritualisticamente pela hora na hidromassagem, saímos dirigindo pela floresta até a estação de trem mais próxima para pegar Ben. Estou muito feliz pela companhia das minhas duas outras crianças. Eu tinha planejado fazer essa viagem com um homem que parecia ser um caso permanente, mas que acabou sendo temporário. Fico em um estado de culpa duradouro por causa disso, pois sinto que Jonny não deveria ser exposto a relacionamentos temporários, mas ele e os outros, pelos quais também sinto culpa, não parecem se importar nem um pouco. De volta ao casarão, Ben e Hannah desaparecem como de costume no quarto dela e em seu mundo privado de risos, músicas e referências que não entendo, de filmes e programas de televisão com os quais não tenho familiaridade. Acendo a lareira e sento com meu copo de vinho, escutando com um ouvido e com o outro à deriva na alegria do silêncio.

VIVENDO COM JONATHAN

No dia seguinte repetimos a programação do anterior, mas desta vez Ben e Hannah desaparecem por longos períodos de tempo, descendo por escorregadores de água e saltando nas piscinas externas frias e quentes. Ben se preocupa porque Jonny está só olhando em vez de fazer alguma coisa. Ele se lembra dele como a criança mais nova que ficava na água o tempo todo. Com isso, eu fico me perguntando se não joguei dinheiro fora. Mas Jonny está feliz e estamos todos juntos, então acho que não. Será que realmente importa que ele prefira olhar a água a entrar nela? É o que eu geralmente faço quando vou à praia. De vez em quando, tento encorajá-lo a entrar, mas ele é muito seguro sobre o que quer fazer — observar, especialmente as ondas, e depois entrar nas bolhas por um longo período junto comigo.

No dia seguinte levamos Ben de volta para a estação. É a primeira vez que fui ao Center Parcs e tive de sair — dirigindo para lá e para cá para pegar as pessoas. Estou muito cansada, mas acho que vale a pena tê-los todos juntos comigo, para que Jonny passe algum tempo com seus amados irmãos.

— O Jonny não parece muito feliz de me ver.

Dirijo por estradas do interior mal iluminadas, com ambos os meus filhos no carro. Hannah ficou assistindo a um vídeo.

— Ele está feliz de ver você — eu digo. — Está feliz, não está, Jonny?

— Acho que não.

— Não, por favor, não diga isso. Jonny ama você, não ama, Jonny?

Jonny permanece impassível. Chegamos à estação.

— Obrigado por vir com a gente — eu digo. — Nos veremos logo.

Ele sai do carro e entra na estação. Ligo o motor e começo a viagem de quarenta e cinco minutos para voltar. É tranquila, e Jonny cochila um pouco. Quando estacionamos o carro sob os abetos, digo:

— Voltamos ao Center Parcs, Jonny. Vamos lá falar com a Hannah.

— Ben — ele diz.

Fazer as malas para voltar é difícil e me sinto nervosa. Nosso cartão azul de estacionamento para deficientes nos dá o direito de estacionar ao lado do casarão, de tirar as malas e deixar o carro lá até que tenhamos de carregar tudo de novo. Sou a favor da política de não se permitirem carros no Center Parcs, das caminhadas, das bicicletas e dos trenzinhos que você pode pegar. Mas nas raras ocasiões em que Jonny se recusava a andar, era ótimo saber que eu poderia levá-lo de carro para a piscina ou para longe de situações difíceis. Há veículos de manutenção por aqui de qualquer maneira, e os carros que pertencem aos visitantes deficientes devem andar muito devagar. Mas quando a nova gerência assumiu, e nesta era da Lei contra a Discriminação de Deficientes, esse direito foi posto de lado. Ao parar o carro ao lado da janela de registro para receber o número do nosso casarão e as chaves na entrada, a mulher obviamente sentiu pena de mim e deu um jeito para que me fosse permitido estacionar o carro no casarão por um tempo extra.

— Não se preocupe — ela disse. — Você não vai precisar do seu carro no Parc. Temos carros para transportar pessoas deficientes agora. Você só precisa pedir para o pessoal da piscina chamar um.

Mas essa é apenas uma meia verdade, para dizer o mínimo. Em nossa primeira noite, depois de termos chegado, desfeito as malas e saído para um "mergulho", Jonny parece muito cansado. Então eu vou até a cabine principal e peço para chamar um carro. Eles me dizem que vamos ter de esperar quarenta e cinco minutos por ele.

— Está brincando? — pergunto.

Mas os rostos dos atendentes dizem que não.

— Você está me dizendo que eu não posso usar meu carro para transportar um homem deficiente, mesmo que já tenhamos vindo aqui várias vezes e sempre pudemos usar o carro? Vocês me dizem que vão cuidar do transporte e depois, quando eu peço para chamar um carro, há uma espera de quarenta e cinco minutos?

Eles fazem que sim. Hannah e eu conseguimos levar Jonny de volta com a ajuda de um pacote de doces e muitas paradas. Percebo que a conversa que acabei de ter com aquelas pessoas significa que só há *um* carro aqui para pessoas deficientes. Parece uma mensagem óbvia: vocês não são mais bem-vindos.

Na manhã de segunda-feira, depois de fazermos as malas para voltar para casa, Hannah fica com Jonny enquanto eu vou até o estacionamento e volto pela fila rastejante com meu carro. Sem ela eu não teria conseguido fazer isso, e desde então nunca mais voltamos. É triste, pois éramos clientes que pagavam muito bem, porque nos divertíamos lá e porque é importante que nossos filhos estejam por aí no mundo, visíveis, participando da sua existência. Eles têm o direito, como todos os outros, de usufruir do que o mundo tem a oferecer, de serem vistos, de serem pessoas por sua própria conta, de tomar parte. Eles podem vivenciar as coisas de maneira diferente, parecer um pouco estranhos, precisar de apoio para lidar com as coisas, mas é importante que estejam aqui, entre nós, lembrando-nos de que a homogeneidade não é real ou possível, nem mesmo desejável, que a diferença é aceitável e é uma parte importante desse mundo no qual vivemos nossa vida.

CAPÍTULO OITO
OBSESSÕES

Começa com "engarrafamento", uma das poucas expressões que Jonny ainda usa. Em um dia como qualquer outro; em uma manhã como qualquer outra, brincando com carrinhos, ônibus e trens de brinquedo, empurrando-os em pequenas pistas, descendo a rampa da garagem de brinquedo e zunindo pelo chão; em um dia normal, depois que Ben foi para a escola e nós voltamos para casa para lavar os lençóis, eu me viro da pia e vejo uma fila de carrinhos e caminhões de brinquedo serpenteando de maneira quase bela pelo tapete. Foi naquela manhã ou em outra mais tarde que a minha ruptura acidental da fila de carrinhos causou grande fúria e transtorno, fazendo o corpo rechonchudinho de Jonny tremer de indignação? Quando ocorre essa mudança quase imperceptível de algo que se aproxima de uma brincadeira normal para um enfileiramento obsessivo de carrinhos e caminhões de brinquedo? Foi na mesma época em que paramos de ler livros inteiros, abraçados nas cadeiras dobradiças? Quando, em vez disso, uma página é aberta ao acaso em uma figura de comida ou de um escavador ou trator, e não podemos virar esta página? Como eu podia saber que a construção de "torres" de tijolos — tão normal para crianças pequenas — se tornaria uma atividade governada por uma sequência estrita e à qual sentimentos profundos estão ligados? Que as coisas têm de acontecer do mesmo modo várias e várias e várias vezes?

Mais tarde, eu categorizo as obsessões em três agrupamentos, grosso modo, do que eu acho que lhe proporcionam. Há obsessões que usam a ordem e a repetição para gerenciar um mundo caótico, um mundo no qual você não sabe o que vai acontecer depois. Há obsessões que filtram as sensações e bloqueiam estímulos sensórios assustadores ou incontroláveis. Há obsessões que criam uma sensação de prazer para substituir aquilo que foi bloqueado. Há obsessões que completam, terminam coisas para que se possa ir para a próxima atividade em segurança. Tudo isso torna o mundo imprevisível e assustador um lugar muito mais seguro.

Os "engarrafamentos" criam ordem. Ficam sob controle de maneira agradável, são tranquilizantes de olhar. Manhã após manhã, imediatamente depois de levarmos Ben para a escola, Jonny deita-se no chão com seu balde de carrinhos e cumpre essa tarefa com alegria. Eu olho para sua massa de cachos dourados e observo em silêncio. Suas mãozinhas rechonchudas trabalham bem rápido e de modo premeditado, seus olhos azuis estão atentos. Está completamente absorto. Quando a fila é completada — cada carrinho com o para-choque na parte traseira do carrinho da frente —, ele fica sentado com uma expressão ausente, seus pensamentos aparentemente muito distantes. A fila deve ficar no mesmo lugar — por essa época, sua raiva começou a ficar incontrolável — até ele ir para a cama. Ele parece não se importar que toda manhã o ritual deva se repetir. Na verdade, à medida que os anos passam, fica claro que a natureza repetitiva dessas atividades é uma parte intrínseca do seu valor, o que lhe proporciona seu próprio conforto.

Os engarrafamentos são problemáticos porque são estranhos e podem ser um tanto inconvenientes, quando, por exemplo, os pais de outras crianças nos visitam e suas crianças pegam os carrinhos para brincar, o que resulta em um vulcão de emoções. Algumas das obsessões de Jonny são desagradáveis — como ficar meio enjoado após cada refeição, o que faz com que ele vomite no tapete ou na cadeira se o acesso ao banheiro lhe é negado —, mas, no geral, elas não tornam a vida impossivelmente difícil. Algumas pessoas têm filhos autistas que só comem alimentos de uma certa cor, ou que só podem vestir as mesmas roupas sempre na mesma ordem todo dia e recomeçam o ritual várias e várias vezes se a menor variação ocorrer durante o processo. Às vezes, porém, as obsessões de Jonny têm de ser gerenciadas para não inibir a vida no dia a dia e prejudicar experiências agradáveis.

Em uma segunda-feira instável, vamos visitar uma amiga em Devon. A viagem envolve três trens, um dos quais passa ao longo do litoral. Certifico-me de que Jonny sente-se no lado em que vai poder ver as ondas; quando elas quebram contra o trilho, ele e Hannah ficam tão excitados quanto eu imaginava que ficariam. Quando chegamos ao nosso destino, descemos do trem e aspiramos o ar salgado. Nossa amiga nos espera na plataforma e Hannah, agarrando um coelho de brinquedo, corre até ela. Todos nós andamos pela cidade, devagar, no ritmo de Jonny, e paramos para sentar em um parquinho e observar os cisnes deslizando pelo riacho que flui através do parque até o mar.

— Aqui está! — nossa amiga anuncia orgulhosamente, e entramos no lindo chalezinho que ela comprou.

Jonny está sentado quietinho abanando seu barquinho, enquanto fazemos brindes à casa com vinho prosecco e suco de laranja. Depois do almoço, conseguimos sentar no jardim por algum tempo. Jonny quer ficar sentado dentro do chalé e, como sempre acontece quando temos companhia, examino a acomodação para verificar se ele pode ficar lá dentro sem incidentes. Confiro regularmente se está tudo bem e ele parece ótimo — está quieto. O dia passou incrivelmente bem — sem xixi na calça ou ataques de raiva. Olho para o meu relógio e digo:

VIVENDO COM JONATHAN

— Provavelmente precisamos ir agora. Jonny pode demorar na caminhada de volta até o trem.

E entramos no chalé. Minha amiga mandou fazer um sofá e poltronas para sua salinha de estar. Elas ficam em posição angular e formam um semicírculo confortável, com seu glorioso padrão persa vermelho destacando-se em meio às demais decorações habituais, menos chamativas, livros e plantas. Só que agora estão todas alinhadas contra uma parede. Eu perco o fôlego quando vejo meu filho de oito anos empurrando e forçando os móveis uns contra os outros com uma exasperação crescente porque a parede não é longa o bastante para alinhar tudo perfeitamente. Jonny também fechou as cortinas em uma tentativa de impor ordem ao que para ele é uma sala ridiculamente caótica, e rapidamente começo a empurrar os móveis de volta para o lugar onde deveriam estar. Jonny fica agitado, mas conseguimos colocar as coisas mais ou menos no lugar em que ficavam e saímos da casa.

Na próxima vez que Jonny visita esse chalé, está com vinte e poucos anos. Pegamos o trânsito da via expressa e dirigimos até Devon, onde devo dizer à minha amiga que meu casamento está arruinado. Enquanto ela chora, aparentemente mais aflita por ela do que por nós, Jonny entra de mansinho no estrado do jardim, onde enfrentamos gaivotas agressivas para almoçar, e vomita no lindo canapé dela. Eu limpo discretamente. Não temos motivo para voltar lá outras vezes.

O quarto de Jonny em casa é muito simples, desprovido de decoração e bugigangas, embora haja muitas fotos nas molduras Perspex ou pregadas em um quadro. Jonny gosta de fotos. Há alguns livros em pilhas alinhadas cuidadosamente, colocadas exatamente em paralelo às paredes. Às vezes Jonny passa longos minutos mexendo e empurrando esses livros, reorganizando-os e reordenando-os com uma agitação cada vez maior. Parece que há um padrão dourado que eles nunca alcançam em termos de ordem. Seu gravador, alinhado em paralelo à borda da cômoda e empurrado contra a parede, tem de estar desligado e colocado em uma bolsa particular na sua estante quando ele termina de usar, não importa quão tarde seja. Seu roupão de banho deve ficar pendurado no gancho pela ponta do colarinho, não pela alça feita para esse propósito; as luzes devem estar acesas ou apagadas, as cortinas abertas ou fechadas, em um tipo de sequência que ainda não decifrei.

Jonny tem dezenove anos quando vai morar na sua casa atual. Na primeira vez que o visitamos para um dia de passeios, ele demora vinte minutos para sair. Vários dos moradores assistem à televisão em uma sala de estar grande, com móveis resistentes — sofás de couro em estruturas de madeira sólida, posicionados contra as paredes —, a televisão grande em um armário forte de madeira, venezianas e cortinas floridas. Jonny está sentado entre eles. Ele nos vê na entrada, embora não reaja. Depois de uma curta pausa, ele se levanta.

— Oi, Jonny — eu digo. — Pronto para ir?

Ele hesita.

— Vamos lá, vamos sair de carro — eu falo com carinho. — Vai ter música e chocolates.

Ainda assim ele hesita. Depois, de repente, corre até as janelas e fecha as venezianas. Antes que eu possa alcançá-lo, ele puxa as cortinas para fechá-las.

— Jonny! — eu protesto. — E os outros, como ficam?

Ele empurra o canapé ainda contra a parede. Desliga a televisão e fecha as portas do gabinete. Vai até a porta e apaga a luz. As outras pessoas na sala permanecem sentadas impassivelmente, não reagindo de modo algum a esse espetáculo, embora seu programa de TV tenha sido interrompido de repente. Então Jonny bate a porta e fica parado no corredor. O olhar de ansiedade intensa desapareceu do seu rosto e ele quase corre até a porta de saída. Seu assistente principal levanta os olhos para o teto.

— Jonathan — ele diz — saiu do edifício.

VIVENDO COM JONATHAN

Girar e abanar objetos os deixam cansados, mas é um modo muito eficaz de bloquear e filtrar sensações de som, toque, luz e atividades confusas em geral. Dedos nos ouvidos também ajudam. Jonny consegue fazer todo tipo de coisa com seus dedos enfiados firmemente nos ouvidos. Bater palmas, às vezes uma forma de expressar prazer e alegria, é também uma barreira eficaz e autoestimulante. Jonny bate muitas palmas. Obsessões que geram sensações prazerosas incluem esticar e girar molas de metal, o que exige que tenhamos um grande estoque delas para substituir as que ficam irremediavelmente emaranhadas. Temos também bastões de luz, instrumentos "musicais" para crianças, cobrinhas de brinquedo, serpentinas, potes plásticos com fluido de bolhas, birutas coloridas, balões e qualquer outra coisa que possa se abanada, girada ou balançada.

Fogos de artifício são maravilhosos — os estouros não parecem causar transtorno nesse contexto —, assim como luzes de discoteca, especialmente quando combinadas com música *pop* harmoniosa. Movimentos de carros, trens e barcos causam altos níveis de excitação. Água sempre agrada. Observá-la fluindo, borrifando ou esguichando já basta. Despejando, melhor ainda.

São quatro da manhã em meados de fevereiro. Desço a escada, sonolenta, coloco um casaco e destranco a porta de trás. Espero que meus olhos se acostumem à escuridão do jardim, iluminado apenas parcialmente pela luz do banheiro. As estrelas estão nítidas e brilhantes em um céu claro e escuro, o chão gélido cintila de neve. Estou congelando. Todo mundo na casa está dormindo, como de costume.

Acho o travesseiro e o edredom congelados no chão. O lençol, a fronha e o pijama estão em cima de um arbusto abaixo da janela da qual foram atirados. Vou deixar para encontrar a toalha de rosto, o prato e o copo de manhã. Pego todas as roupas de cama e penduro-as no corrimão. Pela manhã, coloco tudo na frente dos radiadores para secar para a noite seguinte. Volto para a cama exausta. Jonny tem quinze anos, está passando as férias em casa e suas noites — logo, as minhas também — são regularmente pontuadas por esse ritual de "lavar" as roupas de cama. Quando ele acorda de noite, faz xixi na cama, arranca o lençol e o resto das roupas de cama, toma um banho junto com elas e o pijama e depois joga tudo pela janela. Enquanto ele simultaneamente toma banho e lava as roupas, eu refaço a cama, limpando e passando um *spray* antibacteriano no lençol de plástico. O ritual permite que ele volte para a cama para dormir, o que me deixa muito grata.

Outras coisas são lavadas regularmente e atiradas para fora dessa maneira. Marcam a mudança de uma atividade para a outra e permitem que Jonny siga adiante. Nas mesmas férias, ele volta para casa depois da assistência social e vai direto até a cozinha. Seu rosto parece decidido, está claro o que precisa ser feito. Ele tira o moletom e coloca debaixo da torneira. Depois abre a janela e joga fora o moletom molhado. Quando tira os sapatos, eu os seguro. Um olhar de irritação passa pelo seu rosto, mas ele me permite tirá-los e colocá-los no armário. Em algumas noites ele desce até lá para ajeitá-los, porque eu os encontro ensopados quando abro o armário de manhã. Depois ele corre escada acima e eu observo enquanto o jeans, a camiseta, a cueca e as meias, todos ensopados, caem no chão pela janela do quarto dele. Quando tenho certeza de que tudo foi lavado, eu saio, pego tudo e coloco na máquina de lavar.

Ben, sentado ao piano, parece exasperado.

— Como você aguenta? — ele diz. — Não dá pra fazê-lo parar com isso?

— Não — eu digo. — Ele precisa marcar as mudanças. É o método dele para lidar consigo mesmo. É uma solução. Eu não deixo que ele lave casacos ou sapatos se conseguir evitar. Mas ele vai ficar transtornado se não puder fazer algo. Vai tudo para a máquina de lavar roupa de qualquer jeito. Não faz mal.

Ele dá de ombros e volta para o *jazz*.

Mais tarde, a família toda senta-se à mesa para jantar. Jonny devora seu prato e começa a fazer a limpeza — lava seu prato, seu copo e seus talheres um tanto inadequadamente e guarda tudo no armário e na gaveta. Às vezes consigo convencê-lo a usar a lava-louças. Mas normalmente ele fica agitado antes que o ciclo da máquina termine e os pratos sejam guardados. Quando ele volta para a escola, encontramos no armário pratos com crostas de restos de comida por muitas semanas. Jonny geralmente toma o cuidado de guardar esses objetos no fundo da pilha. Se tentamos comer uma refeição com calma, ele nos apressa. Em restaurantes, precisamos tirar o seu copo e o seu prato assim que ele termina de comer. Se não fizermos isso, o resultado é uma agitação cada vez maior.

Jonny sempre precisa terminar as coisas. Não parece grande coisa. Parece até bem fácil e perfeitamente sensato para uma pessoa que acha o mundo horrivelmente caótico e difícil de compreender. Tenha inícios e fins. Torne os fins claros. Deixe a vida um pouco mais organizada. Por esse motivo, precisamos de muitos equipamentos para desentupir pias e privadas. Por esse motivo, ao nos preparar para um período de férias temos de remover todos os sabonetes, xampus, toalhas de banho e de rosto e rolos de papel higiênico do banheiro. Fica tudo vazio. As coisas de que precisamos no banheiro precisam ser escondidas em um armário no patamar da escada. Temos de pegar nesse armário tudo de que precisamos para ir ao banheiro. Ou o que precisamos pode ser encontrado em outro armário trancado do canto do banheiro, feito sob nossas especificações, desde que lembremos de pegar a chave no armário da escada primeiro. Não adianta perceber que preciso de papel higiênico se esqueci de pegar a chave. Ai daquele que deixar um rolo pela metade no banheiro: será responsável pela privada entupida quando Jonny puxar a descarga com todo o papel dentro. Ele não gosta de rolos pela metade. São perturbadores e "sujos". Ele "limpa" tudo que acha. Xampu? Vamos derramar na pia e jogar o tubo pela janela. Toalhas? Bem, elas precisam ser lavadas primeiro, mas quando estão ensopadas, estão prontas para ir pela janela. Sabonete? Bem, isso dá pra jogar na privada também; o mesmo para bolinhas de algodão. Uma vez ligamos para um encanador no meio de um feriado para que ele retirasse uma maçã grande da privada entupida.

Em outra ocasião, pouco antes do Natal, eu entro na cozinha e Jonny está lá, quieto demais para o meu gosto. Então descubro que todas as nossas bebidas de Natal — exceto o vinho, que ele não conseguiu abrir — foram despejadas na pia. Na mesa há uma fila perfeita de garrafas vazias. O chão está melado de xerez e limonada.

Em outra véspera de Natal recebemos um bilhete de desculpas no livro que Jonny traz para casa da escola. "Jonny fez potes com plantas para vocês de Natal, mas quando ele terminou de plantar, jogou tudo pela janela e eles se quebraram. Desculpe. Eram lindos!".

Geralmente, as atividades noturnas de Jonny são anunciadas em alto e bom som, quando de repente a porta do nosso quarto se abre com força e a luz é acesa. Às vezes imagino que deve ser assim que a polícia secreta opera em regimes opressivos — acordar tão de repente com tanta luz na sua cara. Ele muitas vezes já saiu quando estou completamente acordada, mas certa noite ele voltou rapidamente, carregando um computador pesado nos braços. Ele o solta na nossa cama e sai de novo. Fico realmente preocupada. Tenho um emprego que me permite trabalhar de casa, e eles me providenciaram um computador, um monitor, telefone e impressora. Jonny sempre aceitou que esse escritório é um lugar com o qual ele não precisa se preocupar, mas hoje ele decidiu que precisa ser organizado e o computador não deveria estar lá. Os fios estão meio soltos por terem sido arrancados da tomada, mas de manhã eu consigo reconectar tudo e suspiro de alívio quando descubro que está funcionando.

É uma tarde ensolarada e ouço uma batida na porta. Nosso vizinho, um senhor de idade, segura um moletom encharcado.

— Acho que isso aqui é seu — ele diz.

— Ah, sim, obrigada, é do Jonny — eu respondo.

Pelo menos foi só um moletom desta feita. Às vezes brinquedos grandes ou objetos de jardinagem são jogados por cima da cerca. Estou sempre preocupada que um pote de terracota acabe pousando na cabeça de alguém em paz tomando um Sol.

— Vamos repassar mais uma vez — meu novo marido, Will, diz. — Quero ter certeza de que vou acertar tudo.

Jonny vai ficar com a gente e estamos levando adiante o nosso programa de aumentar aos poucos o escopo de coisas que Jonny pode confiar que seu padrasto fará. O plano é que eu vou dormir até tarde e ele vai cuidar da rotina da manhã.

— A bacia de plástico tem que ficar na porta do quarto — eu respondo. — Mesmo acordado, ele pode ficar deitado na cama por muito tempo. Você vai ouvir quando ele estiver pronto.

Realmente, desligar o gravador, tirá-lo da tomada, guardar na bolsa e tirar da cama toda a roupa de cama produz um barulho desproporcional.

— Depois ele vai abrir a porta e começar a colocar as roupas de cama molhadas na bacia. Mas vai ficar com o pijama molhado. Quando não houver mais nada na cama, ele vai ao banheiro. Você tem que colocar a garrafa de plástico e a toalha de banho dele lá e encher a banheira antes disso.

Will faz que sim.

— Daí eu levo a bacia de lençóis para a máquina de lavar.

— Não exatamente. Espere até ele dar para você o pijama ensopado e o copo de plástico com a tigela. Ele vai ao banheiro, joga a garrafa de plástico por cima da cortina do banheiro na banheira, entra na banheira com o pijama, depois sai, tira o pijama e o entrega para você. Daí você pode colocar tudo pra lavar.

Jonny passa uma hora na banheira, despejando água da garrafa e girando as torneiras. Grasnados de alegria e risos podem ser ouvidos.

— Bata na porta e dê uma olhada de vez em quando para se certificar de que a banheira não está transbordando. Enquanto ele está lá, ponha as roupas para ele vestir sobre a cama — se ele não gostar, ele vai pegar outras roupas da gaveta. Quando ele sair do banheiro, vai colocar o roupão. Dê a ele sua toalha, pegue a garrafa da mão dele e guarde. Ele vai verificar se você guardou direito — então não adianta esconder atrás das costas. Quando ele estiver no quarto você pode descer para fazer o café da manhã.

Quando Jonny já está vestido e desceu a escada com seu padrasto, eu entro no banheiro. A banheira está vazia, embora o piso esteja bem molhado. A escova do banheiro foi esfregada na parede e o suporte de papel higiênico está vazio. Nós mantemos um estoque de rolos quase acabados especificamente para essas ocasiões. O cilindro de papelão interno do rolo foi rasgado e colocado no lixo. No andar de baixo, consigo ouvir o ritual do café da manhã sendo desempenhado. Jonny pediu seu cereal favorito, que Will colocou na mesa com uma jarra de leite, um prato fundo e uma colher. Eu sei que Jonny vai alinhar o descanso de mesa contra a beirada da mesa e a bolacha do copo adjacente ao descanso de mesa. Jonny serve-se do cereal e do leite, e eu ouço Will dizer duas vezes, uma para o cereal, outra para o leite:

— Chega, Jonny. Agora caiu na mesa.

A caixa de cereal e o leite devem ser guardados, mesmo que saibamos que ele vai querer uma segunda porção. Vai tudo para dentro do armário, volta para fora, e então vêm o pão e a geleia. Depois disso, ouço a gaveta ser batida várias vezes e sei que Jonny — quando Will guardou as louças e os talheres da mesa — pediu um pano molhado e está espremendo água desse pano em cada um dos descansos de mesa antes de esfregá-los, guardá-los na gaveta e fechá-la com força. E sei exatamente o que vem depois. Jonny vai até a cozinha verificar se a lavagem e a limpeza foram feitas corretamente e se tudo foi guardado. Ele e o padrasto muitas vezes completam essa tarefa juntos alegremente. Jonny guarda a manteiga na geladeira mesmo nos dias mais frios. Ele fica por perto olhando diretamente para os objetos ou guardando-os sozinho até estar satisfeito com tudo. Quando se assegura de que tudo foi guardado corretamente, consegue relaxar e assistir à televisão.

Água — além de ser uma das melhores coisas do mundo para observar, despejar, esguichar e mergulhar — é um grande elemento completador de rituais, além de marcador de mudanças.

— Chegamos, amor. De volta em casa.

Estaciono o carro e abro a porta de trás para ele. Ele sai, pisa em uma poça, depois anda até o portão segurando minha mão.

— Lava, lava — ele diz. — Lava mãos.

— Sim — eu respondo. — Você pode lavar minhas mãos.

Está escuro e passamos um belo dia em trens e barcos. Comemos "filé-batatas" em um bar próximo e estamos levando Jonny de volta. Tocamos a campainha e abrimos a porta. O rosto de Jonny está sério e concentrado. Esses rituais são imensamente importantes.

— Lava.

— Sim.

— Como foi o dia? — o membro da equipe noturna sorri para nós.

— Muito bom — eu digo. — Ele tomou chá e comeu, ficou muito feliz.

Jonny está impaciente.

— Lava mãos, lava mãos.

Ele empurra a porta de um banheiro e me puxa para dentro. Abre a torneira — completamente. A água espirra na minha jaqueta e eu fecho um pouco a torneira para reduzir o fluxo. Jonny enfia minhas mãos sob a água.

— Vai bora — ele diz. — Tchau.

— Tchau, amor. — Coloco o meu rosto próximo do dele e ele me dá um beijo simbólico.

— Vai bora.

— Estou indo — eu digo. — Até logo.

No melhor dos dias, ele traz o padrasto pela sala e lava as mãos dele também. Andando de volta até o carro, Will me beija, sorrindo.

SHEILA BARTON

Foi uma longa viagem de ida e será uma longa viagem de volta, mas eu estava determinada a fazer com que Jonny viesse para a festa de aniversário surpresa de oitenta anos dos seus avós. Hotéis são difíceis quando se trata de trocar os lençóis, algo que se exige durante a noite. Então eu cerro os dentes, bebo apenas suco de laranja e planejo fazer durante a noite a viagem de volta para nossa casa, onde Jonny se sentirá seguro. Meus irmãos, suas famílias e eu planejamos a festa por meses. Há uma marquise no jardim e colagens de fotos antigas. Há balões, pôsteres, uma pista de dança, luzes de discoteca, mesas e decorações. Eu fiz dois bolos, que foram guardados no porta-malas envolvidos em casacos, toalhas e embalagens de bolhas de plástico para mantê-los seguros.

Tentamos preparar Jonny como de costume, com uma história de fotos enviada para sua casa que deve ser lida para ele regularmente antes de irmos. Seu assistente principal o traz para nossa casa na sexta à noite e ele parece feliz. Mas depois do nosso chá com massa de bacon, ele senta no canapé e repete "cinco minutos, cinco minutos" várias e várias vezes — uma fala multiuso que significa: "Me deixem em paz por um tempo, preciso de um pouco de espaço para lidar com tudo isso". Não queira ouvir isso quando ele estiver no banheiro da casa de um amigo ou em um banheiro público. Você vai ficar por lá durante muito tempo. Jonny acaba indo para a cama às duas da madrugada no sábado, depois de repetir "cinco minutos" sem parar por quatro horas. Estou exausta, e acho muito improvável que consigamos acordá-lo a tempo de ir para a festa.

Mas estou errada. De manhã ele se levanta, toma café e entra no carro. Chegamos à casa do meu irmão com tempo de sobra e com os bolos intactos. Jonny nunca esteve nessa casa antes, e assim que chegamos ele começa a rotina dos "cinco minutos" de novo, recusando-se a sair do carro. Eu entro na casa com meus irmãos, sobrinhas e sobrinhos, e esperamos pela chegada do casal surpreso de oitenta anos. O padrasto de Jonny fica no carro com ele. Esperam lá sentados por duas horas. A surpresa é um grande sucesso, causando gritos de alegria. As pessoas conversam, riem e olham para as fotos. Eu levo bebidas para Will, que permanece sentado no carro resolvendo palavras cruzadas, enquanto Jonny repete seu mantra. Então, quando a comida está pronta para ser servida, eu, sem muita esperança no coração, vou até o carro, abro a porta decididamente e digo:

— Vamos, Jonny, vamos lá na festa. — E ele vai!

Chegamos à escada, depois vamos até o banheiro. Entro antes e rapidamente retiro o papel higiênico, substituindo-o por algumas folhas arrancadas que coloco sobre o cestinho de lixo. Jonny entra, tranca a porta e eu fico esperando, sem muita esperança de que ele não fique lá por mais duas horas. Mas ele sai, chega até a marquise, senta-se com uma tigela de batatinhas e uma bebida e de repente sorri. Consegui! Fico tão orgulhosa do que fizemos.

Meu irmão caçula me abraça. A família de Jonny está maravilhada de vê-lo. Ele fica sentado com seus avós, tios e primos, tocando suas mãos, dando talvez alguns beijinhos rápidos e sorrindo muito. Não parece preocupado com a ausência do irmão e da irmã, que decidiram não vir. Mais tarde, quando as luzes se apagam, há música — clássicos de Glenn Miller e Frank Sinatra, assim como dos Beatles e outros temas *pops* fáceis — acompanhada de luzes de discoteca. Com isso, e mais um prato de massas e várias fatias de pão, Jonny está extasiado. Quando meus três irmãos e eu paramos a música para fazer um discurso, Jonny grita: "Música, música!" e todo mundo ri.

Quando chegamos em casa, eu caio em uma cadeira e bebo uma taça enorme de vinho. Jonny vai para a cama totalmente vestido, até de sapatos, e cai no sono imediatamente. Estamos todos felizes e radiantes com o sucesso. Obsessões devem ser levadas em conta. Às vezes elas precisam ser contornadas. Temos de negociar com elas. Mas é possível fazer isso, acomodar necessidades autistas. E quando você consegue, o resultado é a participação da família, o amor, a diversão e — acima de tudo — a música.

CAPÍTULO NOVE
SEGREDOS, MENTIRAS E FITAS DE VÍDEO

— Acho isso horrível — ele diz. — Você não deveria falar do Jonny como se ele estivesse morto.

Será que foi aí que comecei a perceber que esse relacionamento, após o término do meu primeiro casamento, era um grande erro? Como ele poderia ser tão insensível? Eu nunca tinha falado dos meus sentimentos de tristeza em relação ao Jonny com mais ninguém. Não se pode ficar de luto por pessoas que ainda estão vivas. E isso está certo, de certa maneira. Mas qualquer pessoa que tenha um filho autista, por mais que o ame, passará algum tempo lamentando o estado da criança, lamentando seu próprio estado.

Meu lindo filho de olhos azuis enormes e volumosos cachos nunca poderia conversar comigo; nunca teria um relacionamento permanente, faria sexo ou teria filhos; nunca iria para uma universidade, teria um emprego ou viveria em um apartamento com amigos. Nunca poderia ir a uma boate e se embebedar, ler um livro, navegar na internet ou escrever uma carta. Ele sempre será dependente dos outros, especialmente após a minha morte. Como ele lidará com as coisas então? Quem se certificará de que vão cuidar dele direito? A vulnerabilidade de nossos filhos é algo que odiamos. Ficamos preocupados quando vão para a escola e não podemos estar lá para nos certificarmos de que tudo está bem. Odiamos quando não podemos protegê-los de valentões e doenças. Mas pessoas autistas são muito, muito vulneráveis, sejam crianças ou adultos. Elas são, e sempre serão, fáceis de machucar.

Esse sentimento sempre retorna quando existe algo mais acontecendo. Há uma agitação, ou uma decepção, ou alguma outra tristeza. Eu sinto demais, tenho sentimentos muito fortes quanto a isso, não sei por quê. Então as ondas da tristeza se quebram sobre mim. Eu choro e choro. Meus outros filhos, se notam meu estado, odeiam-no, e mais tarde me culpam por deixá-los transtornados; chegam a insinuar que isso mostra como eu sou instável. Não consigo explicar. Ou você sabe como é ou não sabe. É uma tristeza profunda e indescritível que nunca sairá de mim. Em um momento estou gritando com meu marido porque ele não me escuta, ou ouvindo alguém me criticar injustamente no trabalho, ou estou assistindo a um filme no qual alguém morre e, então, afundo em um mar de tristeza que nunca vai desistir de mim, nunca me entregará de volta ao litoral. Preciso aprender a viver com essa tristeza, pois ela nunca, nunca irá embora. Enquanto eu viver, ela se esconderá nas frestas da minha vida, invisível, esperando por mim. Nunca terá fim.

A tristeza sempre encontra uma saída. Se você não permitir que a tristeza seja tristeza, ela envenenará algum outro aspecto da sua vida. Se você tem um filho deficiente, ela sempre estará lá, uma sombra no seu ombro, esperando para enfiar o dedo no seu coração. É melhor aprender a viver com isso. Não quer dizer que você não adora seu filho — mesmo quando deseja que ele estivesse morto —, não quer dizer isso. Mesmo quando você deseja que a sua própria vida acabe, isso não diminui o seu amor. Você deve aceitar a sombra ao seu lado se quiser sobreviver. A tristeza, como o autismo, deve ser integrada à sua vida.

O melhor conselho que já recebi foi da orientadora psicológica da família — a mulher que, em certas ocasiões, sinto que literalmente salvou a minha vida.

— Isso interfere na sua vida? — ela pergunta quando eu explico que não consigo parar de chorar.
— Só se eu tentar reprimir. Meu marido e meus filhos não gostam. Minha sogra diz que isso indica que estou louca.
— Mas e se você aceita?
— É difícil, mas por fim acaba e eu me sinto melhor. Tipo, purificada. Imagino que é isso que querem dizer por catarse?
— Sim, é o seu jeito de lidar com isso, e é melhor você fazer o que dá certo para você, desde que não interfira muito com as coisas. Eis o que eu acho que você deve fazer. Quando sentir a tristeza chegando, se puder ficar sozinha, ou assim que puder, se estiver ocupada você deve tomar um banho, trancar a porta, entrar debaixo do chuveiro e chorar até acabar. Você tem o direito à tristeza e ao alívio que ela traz.

Quero, assim como Jonny, enfiar os dedos nos meus ouvidos. Quero amassar o jornal e atirá-lo no fogo. Quero jogar meu sapato na televisão, porque aquele homem detestável está ali de novo ou porque há uma entrevista com ele no jornal. Mesmo que eu consiga ignorar tudo isso, alguma amiga vai me perguntar o que eu acho e devo ser educadamente razoável, embora queira gritar:
— O que eu acho? Eu queria matá-lo! Ele tem alguma ideia dos problemas que ele causa, de como ele vira nosso coração do avesso? De como nós passamos noites acordadas, ano após ano, imaginando o que causou aquilo, o que nós fizemos, que péssima, péssima ação resultou em nossos lindos bebês serem afetados desta maneira? Vacinar os filhos é o que pais responsáveis fazem. Um ato de responsabilidade poderia ter ativado uma cadeia de eventos tão terrível?
É claro que, na realidade, sou calma e razoável.
— Eu não penso que o autismo de Jonny tenha sido causado pela vacina tríplice viral — eu digo, e mudo de assunto. Mais tarde, muitas crianças ficam seriamente doentes de sarampo, rubéola ou caxumba. Algumas morrem, outras ficam com a visão ou a audição seriamente

afetadas. E tudo acaba sendo besteira, como eu esperava. Claro, eles têm de perseverar, os cientistas e os médicos. Devem tentar descobrir o que — ou mais provavelmente qual gama de fatores com qual gama de ativadores — faz com que uma criança nasça com autismo. Mas essa tentativa irresponsável de contornar a investigação científica adequada? Esse aproveitamento do sofrimento das nossas crianças para construir uma carreira? Dói toda vez que vemos esse tipo de coisa nos jornais, na televisão — mesmo os bons artigos e programas congelam nosso sangue. Temos medo. Obrigam-nos a voltar várias e várias vezes àquela estrada dolorosa — a concepção, a gravidez, o nascimento, a primeira infância. Fazem com que olhemos para as linhas genealógicas das nossas famílias, para a comida que comíamos, as coisas que fazíamos — até, às vezes, para os nossos pensamentos — tentando encontrar a resposta que nunca encontraremos. Por quê? Por que eu? Por que ele ou ela? Como isso aconteceu?

Programas sobre curas milagrosas são igualmente dolorosos. Ninguém quer pensar em doença ou deficiência aleatória. Ninguém quer aceitar que uma criança não pode ser curada. Todos nós buscamos uma esperança. Mas o autismo não pode ser curado — não por meio de isolamento, dietas, terapias com cães, canto, drogas estranhas ou de se segurar a criança contra sua vontade. Não é causado por frieza emocional, trauma infantil ou quaisquer outros motivos que sirvam como bodes expiatórios. Nós prejudicamos as nossas crianças quando cedemos a essas respostas fáceis. Talvez um dia haja uma cura ou, mais provavelmente, um processo eficaz de filtragem. Talvez. Até lá, as pessoas que trabalham em silêncio nos ajudando a compreender e educar; que não pegam atalhos para seus quinze minutos de fama, mas que trabalham duro com pesquisas sobre o autismo e o melhor modo de cuidar das pessoas que o vivenciam, são as pessoas a quem devemos ouvir.

Jonny tem seus próprios ciclos de tristeza. Depois de bater, gritar, morder e dar cabeçadas; depois de rasgar a camiseta da sua assistente pessoal eternamente paciente, estourar lâmpadas ou janelas, abrir buracos nas paredes ou arrancar cortinas; depois que a violência intensa se acaba, vem o remorso, o ritual de acertar as coisas.

— Desculpa, tu-bem, tu-bem — ele diz ansiosamente, e você precisa responder corretamente.

— Tudo bem, Jonny. Tudo bem.

Às vezes isso continua por horas, talvez pontuado por um "acabou", muitas vezes acompanhado de um gesto de cortar a própria garganta.

É mais um ritual, mas ele realmente se sente mal. Como ele se sente a respeito dessa violência que é incapaz de controlar? Quanto ele sabe sobre o que o torna diferente? Pelo menos um pouco, eu tenho certeza de que ele sabe. Observar seu irmão e sua irmã brincando juntos quando ficam acordados até tarde vendo filmes é algo que o deixa triste em certas ocasiões. Nunca se deixem enganar pelas mentiras sobre o autismo. Nunca deixem lhe dizer que as pessoas autistas não sentem dor ou tristeza, que elas não amam ou odeiam, que não respeitam algumas pessoas e desprezam outras.

Quando supero os primeiros anos e abandono a crença de que é possível erradicar o autismo, que de alguma forma possa ser minha culpa, minha determinação se volta para compreender o meu filho e me assegurar de que ele tenha a melhor vida possível. Ele tem, eu sei, direito à sua vida, de ser parte de uma família, de ser ouvido e amado. Faço tudo o que for preciso, ao longo dos anos, para me certificar de que isso aconteça.

É domingo de Páscoa e acordo de madrugada para esconder os ovos. Nós temos um jardim enorme, então tenho muitas opções. O ar está fresco e puro. É uma época do ano maravilhosa. O jardim está repleto de asfódelos e da promessa de calor e vida nova. Quando termino, entro e tomo café. Não permito que o irmão e a irmã de Jonny comecem a busca pelos ovos até que ele esteja vestido e de café da manhã tomado. Os dois podem sair de pijama, mas, para ele, seria impensável. Quando finalmente estamos prontos, vamos para o jardim. Ben corre para todo lado, encontrando ovo após ovo. Hannah protesta:

— Mãe, mãe, o Ben tá achando todos os ovos. Não vai sobrar nenhum para mim e pro Jonny!

Estou totalmente concentrada no meu filho autista, conduzindo-o pelo jardim, ajudando-o a encontrar os ovos.

— Ben — eu digo —, vá com calma. Pare quando encontrar seis. Tem seis pra cada um.

Eu olho para Bob e ele ajuda nossa filha. Por fim, colocamos todos os ovos na mesa do jardim. Jonny está feliz. Ele tem chocolates e encontrou sozinho alguns dos ovos.

Três meses antes, o jardim estava coberto de neve e as crianças, dentro do chalé, ao lado da árvore de Natal, rasgando e arrancando os embrulhos e gritando de alegria. Esperamos Jonny acordar e tomar café. Os outros ainda estão de pijama. Jonny parece não se importar com o que nós fazemos — a não ser que deixemos zíperes ou botões abertos em nossas roupas, é claro. Ele não é o tipo de pessoa que transfere sua experiência para as outras. A maioria das suas obsessões diz respeito somente a ele, exceto quando ficamos de pernas cruzadas, braços jogados, óculos ou luvas não usados corretamente. Então ele nos arruma. A dobra de pele que fica presa ao zíper de uma jaqueta puxado de repente dói muito, e é melhor você se ajeitar antes que ele veja!

— Toma, Jonny — Ben diz.

Sinto meu coração agitar-se de leve, em uma ansiedade crescente. Jonny desvia o olhar para longe do presente oferecido. Está cansado de todo o processo. Tentei equilibrar as coisas dando-lhe balões, bolhas e coisas que giram e chiam — presentes com os quais ele se relaciona —, assim como doces, mas ele é como um peso morto por cima da excitação dos outros dois. Presentes para ele são um tipo de tortura.

— Ele não gostou, mamãe — Ben diz, desanimado. — Por que ele não gostou?

— Ele gostou, amor, mas isso tudo é demais para ele.

— Não, ele não gostou, não gostou.

Consigo sentir o desejo de Ben. Ele quer que eu faça Jonny comportar-se corretamente, que mostre a devida gratidão pelo presente. Mas isso não é algo que eu possa fazer. Jonny não se interessa por presentes e é melhor que todos nos acostumemos com isso. Mais tarde eu consigo fazer com que ele ao menos segure o presente que ganhou do irmão e tiro uma foto antes que ele o solte no chão. Eu me esforço tanto para que tudo fique bem para eles.

É uma noite quente. Vamos até o teatro no centro da cidadezinha onde meu ex-marido trabalhava. Um novo parceiro está comigo. Ele é um erro, mas eu ainda não sei disso. Ele faz um esforço tremendo para entender o Jonny e tem tido muito sucesso. Jonny gosta dele e ele gosta de Jonny. Estacionamos o carro e entramos no teatro. Cruzo meus dedos para que Jonny fique bem. Acho que ficará. Ao longo dos anos, eu o levei para ver alguns *shows* em teatros. Dessa vez haverá a apresentação de uma banda-tributo ao Abba. Sentamos nos nossos assentos e esperamos o *show* começar. Estou aliviada de ver um certo número de pessoas com deficiências de aprendizado na plateia, espalhadas entre os fãs de salto plataforma, sombra azul nos olhos e macacões apertados. Não há nada de discreto nessa plateia. Acho que vamos ficar bem.

As luzes se apagam e a música começa. Vemos um maravilhoso *show* de luzes. Névoa de gelo seco preenche o palco. "Waterloo", em um volume poderoso, ressoa pelo teatro. O gelo seco dispersa e lá estão eles, representando o Abba da melhor maneira que podem. Atrás de nós, um jovem com síndrome de Down canta todas as músicas. Sua mãe fica dizendo "shhh" para ele, mas seu entusiasmo é contagiante. No intervalo, Jonny toma um sorvete.

Treme de excitação e alegria durante a noite toda, sorrindo, rindo, fascinado pelo *show*. Às vezes ele me dá tanta felicidade que eu mal consigo me conter.

Jonny está sentado ao meu lado no sofá. Estou tensa. Ele pega minha mão — com força — e a puxa para o seu tornozelo. Ele enrolou a bainha da calça. Quer que eu acaricie sua canela. Eu nunca sei o que fazer quando isso acontece. Como geralmente é o caso, raciocino mentalmente. "Todo mundo precisa ser tocado", eu penso. "Não posso esperar que esse jovem passe pela vida sem afeto de nenhum tipo. Temos sorte de ter um filho autista que quer contato físico". Esse é um dos lados. O outro é a certeza absoluta de que Jonny experimentará uma ereção quando eu acariciar sua perna. Então eu vou ficar preocupada de que estou fazendo algo errado, e ele vai ficar excitado e agitado, tentando ajeitar as calças. Temos muita sorte porque Jonny não tira as roupas ou abaixa as calças em público quando fica sexualmente excitado. Muitos homens autistas fazem isso. Jonny parece ter adquirido alguma noção sobre a excitação sexual ser uma coisa privada.

Em um dos exames anuais de Jonny parece haver um certo embaraço que não consigo desvendar. Estamos falando do comparecimento dele — ou melhor, seu não comparecimento — ao centro de recreação, do fato de que às vezes ele demora muito para se levantar de manhã. Seu assistente pessoal — um jovem — parece desconfortável enquanto tenta explicar sem explicar, e eu vou ficando cada vez mais preocupada com o que estou prestes a descobrir. De repente, percebo do que se trata, o porquê do acanhamento e sinto um alívio enorme.

— Ah, você quer dizer que ele está se masturbando?

— Sim, bem, sim. É só que, às vezes, isso pode... Bem, ele fica impaciente e frustrado.

— Ah, bem, isso é normal, eu acho. Digo, temos sorte de ele saber que é para fazer isso de modo privado, não?

Um riso nervoso alivia a tensão.

Jonny se masturba, como a maioria dos rapazes. Geralmente, é a primeira coisa que faz de manhã; às vezes, a última antes de dormir. Ele fica frustrado quando não consegue. Quando acaba, molha a cama e tira os lençóis; um tipo de diferente de "umidade", não o xixi usual, mas uma conclusão de atividade mesmo assim. Talvez ele não faça distinção entre os dois tipos de "xixi"? Não sei bem o que está acontecendo. É difícil falar sobre essas coisas, admiti-las. Mas é melhor do que não falar, negar que aconteçam.

Estou sentada com Jonny na beira da piscina. A máquina de ondas está ligada e ele está muito excitado, observando a água batendo várias e várias vezes. Os gritos excitados dos banhistas não parecem incomodá-lo. Quando a máquina de ondas para, muitas pessoas voltam para as cachoeiras e correntezas e a piscina fica quieta de novo. Eu estou lendo, de olho em Jonny. Ele pega minha mão e a coloca contra a sua perna nua. Ele a esfrega para cima e para baixo da canela. Como sempre, eu não sei bem o que fazer. Não quero que ele fique violento nesse lugar cheio de gente, mas também não quero que fique excitado. Para Jonny, sungas são sungas e *shorts* são *shorts*. Eu nunca consegui fazer com que ele vestisse *shorts* — o que a maioria dos homens veste nessa piscina. Assim seria mais fácil, não há como disfarçar a excitação sexual quando está de sunga. Tento tirar a minha mão quando vejo que é exatamente isso que está acontecendo. De repente ele corre até a água e eu sinto uma grande sensação de alívio. Por um momento. Ele está deitado na parte rasa, perto dos degraus longos e baixos, quando vejo a água mudar de cor de repente. Ele está fazendo xixi na piscina — talvez não fosse um problema quando ele tinha três anos, mas definitivamente é um problema agora que tem vinte e cinco. Ele está fazendo o que faz depois de ficar excitado, mas em público, na piscina.

VIVENDO COM JONATHAN

Jonny tem toda uma gama de rituais desagradáveis: vomitar depois de refeições, esfregar saliva nas coisas, cuspir comida para que grude na parede e nos móveis, pegar água dos ralos e beber, lavar coisas na água da privada, tirar coisas da boca e dar para mim ou, em certas ocasiões, tentar cuspir alguma coisa semimastigada diretamente na minha boca! Lidar com tudo isso discretamente pode ser muito difícil quando estamos em público.

Jonny desvia o olhar da câmera. É incrivelmente frustrante. Ele adora fotos e vídeos dele mesmo e da família, mas atrapalha a produção dessas coisas sempre que pode. Mais tarde, sentamos e assistimos ao filme. Ele está completamente absorto. Às vezes sentamos juntos e assistimos a vídeos antigos da família. Coloquei um deles agora. No filme, é verão e estamos no jardim da nossa primeira casa. Jonny tem cerca de seis anos, segura seu barquinho com o peixe de plástico azul e está pulando de um banco do jardim várias e várias vezes. Está muito concentrado nisso e fazendo ruídos estranhos — bem agudos. As outras duas crianças brincam na grama à luz do fim da tarde.

O vídeo pula de repente para o próximo dia. É uma tarde ensolarada e estamos todos no jardim. Ben lê poemas engraçados para sua avó. Jonny e Hannah estão sentados na piscininha inflável. Jonny fica despejando água de um pote de plástico várias e várias vezes. Hannah, em seu traje de banho e touca de Sol antiquada, tenta convencê-lo a brincar, mas ele não está interessado. Fica irritado quando esguicham água nele e de repente minhas costas aparecem no filme, tentando intervir. Estou com um vestido de verão comprado em um brechó. Minha voz é calma, mas eu lembro claramente de que estava sempre com medo, sempre ansiosa de virar as costas no momento errado e não poder evitar que a minha filhinha se machucasse.

O filme muda de novo e Jonny está no balanço sob a macieira. Seu cabelo ainda está úmido da piscina, ele veste *short* verde-claro e uma camiseta amarela. Está tentando se segurar na corda do balanço e segurar o seu barquinho ao mesmo tempo. Ben está ali por perto e eu também, tentando fazer Jonny contar. Ben tenta motivá-lo com uma voz estridente. Sinto vergonha agora quando vejo esse filme. Parece que eu não consigo deixá-lo em paz para relaxar, estava sempre tentando provar para mim mesma que os professores e médicos estavam enganados quando me diziam que ele não seria capaz de aprender.

— Um — eu digo. Silêncio. — Um, dois...
Jonny emite um som de irritação.
— Vamos, Jonny — Ben diz. — Um, dois...?
— Tê-três, — Jonny diz, se empurrando para trás no balanço, irritado.
— Muito bem — eu digo. — Um, dois, três...?
— Quatro, cinco — ele diz e me empurra.
Eu saio da sala, mas o Jonny grande fica, assistindo ao Jonny pequeno ser irritado pela mãe.

Às vezes, os membros da equipe de onde Jonny agora mora me dizem que ele pede para assistir a esses filmes caseiros, mas muitas vezes fica triste e chora ou fica bravo por causa deles. Não sei se estão sugerindo que eu pare de fazê-los. O mesmo, me dizem, acontece com os álbuns de fotos. Mas Jonny frequentemente quer olhar para os álbuns de fotos e os vídeos. O que ele entende do que vê? — eu imagino. Ele faz a conexão entre o que ele é hoje com o que ele vê na tela e nas velhas fotos? Ele quer olhar para essas coisas, seja qual for o motivo. Acho que ele sente saudade de casa e da família quando está longe, e é por isso que às vezes olhar para essas coisas o deixa triste. Mas quem de nós não experimenta uma sensação de perda ou nostalgia quando olha para fotos do passado? Não é bom que Jonny tenha tal conexão conosco a ponto de sentir algo tão forte quando olha para as fotos e vídeos? Eu não sei a resposta para essa pergunta.

Mas vídeos e fotos certamente ajudam-no a se colocar em um lugar que importa para ele. Também o ajudam a lidar com o futuro e levar algum tipo de ordem para lá. Ajudam-no a fazer conexões entre o passado e o presente que são difíceis para ele entender. "Álbum" é uma das poucas palavras claras que ele usa. Tristeza, sexo, lembranças são coisas complexas e difíceis para todos nós. Para Jonny, há dificuldades extras.

Eu percebo, quando vejo esses filmes velhos ou olho para os álbuns, que carreguei um grande peso de culpa e responsabilidade durante a maior parte da infância de Jonny. Raramente escolhi o caminho mais fácil se havia um caminho mais difícil que podia tomar. Em alguns casos, valeu a pena. Eu "ensinei" meticulosamente a Jonny sobre supermercados, cafeterias, piscinas, parques e teatros. Eu o ensinei a escolher o que ele queria em lojas e depois esperar pelo troco. Eu o ensinei a pegar fila para atrações e para o ônibus, a trocar de trens e segurar o braço de alguém em ruas movimentadas. Às vezes usei fotos ou vídeos para reduzir o seu estresse e o medo, para tornar o futuro menos amedrontador para ele. Sempre tentei ajudá-lo a aproveitar o máximo do mundo no qual vive. Talvez parte de tudo isso tenha sido um castigo para mim. Talvez parte disso tenha tornado a vida mais difícil para o resto da família. Talvez, porém, tenha dado a Jonny uma chance, uma vida, um lugar no mundo, apesar do seu autismo.

CAPÍTULO DEZ
UM JEITO DIFERENTE

— Ele está aqui. Está muito feliz.

Ela bate à porta, que se abre em um pequeno saguão. É o lugar favorito de Jonny, usado apenas por ele na maior parte do tempo. Em um canto está uma prateleira com caixas de jogos, quebra-cabeças e livros que Jonny utiliza. Uma janela com varanda vai dar no lindo jardim, que um dia foi um pomar. Jonny está sentado no sofá.

— Eu só vou ali pegar os sapatos e o casaco dele — ela diz.

Jonny está sem sapatos ou meias — ele provavelmente tentaria lavá-los se os estivesse usando. Está elegante de calça de veludo cotelê e blusa listrada. Seu cabelo está curto, os cachos ainda se formando discretamente em sua cabeça. Suas mãos abanam uma, duas vezes, indicando que está feliz de nos ver. Estamos quietos, só ficamos ali de pé, esperando um minuto. Jonny sorri — não para nós, mas definitivamente está sorrindo. Esperamos mais um minuto.

— Oi, amor — eu digo com a voz bem baixa. — É bom ver você. Está tão bonito.

Outro sorriso passa por seu rosto de olhar ao longe. Outro abano. Mais silêncio. A porta se abre.

— Pronto — ela diz suavemente, dando-lhe os sapatos e as meias.

VIVENDO COM JONATHAN

Ele os calça e eu puxo as meias para que o calcanhar fique no lugar certo. Não quero que ele se sinta desconfortável hoje. Ele para várias vezes enquanto coloca os sapatos, mas está sorrindo mais, até olha de lado para nós. Pega o casaco e veste, puxando o zíper até o pescoço e virando o colarinho para cima. Então, de repente se levanta, vira-se rapidamente para a televisão e inclina-se sobre ela para alcançar o chão do outro lado. Tira os plugues da tomada, coloca-os de novo, depois os remove novamente. Fecha as venezianas, puxa as cortinas, depois olha para elas e diz:

— Cortinador.
— Ok, pode abrir — eu digo.

Ele abre as cortinas, abre a porta do quarto e sai andando. Bate a porta na nossa cara e nós a abrimos. Ele nos puxa para fora e depois tranca a porta.

— Luz.
— Ok.

Ele apaga a luz e depois se volta rapidamente para a porta do jardim, abrindo-a e passando. Ele para, olha para uma cadeira de plástico fora do lugar, ajeita-a, se afasta, volta até ela para ajeitá-la de novo, desce a rampa e se agacha em cima de um ralo onde uma pequena poça de água se formou. Ele passa os dedos na água, pega um pouco na mão em concha, molha o rosto e o cabelo, levanta-se de novo, sorrindo muito.

— Carro depois.
— Sim, carro — eu digo. — Está aqui.

Jonny bate o pé em uma poça, depois entra no carro. Seu padrasto e eu entramos e eu dou a ele um saco de batatinhas.

— Cito de segurança, cito de segurança. — O dele já está afivelado.
— Sim, cintos de segurança, estamos colocando agora.

Apertamos os cintos e eu digo:

— Vamos para Newport, querido, depois vamos pegar um trem, fazer um piquenique e passear de barco. Depois vamos voltar de trem, ir até o bar, comer bifes com batatas e então voltamos para casa. Ok?

Um momento para assimilar isso tudo. Depois:
— Música, música. Carro depois.
Eu aciono o CD-player, Blondie começa com "Atomic", dou partida no carro e o dia começa. Jonny está sentado no banco de trás, impassível, e depois, quando viramos na mão única e a música continua tocando, ele inclina a cabeça um pouco, estala os dedos perto dos olhos e sorri. Will aperta minha mão. Jonny está feliz e nós também.

Somos dez na sala: o novo chefe do serviço residencial, os antigos e os novos assistentes pessoais de Jonny, sua assistente pessoal da assistência social, Bob e seu parceiro, Will e eu e, por fim, o assistente social da autoridade local, cuja função é monitorar a moradia de Jonny fora do município. Todo os anos fazemos essa inspeção. Nas primeiras vezes, eu ficava aterrorizada com a possibilidade de perdermos esse lugar de alguma maneira. Mas à medida que os anos passam, parece cada vez menos provável que isso aconteça. Antes, realizávamos a inspeção sem o Jonny. Eu não via motivo para ele estar junto, sem entender — como eu pensava então — as coisas, ocasionalmente boas, mas muito difíceis, ditas sobre ele; ele acharia tudo muito chato e penoso. Mas eu estava errada. É o segundo ano em que Jonny participa com sucesso total de sua inspeção focada na pessoa. Há fotos dele em todas as paredes, participando de uma gama de atividades. Algumas são dele com seu irmão e sua irmã, da primeira vez que o visitaram em sua própria casa. Fico surpresa, pois não sabia dessa visita.
— O Ben e a Hannah vieram visitar o Jonny? — eu pergunto.
— Sim — o parceiro de Bob responde. Ele tende a se alongar em explicações, por isso, fico surpresa com a brevidade da resposta.
Passamos pelas perguntas médicas e pelos relatórios dos incidentes de comportamentos difíceis antes que Jonny chegue. Quando ele chega, olha para todos nós, menos surpreso que no ano passado. Seu assistente pessoal fala com ele bem baixinho, indicando sua cadeira,

e Jonny se senta calmamente. Olha para a comida na mesa — batatinhas, biscoitos e fruta — e lhe dizem que pode comer.

— Ofereça um pouco de comida, Jonny — eu digo a ele. — Dê um pouco para as outras pessoas.

Há uma pausa. Ele pega uma única uva e coloca na boca de Will. A equipe, Will e eu falamos em voz baixa só de vez em quando. Jonny se levanta para lavar alguns pratos na pia e depois se vira para nós.

— Pode guardar no armário, Jonny — diz o assistente social, mal se fazendo ouvir.

Jonny guarda as coisas e se senta de novo. Depois de um tempo, a assistente social diz:

— Vocês estão todos bem quietos.

— Não queremos excitá-lo — responde o assistente pessoal antes que o silêncio continue.

— Ah — ela diz. — Entendo. Nunca pensei nisso.

Eu sei tudo sobre crianças, eu acho, sempre tive uma conexão especial com elas. Adoro como são pequenas, ansiosas, sem nenhum traço de cinismo, amo sua excitação com o que veem e fazem. Tive três irmãos mais novos e muitos empregos de babá antes de ser voluntária, ainda adolescente, nos esquemas de férias de muitas crianças. Parte do meu tempo livre foi passada como líder de um clube adolescente — uma tentativa de proporcionar algum lazer estruturado para crianças bagunceiras de Hornsey — e, mais tarde, de um grupo semelhante de crianças das áreas rurais pobres nos arredores de Cambridge. Comecei a dar aulas assim que pude e depois trabalhei para uma organização voluntária que proporcionava uma brinquedoteca multicultural e treinamento antirracista para creches e babás.

Adoro livros infantis, programas de televisão infantis de boa qualidade, sua arte e sua música, e escrevi sobre eles para publicações de assistência à infância. Tive meus próprios filhos assim que pude. Eu sei, acho, muito sobre crianças. Damos a elas amor e afeto incondicional, apoio e diversão. Lemos para elas, falamos com elas, damo-lhes "banhos" de linguagem desde que nascem. Beijamos e abraçamos, dizemos a elas que são lindas, estão indo bem, são inteligentes e boazinhas. Providenciamos para elas ambientes que sejam tão estimulantes quanto possível. Preenchemos o mundo delas com cores e experiências táteis. Se elas caem, nós as pegamos no colo e beijamos os dodóis. Se estão quietinhas e tristes, falamos com elas calmamente, escutamos, confortamos. Damos a elas palavras para descrever o mundo, palavras para raciocinar, ferramentas para lidar com situações difíceis. A não ser, isto é, que sejam autistas. Então, tudo o que você sabe sobre crianças é virado de cabeça para baixo.

É um longo processo de aprendizagem, durante o qual precisamos esquecer o que sabemos, ouvir, observar, aprender e pensar. É um mundo diferente — ou ao menos é o mesmo mundo vivenciado de um jeito diferente. Eu vi o prejuízo causado quando tentamos forçar a "normalidade" em crianças autistas. Até o dia em que morrer, me sentirei culpada pela experiência com a primeira escola de Jonny. Esperamos proteger os nossos filhos, e eu decepcionei meu querido filho, a mais vulnerável das minhas crianças, decepcionei-o muito. Agora somos um pouco mais informados sobre a deficiência. Aprendemos com as próprias pessoas deficientes, em sua luta por igualdade, que a infantilização de sua pessoa e a descrição de suas deficiências como um tipo de desastre terrível são inaceitáveis. Pessoas são pessoas, e o que todos nós queremos é acesso ao que a sociedade tem a nos oferecer e ao que nós temos a oferecer à sociedade. O mundo é um lugar melhor para todos nós quando vemos pessoas deficientes em seus próprios termos e aprendemos com elas. Progredimos muito. Ainda temos muito a progredir.

Então, ao longo dos anos, e com a ajuda das pessoas que de fato *gostam* do meu filho, deixei de lado os regimes punitivos que tentam forçá-lo a ser o que ele não é capaz de ser e passei a compreender seu mundo e a tentar proporcionar o que ele precisa para viver a melhor vida possível. Aprendo que as palavras são difíceis para Jonny processar e que muitas delas são perturbadoras para ele. Aprendo que ele precisa de tempo e paz para compreender o que está acontecendo. Aprendo que seus sentidos são fortes, aguçados, diferentes, que ele gosta de ser afetuoso, mas que forçá-lo ao toque quando ele não está pronto é uma crueldade. Aprendo que o transtorno do meu filho não é aplacado com abraços e conversas, mas com silêncio. Devo escutar e dar-lhe o espaço necessário para que o mundo se endireite de novo.

As crianças trazem amigos para nos visitar. Ao todo, há seis crianças — cinco delas são barulhentas e bagunceiras, uma delas está sentada quietinha com os dedos nos ouvidos. Jonny tem sete anos de idade. É um dia ensolarado de verão e as crianças estão ansiosas para brincar em nosso jardim enorme. Jonny está alegre em vê-las. Um observador casual poderia não notar o sorriso quieto e os olhares rápidos, cintilantes e oblíquos lançados aos nossos convidados, mas eu noto. Se pudesse, este observador veria uma criança linda, mas de certa maneira estranha, sentada no canto com um velho barquinho de plástico na mão, ocupada em abanar o peixinho pendurado no barco e ignorando todos os outros. Poderia descrevê-la como fechada em seu próprio mundo se não observasse com cuidado, mas eu sei que ele está totalmente consciente do que acontece ao seu redor. O que eu penso que ele está fazendo: está filtrando as sensações de um modo que seja tolerável para ele. Uma solução inteligente para sua situação, eu acho.

As cinco outras crianças correm até o jardim e vão direto para o trepa-trepa.

— Vamos, vamos. Eu primeiro.

Fico observando e vejo que as mais velhas estão cuidando das menores, levantando-as para alcançar as barras e as empurrando no balanço. Fico feliz com isso.

Jonny, que adora o trepa-trepa quando está no jardim sozinho e também ocasionalmente quando seu irmão e sua irmã estão junto com ele, continua sentado no sofá abanando o barquinho. Observo-o por um minuto, constato que não está transtornado e vou pegar suco de frutas e biscoitos. Lá fora, na varanda da frente do nosso lindo chalé, há uma mesa de plástico com quatro cadeiras ao redor. Coloco a bandeja com cinco copos de plástico, uma jarra de suco de laranja e um prato de biscoitos na mesa.

— Bebida e biscoitos aqui — eu falo por cima dos gritos de alegria.

— Ok, mamãe — Ben responde, pendurado de cabeça para baixo no trepa-trepa. — Brigado!

Atrás dele as árvores que surgem por cima do portão da frente oscilam levemente na brisa. As duas meninas, Hannah e Emily, foram para a casa de bonecas ao lado do trepa-trepa. É uma pequena casa de madeira com um telhado inclinado e janelas com jardineiras na frente, as quais enchemos de amores-perfeitos. Ando pelo gramado, pontilhado de margaridas, e olho para dentro da casa através da porta que elas deixaram aberta. Estão espremidas lá dentro, debaixo da escadinha que pode levá-lo até o topo se você for pequeno o bastante, sentadas nas cadeiras vermelhas de plástico em frente a uma mesa. Bonecas e ursinhos estão com elas, além de um conjunto de chá de porcelana na mesa.

— As senhoritas querem bebida de verdade com biscoitos? — eu pergunto.

— Sim, por favor. — Elas mal levantam o olhar.

Eu encho o bule de chá com suco e passo para elas com alguns biscoitos. As duas parecem bem.

Voltando para o chalé, a escuridão súbita me desorienta por um minuto. Quando os meus olhos se habituam à luz mais fraca, volto-me para o sofá no qual Jonny estava sentado e noto que não está mais lá. Ainda sinto uma onda de pânico quando isso acontece, embora já devesse estar me acostumando. É o fato de parecer que eu nunca o vejo sumindo que me preocupa. Ele deve sair de mansinho, tão rápido e tão quietinho. Entro em cada quarto da casa, mas ele não está em nenhum. Tampouco está no andar de cima. Olhando pela janela de um dos quartos, vejo que os portões ainda estão fechados seguramente. Então dou a volta na casa e ouço imediatamente os ruídos dispersos que ele faz e o barquinho sendo abanado. Há um muro baixo aqui, e ele está lá em cima. Ele abana o barquinho rapidamente, depois se inclina até quase cair e então salta do muro. Um segundo de abanos intensos se segue, depois ele sobe de novo e repete o exercício, várias e várias vezes. Ele está, eu acho, excitado com a presença dos nossos convidados. Essa atividade repetitiva é o seu modo de lidar com a excitação. Ele consegue vê-los de longe, com o canto dos olhos se levantar o olhar. Eu não o vejo fazer isso, mas acho que faz. Ele mantém seus companheiros onde consegue lidar com eles — a uma distância adequada, levemente ocultos, com o barulho deles soando mais indistinto a essa distância.

— Você quer tomar suco e comer biscoitos? — eu pergunto, falando baixinho e sem fazer contato visual. Um olhar direto parece perturbá-lo também, como se a intensidade fosse forte demais. Ele continua os saltos repetitivos e os ruídos que faz ficam um pouco mais altos. Espero alguns segundos e então repito a pergunta.

— Está na mesa da frente, se você quiser. Pode vir se quiser. — Pode parecer que ele não ouviu uma palavra, mas eu dou a volta na varanda e sento na mesa. Consigo ouvir os saltos, os abanos e os grasnados continuando, mas de repente ele está ao meu lado.

— Bebida, biscoito.
— Ok, toma.

Ele se senta na cadeira e serve-se de suco da jarra. Observa atentamente, mas não dá sinais de que vai parar quando o copo fica quase cheio.

— Jonny, pode parar agora — eu digo, mas é tarde demais e ele continua, observando fascinado enquanto o líquido flui da mesa para o chão. Pego um pano e limpo.

SHEILA BARTON

Então, um jeito diferente. Pegue aquilo que você acha que sabe sobre crianças e vire de ponta-cabeça. Use o mínimo possível de palavras. Restrinja os estímulos ao mínimo. Não faça contato visual até se assegurar de que há calma. Não atice as chamas do transtorno e da raiva com toques, emoções, sons ou olhares. Espere. Espere. Espere. Compreenda o medo, o coração batendo rápido, a sensação sobrepujante do toque, a intrusão dos olhos. Compreenda um mundo cheio de confusão e perigo. Compreenda que ficar em silêncio é ser bondosa, dar tempo ao tempo — mesmo que sejam horas e horas — pode ser necessário para o mundo voltar ao normal de novo. Lembre-se, há jeitos diferentes de vivenciar o mundo, jeitos diferentes de pensar e sentir, jeitos diferentes de se assustar, jeitos diferentes de demonstrar amor.

CAPÍTULO ONZE
UM SENTIDO SUBLIME

Ele está em pé sozinho bem no meio de um espaço gigantesco. Paredes enormes nos cercam, elevando-se até o lugar onde deveria estar o teto. Atrás e na frente, as paredes apontam para cima em um V agudo na direção de onde as extremidades da enorme capela estariam. No meio das ruínas, asas se abrem em leque em ambos os lados, tornando a construção uma cruz desproporcional. Ele está de jeans e com uma jaqueta de lã. Seu cabelo está curto e cacheado, seus olhos são muito, muito azuis. Ele fica olhando para cima, sentindo as paredes altivas, a enormidade. Está muito feliz.

— Cima, cima, cima! — ele grita. — Cima, cima, cima!

Sua cabeça e suas mãos tremem de excitação. Seus braços estão levantados. No alto, bem acima dele, nuvens brancas passam pelo céu azul. O chão está enlameado. Choveu por vários dias, mas hoje as poças estão cheias de luz e nuvens, fragmentadas por pisões alegres à medida que Jonny salta de uma para a outra. Seus pés estão ficando molhados. Eu fico olhando e sorrio — algo que não faço há semanas.

Neste vale profundo, o amplo Rio Wye, de águas marrons, serpenteia vagarosamente por uma de suas várias curvas. Elevando-se nitidamente ao seu redor há declives íngremes pontilhados por árvores. É tudo deslumbrante, singular, um mundo à parte do mundo. Deve ter sido um inverno terrível. Aqui jaz — chegamos dirigindo pelas ruas sinuosas e arborizadas, depois descemos — a ruína da abadia de Tintern, destroçada e digna, enorme como um gigante derrotado. Para nós ela é uma velha amiga. Nós dois nos abrigamos sob essas paredes quase derrubadas, onde as cozinhas velhas e as claraboias outrora estiveram, em um dia de inverno, a sós na neve inclemente. Nos dias de verão, ficamos sentados observando os ônibus cheios de turistas que tentam recuperar o fôlego ao ver pela primeira vez as alturas sublimes surgindo para se destacar contra o céu azul e o Sol brilhante. Hoje, estamos aqui de novo, em um sábado de abril, apenas dois de alguns poucos visitantes andando ao redor enquanto o Sol segue as nuvens e o vento segue o Sol, tudo refletido em poças de luz.

 Estou cheia de pressentimentos quando pego Jonny em sua casa e dirijo até aqui para a primeira parte dessa rotina que repetimos várias e várias vezes. Minha vida pessoal não tem ido muito bem e estou preocupada como será hoje. Um casamento de vinte e sete anos desmoronou sob o peso de uma incompatibilidade sexual reprimida. Um relacionamento posterior foi despedaçado, deixando-me machucada e magoada no meio de uma pilha de vidro. O homem que achei que me seria ao menos constante saiu dirigindo pela noite, e dessa vez eu não respondo ao ritual do remorso e perdão. Dessa vez, dou um fim à história. Como vou explicar isso para o meu filho? Como eu pude ter introduzido na vida dele esse homem que agora se foi? Andei correndo por aí — com pressa, muita pressa, encaixotando um lar, sozinha, assustada, triste, sem dormir. Enchendo caixa após caixa, restos de uma vida agora empacotada e etiquetada, raramente parando para comer ou dormir. O homem da empresa de mudança parece genuinamente preocupado com meu metro e meio e a minha capacidade de completar a tarefa enorme que se impõe diante de mim. Ele vem regularmente à porta com mais caixas desmontadas e fica lá por alguns minutos, olhando sem saber o que fazer para o que resta de espaço no chão entre as caixas que já enchi. Andei subindo e descendo a escada do sótão com televisões velhas e cadeiras quebradas. Os meus machucados têm machucados. Vendi coisas, doei artigos pessoais, desmontei beliches velhos e estantes de livros, deixando para trás nossa vida familiar, me afogando em memórias, assaltada pela tristeza. Preciso sair com Jonny, mas é uma interrupção, uma distração. Não tenho realmente tempo para isso.

Todos os planos de comprar uma casa nova, planos que, agora percebo, nunca foram reais, mas apenas uma fantasia à qual fui atraída, desapareceram na noite com meu companheiro. E essa colisão do conto de fadas com a realidade de vender as minhas coisas e me mudar terminou em uma explosão de violência. Tive de começar tudo de novo, buscar um novo lar com muito pouco tempo e ainda menos dinheiro. Porém, a minha filha e eu encontramos uma casa, menor, mas cheia de luz e com vistas maravilhosas, e agora preciso me livrar de tudo o que não cabe nesse lugar novo. A necessidade de pressa e o medo terrível de que simplesmente não será possível completar essa tarefa no tempo disponível me deixaram estressada e distraída. Tenho medo de que isso possa contagiar Jonny e deixá-lo tão desalentado quanto eu.

Chegando à sua casa, abro o portão rangente e dirijo o carro pelo quintal, esmagando galhos no chão. Toco a campainha e empurro a porta. Digo olá para a equipe e os outros moradores, que me cumprimentam da sua própria maneira, abanando uma meia um pouco mais rápido, pulando para cima, me dizendo que eu sou a mãe do Jonny. Chego ao corredor do pequeno saguão onde Jonny está sentado me esperando, vestido elegantemente e assistindo à televisão. Seu rosto se acende com um sorriso de canto de boca ao me ver. Passamos pela rotina de desligar a televisão, ligar de novo, desligar de novo e tirar os plugues da tomada, fechar as cortinas e as janelas, apagar as luzes, fechar as portas, ajeitar as cadeiras, pegar água do ralo e passar no cabelo, pisar nas poças, antes de entrarmos no carro.

— Cito de segurança, cito de segurança.
Eu coloco o cinto.
— Música, música.
— Ok, Jonny.

Coloco um CD e saímos dirigindo, virando na mão única, passando pela cidadezinha, voltando pela via expressa, passando por Chepstow e chegando à abadia que amamos. Desligo o motor e ficamos sentados por um momento.

— Jonny — eu me viro para olhar para ele. — Jonny, estou sozinha hoje. Tom foi embora. Ele não mora mais comigo. Nós vamos passear sozinhos de novo agora.

Ele sorri. Só isso — um sorriso de alegria por me ter só para ele! Eu abro a porta dele, passamos pela loja da entrada e vamos ao monastério em ruínas. Ele enganchou o seu braço no meu, despreocupado com a perda de alguém que esteve aqui por pouco tempo, feliz de estar com sua mãe que vem e o leva para passear sempre que ela diz que vai, regularmente, aconteça o que acontecer.

E agora ele está no meio das ruínas ao vento, com os braços levantados para o céu, banhando-se na sensação de felicidade.

— Vamos subir a escada? — eu pergunto, e ele relutantemente deixa de adorar o céu em movimento.

O medo me impele. Não posso parar. Do patamar dos degraus, contemplamos o local, as colinas lá atrás, onde as árvores estão carregadas de verde. Jonny está parado em paz, observando.

— Vamos — eu digo. Eu não estou nem um pouco em paz.

Voltando pelas paredes sem teto, as sombras correm e meu pobre cérebro segue adiante. Passamos por alguns muros baixos e chegamos aos bancos em que geralmente sentamos. O Sol fica mais forte, os pássaros cantam. A mão suave do dia paira sobre nós. Jonny permanece sentado, tão imóvel quanto as pedras que nos cercam. É incrível como ele consegue ficar imóvel. É como um rádio que se pode ligar e depois desligar, que vai da calmaria perfeita às sonoridades extremas de um segundo para o outro. Sinto o calor do Sol no meu rosto. Ultimamente, vinha me sentindo como se estivesse na era glacial, em uma guerra, um acidente de carro e, de repente, agora, tudo está calmo e pacífico.

— Vamos, Jonny? Vamos continuar e fazer o piquenique?

Jonny, que geralmente é quem nos faz prosseguir, incapaz de sossegar até que a lista de atividades tenha sido completada, não fala, e eu repito a pergunta como se pudesse acelerar o tempo com toda essa pressa.

— Vamos fazer o piquenique agora? — Estou inquieta e tensa.

Ele vira o rosto para mim.

— Fica aqui — ele diz, bem claramente. — Fica aqui.

Então ficamos. Sentamos juntos neste dia glorioso, suavemente quente e claro, uma trégua sob a graça da luz.

Com tudo mais calmo e devagar, dirigimos até Symonds Yat, e fazemos nosso piquenique sob as árvores em flor, em um silêncio cúmplice. Com a bolsa de piquenique de volta no carro, andamos até uma ponte de madeira e a atravessamos. Jonny para por um momento e observa a estrada embaixo, depois se vira de repente e quase corre para cima da trilha acidentada até a rocha. No topo, as árvores se abrem e nos achamos sobre um monte de pedra, protegido por um muro, que é a única coisa que nos separa da queda enorme do barranco abaixo. Subimos no muro por alguns minutos, com o queixo apoiado nos braços, e olhamos para a indescritível altura e para a beleza que se estende na distância do horizonte. Longe, lá embaixo, o céu está refletido no rio, serpenteando sinuosamente em volta de uma colina. Bem longe, há edificações tingidas pela luz — a cidadezinha de Ross e depois, ao lado e ainda mais longe, a de Hay. Mas aqui em cima só há pessoas fascinadas pela vista e admiradores de pássaros observando, através de telescópios da Sociedade Real de Proteção às Aves, os falcões fazendo seus ninhos.

Mais tarde, depois que passamos de carro pelos pomares de Herefordshire, brilhantes sob o Sol, e almoçamos em um restaurante, sentamos em um banco em uma curva da estrada acima do rio em Ross. Agora tudo é paz e companheirismo à luz do fim da tarde. Estou sentada com uma das pessoas que mais amo no mundo, observando o Rio Wye novamente, tão vasto abaixo de nós. Penso na casa a que preciso voltar, vazia de quase tudo exceto pelas caixas marrons e os ecos do passado, e percebo que dádiva meu querido filho me concedeu no meio de toda essa perda.

— Me dá um abraço, Jonny — eu digo, meio brincando, sabendo que esse gesto tão simples é uma coisa enorme e perigosa de se pedir a ele, uma impossibilidade. Nunca pedi isso a ele em toda a sua vida. Não acredito que ele seja capaz de fazê-lo. Um abraço é algo que pode esmagá-lo e sufocá-lo. Representa um medo insuportável e sobrepujante do toque que não pode ser controlado, de sentimentos que não podem ser compreendidos. Ele se vira para mim e, suavemente, cuidadosamente, coloca uma mão nas minhas costas. Eu fico pasma e seguro a respiração, de tanto medo que esse milagre possa acabar se eu respirar. Ele coloca a outra mão com cuidado no meu ombro, como se estivesse seguindo meticulosamente um manual de instruções. Então se inclina sobre mim, seu rosto contra o meu, e por dois segundos, em um banco com vista para o Rio Wye, pela primeira vez na vida ele segura sua mãe em seus braços.

EPÍLOGO

Quando chegamos à abadia de Tintern, Michael estaciona o carro e todos nós saímos. A garoa fina que nos acompanhou durante a viagem, formando uma névoa que encobre o local, não reduz em nada seu esplendor comovente. Eu estava sentada no banco do passageiro, na frente do carro, e indicava o caminho, mas agora saio e abro a porta com tranca de segurança de Jonny. Ele também sai do carro e olha para cima. Depois é a vez de Will e seu filho, que saem e batem as portas. Jonny hesita na entrada, olhando obliquamente para o motorista, que provavelmente não percebe o sorriso breve no canto do lábio que eu vejo, e depois anda até a entrada desse lugar que ele conhece e ama. Todos nós o seguimos rapidamente. Quando pagamos e saímos do hall de entrada, a chuva já parou, as nuvens se abriram e um Sol relutante banha a ruína grandiosa.

Michael é arqueólogo, e espero que eu esteja recompensando sua bondade de hoje com um itinerário interessante. Ele para, olhando para algumas esculturas muito grandes, desgastadas pelos anos, etiquetadas e expostas sob um toldo de lona. Enquanto isso, Jonny está sentado em um banco próximo. Ele olha para Michael de vez em quando — rapidamente, e com um leve sorriso no rosto. É o meio-irmão dele,

VIVENDO COM JONATHAN

um novo amigo. Jonny ficou observando-o do banco de trás com olhares rápidos. Ele foi avisado de que Michael viria hoje com a mamãe e Will para passear com ele e conhecê-lo melhor. Foram-lhe mostradas fotos do casamento, a última vez que ele vira seu meio-irmão, então ele já sabia quem viria hoje. Ele está muito bonito de jeans, uma jaqueta de couro e seu sorriso contente. Tem um amigo novo que é quieto e dirige por aí com ele, sua mãe e seu padrasto, tocando o CD que gravou especialmente para Jonny. A vida é boa.

Fico muito debilitada agora por causa de uma doença crônica e dolorosa, e não posso mais dirigir por horas a fio. Nós levamos Jonny para passear de trens, sua velha paixão, ressuscitada recentemente por conveniência. De alguma maneira, durante toda a dificuldade e a exaustão do divórcio e da vida nova, meus dois outros filhos se afastaram de mim, decidiram que não querem fazer parte desse novo arranjo de coisas. Talvez seja tudo difícil demais; será que se acertará por si só um dia? Mas, neste dia, a tristeza de tê-los perdido pôde ser deixada de lado diante da maravilha da bondade inesperada, das incríveis reviravoltas do amor.

Estamos todos sentados no banco em que Jonny um dia me obrigou a ficar quieta. Turistas chineses tiram fotos. Uma família do norte ri enquanto suas crianças pulam dos antigos muros e brincam de pega-pega. Lembro-me de um poema de Wordsworth, escrito ao contemplar essas ruínas. O poema descreve um "sentido sublime" e "pensamentos elevados" vivenciados neste lugar, um sentido e pensamentos que se unem ao oceano, ao céu azul e ao Sol se pondo para se expandir por todas as coisas. E aqui, agora, no lugar que serviu de inspiração àquele poema, com meu filho, meu enteado e meu marido, eu sinto algo mais que alegria, algo mais que amor; um sentido sublime que une todos nós, quem quer que sejamos e onde quer que estejamos, e se expande por todo o universo.

Lançamentos Magnitudde

Leitura com conhecimento!

Como dizer sim quando o corpo diz não
Dr. Lee Jampolsky

Descubra o Deus que existe dentro de você
Nick Gancitano

O desejo
Angela Donovan

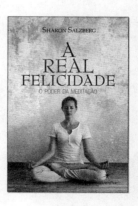

A real felicidade
Sharon Salzberg

IMPRESSO NA
sumago gráfica editorial ltda
rua itauna, 789 vila maria
02111-031 são paulo sp
tel e fax 11 2955 5636
sumago@sumago.com.br

GRÁFICA sumago